ヤンキー・ガールと荒野の大熊

アメリカの文化と文学を語る

亀井俊介

南雲堂

ヤンキー・ガールと荒野の大熊　目次

III 文学

ヤンキー・ガールと荒野の大熊

I
歴史

第1章 アメリカ文化史を求めて ——日本人研究者の軌跡

おぞましい軌跡

これから述べます話に、私ははじめ「アメリカ文化史を求めて——日本人研究者の〈おぞましい〉軌跡」という題をつけました。周囲の方々もいったんは面白いといっておられたんですが、最後に、やっぱりといって、〈おぞましい〉の撤回を求められました。ふざけているととられることを心配されたんでしょう。しかし私の軌跡は、真剣に〈おぞましい〉のです。私の軌跡などにもしいささかでも聞く価値があるとすれば、まさにその〈おぞましい〉点にあると思うのです。

私が求められているのは、アメリカ文学・文化の研究者として私がたどってきた道を語ることです。つまり過去の話です。本当は、私は未来のことも話したい。しかし私は『アメリカ文学史講義』全三巻（一九九七―二〇〇〇年）という本を仕上げたばかりで、頭の中にはまだその余燼がくすぶっております。これは文学史の本ですが、文化史も視野に収めた本のつもりです。それで、この本を出すに到るまでの私の愚かな〈おぞましい〉過去をふり返ってみるのも、一興かもしれません。そして同時に、ひそかにアメリカ文化史的なものも出来ないかしらと夢見ている、そういう強欲な〈おぞましい〉（にはこの意味もあります）願いも、そっと洩らさせていただきたいと思います。

文学史にしろ文化史にしろ、それをひとりで講じたり書いたりすることのおぞましさは、ここで申し上げるまでもないと思います。アメリカの文学・文化の研究は、このところ、一面でいちじるしく専門化ないし細分化し、他面で途方もなく中身を拡大してきました。細分化についてはあらためて申し上げるまでもないでしょう。拡大についてひとことだけ申しますと、まずアメリカ国内における人種、経済、ジェンダーなどにおけるマイノリティの進出が、アメリカ研究の中身を複雑、多彩にしてきています。従来は文学・文化の表面に出ることの少なかった黒人、インディアン、ヒスパニック、東洋系などの人種、経済的な弱者、それから女性とか、レズビアン、ゲイの人たちなどが、文学的・文化的な存在を主張するようになりました。そして伝統的な西欧中心主義を奉じた白人男性支配の文学・文化観への挑戦を展開しています。また国際社会や国際関係の複雑化も、伝統的なアメリカ意識にゆさぶりをかけています。アメリカの内と外の見分けがつきにくくなり、ボーダーレスというような言葉も流行し、研究者に対応を迫っていきます。従って、文学史や文化史の内容はますます多岐にわたり、また膨大になるわけです。

文学史や文化史の研究が、ひとりで受け持てる作業でなくなったのは、明白な事実ともいえましょう。事実、いまその方面では共同作業が大勢になっているように思われます。大学の授業で使われることを目指した文学・文化のアンソロジー類は、分厚くなる一方です。とても大学生が、いや学者でも、読み通せそうにない膨大さです。

しかし、ひとつの国というか、内にどんなに多様な要素をかかえていようともひとつの国民の、文学・文化の歴史をどう見て、どう受け止めるかということは、その人の「人と為り」を賭けた「思想」の営みでもあるのではないでしょうか。思想などというと、ひどく高級で知的な営みに聞こえるかもしれません。そうじゃない。何とかイズムなどというものではますますない。どのように視野が狭く、学識が浅くとも、その人の「生《ライフ》」と「心」に根ざした思いの展開、それを私は「思想」の営みといっているだけです。そういう営みを、私は重んじたい。その観点に立つと、ひとりの人の見方や受け止め方をもとにした文学史や文化史も、どんなに限界や欠陥が目立っても、私は聴いたり読んだりしたい。その人の「生」と「心」がこもっているのですから。そして自分でも、おぞましさの極地に立って、私の文学史や文化史を試みてみたいと思うのです。

Wonder-ful なアメリカ

私は中学生、ちょうど満十三歳になった時に日本の敗戦を迎えました。軍国少年は一転して「文化国家建設」の渦に巻き込まれます。アメリカは敵国から、建設すべき文化のモデルに逆転しました。岐阜県の田舎町でも、私はアメリカ文化の圧倒的な影響下に成長したと思います。

そういう私にとって、アメリカ文化は wonder に満ちていました。ここに wonder といいますのは、まず第一に「驚嘆」の意味ですが、もうひとつ「不思議」の意味でもあります。何だかすごいけれどもよく分からぬものなんです。逆に、よく分からぬけれどもすごいといってもよい。そういう意味で、アメリカは wonder-ful でした。そしていつしか、私はその wonder の実体を知りたい気持を育てていったように思います。やがてアメリカ文学に接し始めましたが、やはりそれに wonder を感じ、だからこそ愛読したに違いありません。つまりアメリカ文学に日本文学とは違う何かを感じ、wonder-ful だと思ったんでしょうね。

ただし、wonder を感じるということは、アメリカが私にとって遠いものだったということにもなります。アメリカ文学は私にとってまさに外国文学でした。いまでも、私は根っこのところでそう感じています。

一九五一年、私は東京の大学に入り、木曾谷の山間《やまあい》から大都会へと出ました。田舎者には、都会の友人たちはなかなかなじめませんでした。彼らが何でも知っている普遍的な世界人のように思え、世界の片すみの泥の中に足をつっこんでいる自分について、劣等感にさいなまれました。と同時に、その世界性、あるいは普遍性を強引に軽薄さのあらわれと見なして、ひそかな優越感をも養っていたように思います。世界のことがそんなに簡単に分かってたまるか、というわけです。劣等感を逆転させた優越感――典型的なコンプレックスですね。大学では英文科に入りましたが、そんなコンプレックスによるのか、勉強の方向が見定められず、足もとを見直したい気持にも駆られて、大学院は比較文学・比較文化の専攻に進みました。それからようやく、アメリカ文学をもっとじっくり学ぶ努力をしようという気持になっていったようです。

「わが田舎」アメリカの発見

一九五九年、大学院博士課程三年生の時、私はアメリカに留学しました。アメリカ文学専攻です。行った先はミシシッピー河畔のセント・ルイスで、当時は全米で九番目の大都会でした。ところが、どうも想像していたアメリカとは違うのです。ワシントン大学という、地方では名門の大学なんですが、みずから「中西部のハーヴァード」などと称している。私の郷里、岐阜県の中津という町では小さな繁華街を「中津銀座」と称していましたが、まるでそれと同じ発想ではないかと私は思いました。市の外に一歩出れば、広大な大自然がひかえています。そこでは、日本の農家よりもっと自然に密着した生活がなされているようです。いや市内でも大学でも、人々の言動のいかにも質朴なことに私は驚きました。私のほうがまだものの考え方がソフィスティケイトしているんじゃないか、と思ったくらいです。そんな「わが田舎」アメリカ発見の思いを、私は後に、拙いエッセイ集『アメリカの心　日本の心』(一九七五年)の巻頭に収めたことがあります。

私はセント・ルイスで、田舎者の都会コンプレックスから解放されたような気がいたします。アメリカ中西部の田舎文化の中で、ようやく田舎者としての安堵を得たといえるかもしれません。そして私は、都会文化への背伸びした気張りを捨て、自由に振る舞うことを学び始めました。学問研究についても、妙に知的で権威とされるものに気兼ねせぬ自由さを身につけ始めたような気がいたします。

そのころ気づいた、というか感じたことを、ひとつ申し添えておきましょう。日本におけるアメリカ文学・文化研究もまた、いわば国民的な田舎者コンプレックスの産物ではなかったろうか、ということです。ペリー来航その他によって西洋文明の力に直面した日本人は、木曾谷から東京に出た猿猴《えんこう》書生と同じような心理的経験をしたのではないでしょうか。西洋文明は華やかな大都会の相貌をおび、それこそが普遍的な世界に見えました。日本人は一面でそれに劣等感を覚え、それをモデルとして学び吸収する努力をしました。いわゆる文明開化運動の展開です。とりわけ、西洋の中でももっとも新しい国であるアメリカは、文明の最先端を行く国として、格好のモデルとなりました。そういうアメリカ観は、第二の文明開化ともいうべき敗戦後の文化国家建設時代を経て、現代まで続いてきているように思います。

しかしまた、日本人は劣等感の裏返しの優越感も、自分のものにする努力をしてきたようです。西洋、とくにアメリカは物質文明の世界だ。それに対して日本は精神文化の国だ。といったふうに、文明と文化を分け、文明を物質的で従って軽薄、文化を精神的で従って高尚と論じ、日本文化の優越性を主張するのです。明治中期以降の日本の中枢にいた人たちは次第にこういった意識を高め、時には神がかった精神主義に走りもしました。敗戦後、この意識はいったん影をひそめましたが、いままた折にふれて頭をもたげているような気がいたします。

ともあれ、一般的にいって、日本人はアメリカの都会文明的な局面にばかり目を注ぎ続けてきたといえそうです。ニューヨーク、シカゴ、サンフランシスコ。マンハッタンの摩天楼やハリウッドの映画産業。こういったものにあこがれたり、批判したり。もちろん、アメリカに特別の関心を抱く人たちは、たとえばニュー・イングランド文化を尊重し、敬意をあらわしてきました。しかしそれもともすれば高踏的、観念的な視点から、自分たちが手本としたい精神文化の面だけに注目する傾きが見うけられます。中西部、南部、あるいは南西部の「荒野」の文化は、たいていの人たちには、ほとんど視野に入らないできました。

別の比喩を用いますと、私たちはアメリカに対して、その文化のそびえ立つ部分ばかり見てきたのではないでしょうか。純白の山頂（ピューリタン世界）と、峨々たる山並（物質主義の世界）。そういう「先進」文明の特出部ばかり見て、それを日本文化のあるべきモデル、あるいは否定さるべきモデルとしてきたように思えます。

もちろんそれも「後進」の立場におかれた日本人としてはごく自然な態度であり、それはそれで意義ある学習成果を生んできたのですが、山の麓《ふもと》、広大な裾野のひろがりを見ることもまた必要ではないでしょうか。麓のところが分からなければ、頂上の高低も美醜も本当のところは分からない。山並の特質もとらえられない。私は、『摩天楼は荒野にそびえ』（一九七八年）というヘンな題のエッセイ集をまとめたことがあります。私は摩天楼に心しびれる田舎者です。しかしアメリカの摩天楼文化は、広大無辺な荒野があって生まれたもののようにも思える。そんな思いからこの標題をひねり出したのですが、いずれにしろ、アメリカ文化をその広い裾野まで視野に収めて見直すことが必要でしょう。

私は自分が中西部で生活し、田舎者であることに安堵しえたことによって、次第にそんな気持を強めていった――と、いまふり返ると思えます。

一九六一年、留学三年目に、私は東海岸のメリーランド大学へ移りました。またもや地方大学です。そして田舎と都会の接点のような場所にあります。ワシントンの議会図書館に近いことが、魅力のひとつでした。しかしこの大学に行った最大の理由は、そこが当時のアメリカにおけるアメリカ研究の拠点のひとつで、「アメリカ文明プログラム」というものをもっていることでした。それはアメリカの文学・文化をその裾野までひろめて検討することを目指す、いわゆる地域研究のプログラムで、私には新しい勉強でした。

私の興味の中心は、なんといってもやはり文学でした。しかし文学の周辺から、政治や社会のことまでひっくるめて、文化の諸相や展開の有様を何でもかんでも知ることに努めました。方法論などということは別に考えませんでした。そんなことを考えている余裕もなかった。とりあえずは知りたいこと、自分の勉強の材料にしたいことが山のようにあったのです。それをまとめるのは「自己」という一個の人間、と思い切るより仕方ありませんでした。混沌たる勉強ぶりでした。しかしそれでよいのだ、と当時思い、いまも思っています。

文学史の勉強

メリーランド大学での勉強は一年で切り上げて帰国しましたので、私のアメリカ留学は都合三年ということになります。この間に私はようやく真剣にアメリカ文学と取り組み始めましたので、おぞましいことですが、ちょっと振り返っておきたいと思います。

　私の留学当時、大学における文学の授業では、まだニュー・クリティシズムが幅を利かせていました。本当はもう最盛期を過ぎていたんでしょうが、地方大学ではまだまだ盛んだったんです。私にも、作品のこまかな分析、こまやかな味読をアメリカ人の先生にしてもらうという点では、それは魅力がありました。しかし、その学問特有の専門用語《ジャーゴン》の氾濫が鼻に突き出しました。どの作品を読んでもアイロニー（皮肉、反語）とかシンボルとか、イメジャリーとかミス（神話）とかと、そんなことばかりいっているのです。取り上げる作品は詩や短篇小説ばかり。長篇小説はニュー・クリティシズムでは料理しにくいんですね。文学作品それ自体を味わおうという姿勢は結構ですが、それが作者や社会や時代からまったく独立しているなんていう主張も、信じられませんでした。

　ワシントン大学でのある若い詩人による詩の授業で、作者名その他の情報をいっさい隠した一篇の詩を渡され、それを分析、解釈するようにというアサインメントが出されたことがありました。だが一読して、それがイギリスのロマン派詩人の作品のように思えたので、調べてみるとその通りで、作者名も創作の時の状況もすぐに分かりました。私はそういうことをまったく知らないようなふりをしてレポートを書いたのですが、どうも断トツによい内容に仕上がっていたらしく、教師は驚嘆していました。当然でしょうね。知識に縛られてはいけないけれども、適当な知識は詩の理解を広めたり深めたりするんじゃないでしょうか。

さて、文学史の知識ということになりますと、当時一番の権威とされていたのはロバート・E・スピラーらの編集になる『合衆国文学史』全三巻（一九四八年）で、指導教授からも読むことを要求されました。いまでは西欧の伝統尊重主義で白人男性中心の本として批判の的になっていますが、私は見事な出来栄えの本だと思いましたし、いまもそう思っています。何よりも編者たちが全体をきっちり把握し、入念な構成で仕上げています。ただし、それでも、五十五人の学者の共著です。通読するには苛立ちました。こちらの「心」が呼応しないんですね。私はむしろ、スピラーがひとりで書いた小さな本、『アメリカ文学のサイクル』（一九五五年）のほうを愛読しました。『合衆国文学史』の序文では、「合衆国は……ひとりの人間が読んで咀嚼するには余りにも多くの文学を生み出した」から、「その文学史は協力者のグループによって書かれるのが一番よい」と述べていたのに、この『サイクル』の序文では、「ひとりの人間が全責任をもつ」文学史の記述の利点を推し出しています。

ひとりの学者による著述として、私の心をひきつけた文学史には、もうひとつV・L・パリントンの『アメリカ思想主潮史』全三巻（一九二七―三〇年）がありました。当時から見ても三十年ほど前の古い本で、ずいぶん叩かれていました。標題にいうように、これは文学史というよりも思想史で、文学の審美的な要素をほとんど顧慮していないんですね。その思想についても、パリントン自身が序文ではっきりいうように、「保守的というよりもリベラル、フェデラリストというよりもジェファソニアン」の態度をとっています。従って、ピューリタニズムには冷淡で、ポー、ホーソン、メルヴィル、ヘンリー・ジェイムズらへの理解はあまり示してはいません。しかしエマソン、ソロー、ホイットマンらは高く評価しています。何よりもひかれたのは、本全体に中西部の田舎人の目が輝いていることでした。パリントンはイリノイ州の出身で、ハーヴァードでも学びましたが、学んだ結果、かえって「いつまでもしがみついているハーヴァード的偏見ときっぱり手を切る」決意を固めるにいたるんです。それから、この本が政治や社会の動きを積極的に取り込んでいることも、私には教訓的でした。そのためには群小の作家や作品もどんどん取り上げています。目を開かれる思いがしました。

もう一冊だけ、努力して読んだ文学史的な本をあげておきますと、F・O・マシーセンの『アメリカン・ルネッサンス』(一九四一年)があります。これもまた近頃はしばしば攻撃の的にされている本です。エマソン、ソロー、ホーソン、メルヴィル、ホイットマンと、男性文学者ばかりを取り上げているのはけしからんとか、なぜポーやエミリ・ディキンソンを除外したのかとか、いろいろいわれます。しかしマシーセンはこの本で、彼らの時代の「芸術と表現」と同時に、時代思想といったものも問題にしています。ポーにもディキンソンにも思想はもちろんありますが、彼らをほかの五人と同列に扱おうとすると、思想も表現も一挙に多岐にわたってしまって、収拾がつかなくなってしまうのではないか。この本は対象をしぼることによって、全体がまるで芸術作品のようなまとまりをもつものになっているのではないでしょうか。

マシーセンは、パリントンよりもはるかに柔軟な文学鑑賞力をもって、ホーソンにもメルヴィルにも理解を示しています。彼には別にヘンリー・ジェイムズについての本もあります。しかも彼は、社会的展望を取り入れたパリントンの姿勢を是認していたようです。芸術作品は当然、芸術作品として受け止め、味わうべきものだが、それをすることは審美的行為であると同時に社会的行為である、と彼は考えていたんですね。文学研究者のこういう社会性の自覚から、マシーセンは非米活動委員会に抵抗し、たぶんは同性愛者であったこともからまって、一九五〇年、自殺に追い込まれました——もっともその詳細については、私は知らないんですが。

パリントンからマシーセン、そしてスピラーへといたるアメリカ文学史の本を、私はただやみくもに読んでいただけですが、日本で少しばかり読んでいた日本文学史についての本を思い起こすと、アメリカの文学史研究の社会的視野というか、文化的な展望というかの広さが、私には大きな魅力になりました。アメリカの文学・文化の裾野の部分をもっとよく知りたいという私の思いは、こういう本によっても養われたような気がいたします。

文学研究の拡大

一九六二年の暮に　私は帰国し、一九六三年四月に東京大学に就職しました。そしてアメリカの地域研究の学科に所属しました。その翌一九六四年の一月、東京で「アメリカ研究者会議」というものが催されました。それは一時活動を中止していたアメリカ学会――アメリカを全体的に理解することを目指す地域研究中心の学会――の再建のための準備大会でもありました。その集まりで、アメリカ研究の将来を展望するパネルディスカッションに、私はパネリストの一人として参加する羽目に陥りました。一番若い奴にしゃべらせろという意図が主催者側にあったんでしょうね。弱りましたが、就職早々ですから、辞退することができなかったのです。

で、だいたいこんなことをしゃべったように思います。日本近代の文学史の本をめくると、ほとんど純文学だけを扱っています。小説、詩歌、戯曲といった、広い意味での「美」の文学ですね。ところがアメリカの文学史では、フランクリンや、エマソン、ソローといった、その範疇には属しにくい人が取り上げられ、しかもそれが時代の中核として論じられている。いわば福沢諭吉や内村鑑三が文学史の中核になっているのです。人間の精神の営みを仮に真善美の三つとしますと、「美」だけでなく「真」と「善」の世界も積極的に扱っているのですね。西川正身先生は――私は東大で教えを受けました――どこかで「純文学」のアメリカ文学を探求したいといっておられましたが、私はもちろんその方向も重要だと思いますけれども、先生と違う方向を探求することも、もっとなされていいような気がする。真善美を総合して見る方向ですね。いや、私自身は、もっとそれを拡大する方向をさぐってみたい。いってみれば「生」の世界、日常生活から精神と肉体をひっくるめたライフの意識までをひっくるめた「生」の表現としての文学世界の展開を、さぐってみたい——。

三十一歳のチンピラ研究者がそんな大それたことをいい、さらに日本におけるアメリカ文学研究の狭さについて、具体的な例をあげながら批判がましいことを述べました。いま思い出しても汗顔の至りです。聴衆はお偉い先生方ばかりで、腹立たしい思いをされていたでしょうね。ある著名な先生が立ち上がり、若い亀井君がいろいろ心配してくれているようだが、われわれはちゃんとやっている、この方面のこともあの方面のこともやっている、とやはり具体的な例をあげながら、私の不遜さをたしなめられました。私は、ただ自分の努力の方向を申し上げただけですと応じましたが、そこから先がじつはすごいんです。ディスカッションがすんでから、その先生のところへご挨拶に参りますと、先生は、いやあ君のいう通りだよといわれるんです。そして続けて、しかしあそこで黙っていたんではほかの先生方の顔が立たないから、憎まれ口をきいただけだよ、まあ頑張りたまえ、ビールでも一杯のもう、と私の肩を叩かれました。学会というところはすごい世界だなあ、と私は思い知らされました。でもその日の日記に、私は自分の道を進むまでだと、それこそ若い思いの記入をしています。

こうして叱正を受けたりしたことが、しかし、私にはよい刺激になりました。少しずつですが、私は自分のアメリカ文学研究の幅をひろげる努力をしてきたように思います。

一九七三年、日本学術振興会が若手の在外研究者派遣のプログラムを設けた時、私に応募しないかと誘って下さいました。形式だけだからというその応募書類に、私は目的を「大衆文化研究」と書きました。これについて、何人かの人が心配してくれました。大衆文化なんて学問の対象ではない、文学研究者としての君に泥がつく、といわれるのです。しかし私は、大衆文化研究はホイットマンやマーク・トウェイン研究からの自然の帰結です、といって方針を貫きました。これも若さのなせるわざだったかもしれません。その実、私には、ひそかな意識革命でもあったように思います。

この時の八カ月の在外研究の成果が、『サーカスが来た！　アメリカ大衆文化覚書』（一九七六年）という本です。サーカス、ミンストレル・ショーなどの大衆芸能、庶民相手の講演運動、ダイム・ノヴェルから西部劇へ、ターザン（小説、映画、漫画）、ハリウッド文化などを取り上げています。文学への関心が基本的には生きていますが、それこそ「裾野」の文化をあさったように思います。

この本の基本姿勢を述べた章で、私は「アメリカ研究どさ廻り」ということを標榜しました。大学の教室や図書館だけが勉強、研究の場ではない、市井を歩くことによっても文化の営みを知ることはできる、というわけです。文化果つる土地であるようなニュー・メキシコあたりにも、文化研究の宝庫を見出したような気になったりしています。このときの体験ももとになって、やがて私は『バスのアメリカ』(一九七九年)というエッセイ集を出しましたが、この標題にも私は自分の研究姿勢をあらわしたつもりです。

「複眼」の必要

この後、私はたとえばアメリカ人の性意識やセックス表現の歴史を跡づけようとして、『ピューリタンの末裔たち　アメリカ文化と性』(一九八七年)という本を書いたり、アメリカの大衆ヒーローの歴史を通してアメリカ人の国民的な夢の展開の有様をさぐろうとする、『アメリカン・ヒーローの系譜』(一九九三年)という本をまとめたりしました。そして文学をめぐっては、先にちょっとふれました『アメリカ文学史講義』をあらわしもしたわけです。あっちへ行きこっちへ行きで、一貫した方針はありません。ただ少しずつ、文化史的なものへの関心を強めてはきたように思います。

しかしアメリカ文化史の通史といえるものは、アメリカでもまだないのではないでしょうか。多勢の人の共著はありますが、ひとりの学者による通史を私は知りません。従って私にはモデルがないのです。それに、文学・文化の研究は、近頃ますます批評に傾いて、歴史を排除する傾向を強めているようにも思えます。

いつ頃からでしょうか、たとえばグローバリゼイションということが盛んにいわれるようになりました。文学・文化の研究においても、世界的視野による検討・理解が強調されるようになりました。それはそれで大いに結構なことだと思います。私が片足をつっこんでいます比較文学・比較文化研究は、早い時期からその視野の必要を説き、その視野によって見事な成果を生んできた学問であります。ところが近頃のグローバリゼイション理論は、個々の国や地域や国民や民族の独自性、つまりはその歴史を、無視ないし軽視しがちではないでしょうか。

文学や文化のさまざまな現象を一挙に普遍化して、一刀のもとに裁断しようとする批評理論なるものが、学会を風靡するようになってきました。何でもかんでも構造主義といっていたと思ったら、こんどは何でもかんでも脱構築。記号だ、表象だ、フェミニズム批評だ、ニュー・ヒストリシズムだ、クイア理論だと、まことに忙しいですね。もちろんそういう理論からもいろいろ教わるんですが、それぞれの文学・文化現象に対する研究者の「生」と「心」の呼応といったものは衰弱化してきている。いやむしろ、そんなものは純粋な批評の邪魔物として排除される傾きさえあるような気がいたします。

先にもちょっと申し上げましたが、さまざまな意味でのマイノリティの進出も、文学史や文化史の研究を難しくする要素になっていると思います。従来のその方面の業績は、西欧文化偏重の白人男性中心でなっているとして一蹴する。では、さまざまなマイノリティの価値観を積極的に認めようとする多文化主義なるものは、アメリカ全体をたばねるどのような価値観を見出しているのでしょうか。てんでんばらばらなのがよいという価値観でしょうか。もしそうだとしたら、文学史や文化史はどのように構築されるのでしょうか。

そのひとつの解答を示そうとしたのが、エモリ・エリオットを総編集者とした『コロンビア・合衆国文学史』（一九八八年）かもしれません。従来のアメリカ文学史のあり方を徹底的に批判し、ネイティヴ系（インディアン）、アフリカ系（黒人）、メキシコ系、アジア系のアメリカ人、および女性作家にそれぞれいくつかの独立した章をあて、合衆国文学史の中身をおおいに拡大・多様化しています。そして広範な影響力をアメリカ内外の学会に及ぼしてきているようです。しかしあのスピラーらの『合衆国文学史』と違って、各章の間に綿密な連携はなく、全体を貫く価値基準のようなものも見つけ難いです。価値基準は七十四人の執筆者のそれぞれ勝手のようなんです。何が「すぐれた表現」かといった評価の仕方は人によって違い、従って扱う「文学」の範囲も寄稿者次第という意味のことを、編者は序文でいっています。これでは編者の使命の放棄じゃないかと私には思えますが、まさにこれこそ多文化主義のなせるわざかもしれません。

そんなわけで、私は文学研究の視野の拡大を願い、文化史的なものへの関心を深めてきましたが、単純な「拡大」が「拡散」にいたってしまう恐れも、しだいに強く感じるようになりました。ここで重要なのは、研究者としての「自己」をしっかりもつことでしょう。もっと具体的にいえば、視野を「拡大」しながらも、文学・文化研究の原点に戻って、文学研究なら「作品」そのもの、文化研究なら個々の文化現象そのものに、自分の「人と為り」を賭けて、探求の目を「集中」させることであります。作品そのものを重んじるといっても、これはニュー・クリティシズムの態度とは違います。作品そのもので完結するのではありません。そこからまた、探求の目は作者へも、社会へも、時代へも、文化へもひろがっていくのです。比較文学・比較文化学者はよく「複眼」ということをいいますが、私はそれと少し意味は違うかもしれませんけれども、広く視野を「拡大」していく目と、一点に「集中」していく目との、「複眼」をもちたいと、努力目標としては思うのです。

一九九四年十月、アメリカ研究振興会の主催で、「日本におけるアメリカ研究プログラム——現状と課題」というテーマのかなり大きな会議が泊りがけで催されました。冒頭の基調報告で、いましがた私流に述べましたような、アメリカにおける文学や文化研究の中身の多様化、それにともなう価値観の混乱、キャノン（権威とされる作家・作品）の見直しの動きなどが、もっと理論立てて紹介されました。ところが、それに続く会議では、では日本の研究者はどうしたらよいか、という議論にはなかなかならないんですね。もっぱら、いろんな大学におけるアメリカ研究「プログラム」紹介が続いていっただけなのです。

で、私が発言する番になって、まさに田舎者らしく、私は勝手なことを申し上げたんです。つまり、この際いったん文学・文化研究の「原点」に戻るのもいいんじゃないでしょうかという、自分の思いをしゃべったのです。文学研究でいえば、「作品」そのものを自分のすべてを賭けて読み直すところから出発し直したい、ということです。

私はその試みの例も話しました。同じ年の夏、私は中部地方の若手のアメリカ文学研究者たちと一緒に「アメリカ文学の古典を読む会*」というものを始めたところでした。これは、アメリカ文学の古典とされながらほとんど読まれていない作品、つまりキャノンにしてキャノンにあらずといった作品を、みんなで徹底的に読み合おうという勉強会です。まず専門家でない人に、その作品をどう読んだかを正直に話してもらう。いわゆる学会発表の、鎧かぶとで身を固めた発表ではなく、いわば素裸になった「心」の反応の直截的な報告です。それから、専門家もまじえて全員でそれを検討する——というやり方をとりました。私の印象では、学界的常識とでもいうべきものから自己解放がなされたように思います。ヘンな理論に支配されぬ大胆で自由な意見が出、作品の解釈が深まるだけでなく、その周辺の文化的な事柄まで理解がひろまっていったように思います。

私はこういう会をしましょうと提言したのではありません。こういう「原点」からの再出発の感覚的な楽しさ、知的な愉快さ、そしてうまくいけば実現するかもしれない文学・文化研究の広がりの可能性を訴えたかったのです。積極的な反応はほとんどありませんでした。しかしこの会自体はその後ひとりの脱退者もなく着実に進展し、最初の計画の六年を終えてその成果を本にまとめた後、新しい会員も迎え入れて第二期目に入っています。嬉しいのは、ほとんどすべての会員が、作品から出発して、文学史あるいは文化史的なものへの関心も強めてくれていることです。

＊この会の最初の六年の成果は『亀井俊介と読む古典アメリカ小説12』（二〇〇一年）、第二期六年間の成果は『語り明かすアメリカ古典文学12』（二〇〇七年）という本になって出版されました。

文化史探求の意義

こういう話をしていくときりがありません。最後に、文化史を求めながら私がいま思っていることを手短に述べて、終りといたしたいと思います。私に、文化史はいったいできるのか、どうか。答えは簡単で、容易にはできそうにないといわざるをえないのです。

私にはモデルがないと先ほど申し上げました。考えてみれば、いや別に考えなくても、どこまでを文化ととるか、きめようがありません。もちろん文化をせまくとって、先の比喩でいえば文化山脈の頂点だけを考慮に入れるという態度もありえます。しかし私は、その広大な裾野をも重んじたい。アメリカのように原初の大自然を開拓してきた国では、裾野にこそ文化の生命が息づいているといえるようにも思えます。また同じく、先の私の発言に帰りますと、人間の真善美の表現だけでなく、日常的な「生」の世界の展開を視野に収めたい。しかしこうなると、ほとんど何もかもが文化ということになってしまいます。私の望むようなアメリカ文化史の通史的なものがまだ書かれていないのも、当然といえば当然でしょう。

ましてや一外国人である私に、アメリカ文化史など書けるはずがありません。しかし、私のアメリカ文化史なら書けるはずです。私の「心」が呼応するアメリカ文化の諸局面を、できるだけ総合的かつ歴史的に考察する、私の「思想」の営みとしての文化史です。私の〈おぞましい〉アメリカ文化史ならできるかもしれないのです。

しかしこれすら、いざ具体的に考え出すと難問山の如しです。宗教ひとつ取り上げても、ニュー・イングランドあたりの教会説教から荒野でくりひろげられた宣教運動まで、多様な局面がありますし、その間隙をぬってスピリチュアリズムからカルト的な集団——これがアメリカでは非常に多いんですね——まで、じつにいろんな活動がなされてきています。教育、出版、ジャーナリズム、私の理解を絶する最近のメディア革命的現象。私は大衆文化を重んじるなんていってますが、演劇や映画、さまざまな芸能のことは何とか検討できるとしても、音楽については個人的にまったく駄目。たぶん音痴なんでしょうね。建築、美術。アメリカではたぶん美意識そのものも多様なんじゃないかと思う。アメリカのように広大な国土に人々が分散している国では、道路、運河、鉄道、自動車、飛行機といった交通機関は、文化の営みの要《かなめ》で、それ自体が文化のエッセンスともいえそうです。何よりも把握が困難なのは、人間関係です。人種の問題、ジェンダーの問題、分かったようでその実いちばん分からぬ性関係――これぞ文化研究の究極の分野かもしれませんね。

あげていけばきりのない文化史研究上の問題点を、誰かのようにてんでんばらばらのまま抛り出して見せる。それもひとつの手でしょうが、私にはやはり、多様きわまりない諸局面をつつみ込む「アメリカ」の文化というものがあるような気がします。まさにwonder-fulなアメリカです。私はそれをとらえる努力だけはしたい。具体的には、個々の「作品」の理解、個々の「もの」の探求という、地道な所から出発するより手がないんですけれども。

ここでちょっと視点をずらしますと、じつは、アメリカ人自身がアメリカをwonderと思い続けてきたのではないでしょうか。かりに先住民は別にしても、大西洋や後には太平洋を渡っていった植民者や移民たちは、この新世界を「驚異」と見、たじろぎながらもこの土地にしがみつき、多様な生活をし、文化を展開してきました。なかでも意識的に「思想」の営みの中で生きたアメリカの指導者たちは、肯定するにしろ批判するにしろ、アメリカの驚異が内包する「不思議」の本質を探究することを、自分たちの使命としてきました。自己探求はアメリカ文化の活力源となってきたように見えます。私は、自分が文化的に遠くへだたった状況の中で成長した外国人であるだけに、いっそう強くそういうwonderを感じるだけかもしれません。

そしてもちろん、これには世代の違いの問題もからんでくるかもしれません。日本とアメリカが政治的にも社会的にも密接に結びついてきている現在では、日本の若い研究者にはもうアメリカ文化がwonderではないかもしれません。それで、文化のグローバリゼイションを信じることができるし、一挙に抽象的、普遍的な批評理論に走ることもできるのでしょう。しかし私には、アメリカはどんなにその内部の「生」に入っていく努力をしても、いぜんとして外国です、wonderです。そしてそのおかげで、アメリカ文化はいつまでも、好い面、悪い面ひっくるめて、新鮮な知的・感情的な刺激を与えてくれている。だからそれを探求したいのです。

アメリカのwonderともっともじかに取り組み、いろんな意味でもっともよくアメリカを代表するようになった作家に、マーク・トウェインがいます。彼の代表作『ハックルベリー・フィンの冒険』の主人公は、浮浪者の子として生きる自然児ですが、逃亡奴隷のジムとともに、「自由」を求めて筏でミシシッピー川を下る大冒険をします。下れば下るほど、そこにひろがるのは自由と逆の南部社会です。ジムの求める自由は、奴隷という身分からの自由。つまり制度上の自由ですから、一片の書類（彼の所有者の遺言）によって、最終的に実現します。しかしハックの求める自由は、いわば人間としての存在の自由であって、結局、実現いたしません。彼は最後にまた社会秩序の枠にはめられそうになって、新たな脱出を計ることになります。しかしこの作品のテーマのこういう暗い展開にもかかわらず、これが明るく生き生きした物語になっているのは、自由の果てしない「探求」そのものがハックの存在の証明であり、さらには彼の「生」の自由さのあかしになっているからだと私は思います。結果よりもむしろプロセスの中に、「自由」は息づいているのです。

私のアメリカ文化史も、じつは、それが実現するかどうかはそれほど問題ではないのです。もちろん、ハック・フィン同様、最後までその実現を目指したいとは思っています。しかし、アメリカ文化史を探求すること自体が、私には、自分の「思想」の営みのあかしであるような気がいたします。そういう〈おぞましい〉努力だけは、これからもしたいものだと思っている次第であります。

第2章　アメリカ文学史をめぐって

「アメリカ」探求の行方

文学史衰退の時代

ここでは「アメリカ文学史をめぐって」という題でお話をさせていただきたいと思います。何かまとまった見解や主張を述べようというのではありません。「——をめぐって」という題は、これで結構、入念にこしらえたものでありまして、「アメリカ文学史」のまわりをめぐりながら、アメリカ文学・文化研究について日頃思うことを気ままに述べていけたらなあ、という願いをもとにしております。

じつは私、十年ほど前に『アメリカ文学史講義』（一九九七—二〇〇〇年）という本を出しました。いろいろご意見を頂戴しました。が、一般的に申しますと、驚きをもって迎えられた、というような気がします。いまどき文学史などというものを、しかも一人で書くなんて、正気の沙汰ではないというわけです。

つまりこういうことですね。文学研究の方法というか、姿勢についてはいろいろあると思います。作品を精密に読んで味わうというのは、研究の根本であって、私は最も尊重します。しかしそんなのは駄目だ、もっと知的な分析に走る批評の態度が必要だという主張もあります。その先端にある理論研究はいまや花盛りですね。客観的な背景を重んじる社会的研究とか伝記的研究とかもあります。

そういう中で、文学史（あるいは文化史）研究はいまあまりカッコよい分野ではなくなっているようです。早い話が一時代、あるいは一世代前、大学文学部の授業では、普通、文学史が最も重要視されていました。英米独仏など各国文学の学科で、一番重鎮とされる先生がそれを受け持っていました。いまはどうも違うんじゃないか。私はその実態を調べたわけではありませんが、文学史の授業そのものが大幅に減り、まだ授業がある場合でも、なかなかその引き受け手がいないという状況らしい。

文学史が衰退してきた理由はよく分かります。いまさら申し上げるまでもないことですが、文学史は十九世紀、ヨーロッパ世界のナショナリズム興隆期に発達した文学研究の方法ないし姿勢です。十八世紀ヨーロッパはフランスを中心にして、一種の普遍的文化が存在しえた。衆目の認めるクラシック（古典、典型）の文学作品があって、それを基準にして個々の作品を検討する「批評」という営みがあった。しかしフランス大革命あるいはナポレオン戦争以後、フランス周辺の国々がそれぞれのネイションの独自性を重んじるナショナリズムを強めました。その結果いろんな国々で、文学・文化にあらわれたネイションの精神やら伝統やらを探究し、盛り立て、記述する「文学史」研究が盛んになったのです。このあたりのことは、私は別の講演で少し詳しく語りました（『アメリカ文化と日本』所収、「文学・文化を比較すること」二〇〇〇年）ので、ここでは深入りしないことにします、そういうわけで、たとえば日本でも、明治になり近代国家として世界の列強に伍していこうとした時、日本文学史の探求が国文学研究の中心に位置するようになりました。同様にして、外国の特質ないし本質を理解するためには、それぞれの国の文学史を知ることが重要視されたわけです。

ところが、ナショナリズムは第一次世界大戦で行き詰まりを露呈し、国際主義がそれを押しのけようとし始めました。この状況に呼応するかのように盛んになってきたのが、国際的な文学関係を探求する比較文学であるわけで、それは第二次世界大戦を経て、ますます勢いを得ました。比較文学とか比較文化などという言葉は使わなくとも、近頃はボーダーレスとか「越境」とかグローバルとかという言葉がはやっています。ポストコロニアリズムとかディアスポラとか、こういうカタカナ言葉が、一国中心の文学史になんとなく時代遅れで反動的であるかのような印象を与えています。もっとカッコいい批評理論はいくらでもあり、それらがもてはやされているのが現状です。

困難をかかえるアメリカ文学史

ところで、文学史一般がこういうふうに追いつめられてきている中で、アメリカ文学史はいまとくに難しい問題を背負わされているように思えます。第二次世界大戦後、とくに一九六〇―七〇年代の「文化革命」――毛沢東による中国の「文化大革命」とはまったく違う、ヴェトナム反戦、若者運動ともからまりながら、いろんな意味でのマイノリティ（人種、ジェンダー、階級）が進出し、伝統的な価値観、価値体系をくつがえして、この国に多様な文化が存在しそれぞれ自己主張するのがよいと主張する多文化主義《マルティカルチュラリズム》の様相を深めてきた社会的、精神的な大変革――以後、何をもってアメリカの「伝統」とするか、いやそもそも何をもって「アメリカ」とするか、といった根幹のことがゆらいできてしまっています。

またこれに付随することなんでしょうが、これまで無視ないし軽視されていた大衆文化・文学とか、サブカルチャーのたぐいも、表舞台での評価を求めてきています。アメリカはその歴史的な成り立ちからして、従来、崇高な理念をふりかざして発展してきた趣きがありますが、その理念が寄ってたかって叩かれ、歴史にしろ文学史にしろ、その「見直し」ということが世直しのお題目のように唱えられています。

たとえばグレゴリー・S・ジェイという人が『アメリカ文学と文化戦争』（一九九七年）という本を書いています。多文化主義の推進に奮闘している人のようで、この本でたぶん最も力をこめたと思われる章の一つは「『アメリカ』文学の終焉」と題し、多文化主義を実践するためにはアメリカ文学のカリキュラムをどう改革すべきかということを論じています。この人にとって、「アメリカ的」な価値とか経験といわれるものは、アングロ＝サクソン中心の偏見から生まれた「幻影」にすぎない。また「文学」というと、少数のキャノン的な文学者のお偉い作品を思い浮かべがちだ。そこで、「アメリカ文学（American Literature）」という教科《ディシプリン》はもう終わりにする、と彼は言い切るのです。それよりも、「合衆国の著作（Writing in the United States）」とでも名づける教科の方が望ましい、というようなことをいって、その教科のあるべき内容を述べていくのです。

たとえば歴史的展望としては、まず先住民の伝承や、ヨーロッパからの探検者や植民者の物語から始めるべきだ、云々。こういったことは、近頃はもう言い古されていますが、ジェイさんとしては新鮮な主張だったんでしょうね。一九八〇年代の末にこういうカリキュラムを唱道して以来、大学テキスト用のアメリカ文学アンソロジーはこの方向に進んできた、と誇らしげに述べています。ともあれ万事こういう調子で、せま苦しく固定した（と彼の考える）「アメリカ文学」の既成概念をぶちこわして、それを拡大、多元化していくのです。

さてこのエッセイは、こうしてこれからの文学研究のあり方を威勢よく論じるのですが、私にはどうも一つ大きな欠落があるように思える。文学作品を読み味わうという、文学研究の原点のようなことへの関心がいっこうにうかがえないのです。そういうことへの言及もありません。文学作品の味読なんていうことは、それこそ古くさい研究態度かもしれません。しかしそれが欠けている時、具体的に作品の価値評価をする段になって、おかしなことになるのです。キャノン的作家の「見直し」の必要を語りながら、ジェイ先生はたとえばこうおっしゃる。「私は自分の『南北戦争以前のアメリカ小説』という授業に、『モービ・ディック』をふくめる余地はないと決めるかもしれない。なぜなら、捕鯨航海についてのメルヴィルの難解な小説は、ソローの『ウォールデン』のような売れない本と一緒に、ほこりまみれの棚にわびしく並んでいる。その間に、『アンクル・トムの小屋』や『広い、広い世界』のような本があって、何万人もの読者が熱心に購入し議論の的としている、そんな時代に、文化的重要さの観点から見れば、メルヴィルの小説なんてちっぽけな話題にすぎなかったのだから。」いやはや、マイノリティを重んじる人の意見とはとても思えないマジョリティ主義理論です。それに、どうも文学作品の内的価値を考えることはすでに放棄してしまっているように見えます。

ジェイ氏は、彼の主張にこたえるようなアンソロジーの出現を喜んでいましたが、そういうアメリカ文学史そのものも出ています。エモリー・エリオットらの編集による『コロンビア・合衆国文学史』(一九八八年)は、その代表といってよいでしょう――ジェイの本より前に出ていますが。従来の文学史を厳しく批判し、七十三人の学者を動員、インディアンの章から始めて、女性やマイノリティ人種などに関係する章をたくさん加えて、まことに盛り沢山の内容の本です。

しかしこの文学史を読んでも、「アメリカ」はいっこうに見えてこない。編者自身、ジェイと同じで、「アメリカ」は終焉したと思っているみたいなんです。彼はこの本の「序文」で、もはやアメリカとは何かといったようなことについての共通意見《コンセンサス》はなくなっており、従って本全体に一貫する記述は不可能なので、各章の執筆者の書くにまかせたといっています。

しかも、もうひとつ、文学史という以上、作家作品の価値評価は不可欠なんですが、編者は、たとえば「素晴らしい表現」といったような評価は多文化主義の時代にもはや普遍性を失った、だから批評基準は各人勝手で、何をもって「文学的」とするかといったことも、執筆者にまかせたといっています。一見たいへん見上げた「自由」な態度のようですけれども、見方を変えれば、編者というものの本来の使命を放棄した仕事ではないかとも思えます。

それでも「アメリカ」はある思い

さて、こんな考え方が強まってきますと、もう「アメリカ文学史」を書くなんてことは、とくにそれを一人で書くなんてことは、まともな人の仕事ではなくなります。ところがまた、違う考え方もありうるように私には思えるのです。ちょっとお聞き苦しいと思いますが、私自身の体験を話させて下さい。

私は日本の敗戦の年に中学校に入りました。昨日までの軍国少年が一転して「文化国家建設」という国のスローガンに巻き込まれたのですが、その「文化」のお手本は明らかにアメリカの文化でした。それでごく自然にアメリカにあこがれ、関心も育ったのですね。アメリカ文学も、もちろん文学としての面白味に引きずられたんでしょうけれども、むしろ文学を通してアメリカを知りたいという気持で読んだ部分も大きいように思います。ともあれ、「敵国」から「お手本」に変わった国の圧倒的な影響下に成長した者には、ボーダーレスなどということを簡単には信じられません。私にはアメリカは「外国」であり、アメリカ文学は「外国文学」であります。

そういう「アメリカ」の存在の大きさから、私は文学研究に興味をもち出した時、ごく自然にアメリカ文学を主要な対象とするようになりました。日本の独立回復後しばらくするうちに、日本にも関心がたかまり、私は大学院は比較文学・比較文化に進んだんですが、日本の近代文学をよく知るためにも、アメリカ文学・文化の知識と理解を深めなければならないと思い立ちました。そして一九五九年、アメリカに留学、こんどはアメリカ文学を専攻しました。さてそこで、当時はニュー・クリティシズムが盛んだったこともあり、そんなものも含めていろいろと勉強のあり方を模索しているうちに、やはり歴史の勉強が不可欠だ、とくにアメリカのようにある種の強引さをもってつくられてきた国の文学を知るには、ますますそうだと思えてきたわけです。それでアメリカ文学史の本もかなり熱心に読みました。どんな本をどんなふうに読んだかということは、数年前に行ないました「アメリカ文化史を求めて」（本書第1章）という講演で語りましたので、ここでは省きます。

ただ書名だけはあげさせていただきますと、当時アメリカ文学の大学院生は誰でも読ませられていたロバート・E・スピラーほか編集の『合衆国文学史』（一九四八年）、V・L・パリントン著の『アメリカ思想主潮史』（一九二七―三〇年）、それから一つの時代史ですが、F・O・マシーセンの『アメリカン・ルネッサンス』（一九四一年）が中心です。私はそれぞれの本に驚嘆しました。アメリカ文学史が日本文学史のように純文学に対象を限らず、広く社会や思想の背景を取り込んでいることに目を開かれたし、それぞれがそれぞれ流にその背景との「生きた」関係において文学作品や作家の真髄を語ろうとしていることに感心しました。

ところがいま、これらのかつての「名著」がさんざんにやっつけられているですね。パリントンの本は、当時でも審美的理解の欠如を批判され、もう「古い」といわれていました。マシーセンの本は、白人男性中心主義だとか権威主義だとかいわれる。スピラーの本は五十五名の一流学者の共著ですが、マシーセンの本の特色に加えて、第二次世界大戦の勝利に乗っかったアメリカの肯定讃美が基調にあるなどといってけなされます。

こうなると、自分なんぞが勉強した「アメリカ」はいったい何だったたか、ということになります。先のジェイの言葉を借りて、「幻影」にすぎなかったか、というような思いにも誘われます。が、ここでハッと我に返ると、アメリカ人の、たとえばジェイさんの姿勢と私の姿勢は違ってよい、むしろ違って当然だという思いがしてくるのです。私はアメリカの外の人間です。内の人間には見えなくなってしまった「アメリカ」も、外から眺めれば、ぼんやりとでもその輪郭が見え、その存在が実感されるのではないか。

私はかつてアメリカを知りたくてアメリカ文学を読んだ部分が大きいと申しました。そうやって文学を読んでいると、だんだんアメリカの中に入っていくような気がします。それは決して悪いことではないのですが、中に入ってアメリカを生きるような気分になると、ともすれば、アメリカの中のさまざまな渦に巻かれもしますね。そしてアメリカの全体が見えにくくなる恐れもある。たとえば多文化主義というアメリカの成り立ちについての主張をめぐってアメリカ内の人々が行なっている「文化戦争」に、自分も一緒になって参戦してしまう。すると、戦争の本質も帰趨も見えにくくなって、ついにはアメリカそのものが見えなくなりはしまいか。アメリカの内部がどんなに渦巻き、あるいはどんなに四分五裂になっていようとも、それをつつみこんだ総体としてのアメリカもまたあるはずで、それは外からの方が見えやすいような気がします。ともあれ、そういう総体をみる努力だけはしたいと私は思います。

だがまた、外からの全体的な見方を重んじるといっても、内の状況を無視してよいわけでは決してない。あのジェイ氏の口吻に私はいささか辟易しましたが、氏の分析や表現にしばしば感心もさせられます。「合衆国の歴史は、アプリオリに一つの総体《トータリティ》、一つの統一体《ユニティ》、筋立てや主人公を私たちがよく知っている一つの偉大な物語として描くことなど、できるものではない」という言い方など、その一例です。どこの国の歴史も複雑な要素をかかえこんでいるはずですが、アメリカの場合、そのネイションの成り立ちを考えただけでも複雑怪奇といってよく、渦巻きは激しく、四分五裂はひどいに違いない。そのためにこそ、それを一つにまとめる力が求められ、またその力の存在が主張されてもきたわけです。ですから、全体的に眺めるといっても、外と内を有機的に合体させた把握が必要なことは申すまでもありません。

文学史に話を戻します。私が「アメリカ」を読もうとした文学史の「名著」は、いま評判が悪い。「アメリカ」とされてきたものはいま「幻影」とされ、アメリカ文学史はいま成立に困難をかかえている。それでもやっぱり「アメリカ」はあるのではないか。もちろんそれは従来奉じられてきた「アメリカ」と大幅に違う内容であるでしょう。が、とにかく文学作品の読みの積み重ねを通して「アメリカ」を探る試みが文学史であるならば、それも試みる価値がある仕事ではないか、と私は思います。

建国後の「アメリカ」探し

いま、アメリカの正体が行方不明で、アメリカ文学史は成立に困難をかかえていると申しましたが、じつはそれは決して「いま」だけの問題ではありません。アメリカ文学史は、そもそもの出発点において、同じような問題をかかえていたように思えるのです。

「アメリカ」文学という考え方は、植民地時代にその萌芽があったとしても、アメリカ合衆国独立後に形をなしてきたと見るのが順当でしょう。実際、建国の直後から、アメリカやアメリカ人を主題とする文学創造の主張がなされ、実際の創作もされ出しました。しかも、アメリカはかつて「新世界」であったし、いまも共和国建設という実験の国ですから、アメリカ人は歴史意識が強く、従ってアメリカ文学の歴史記述の意欲も盛んだったのですが、こちらはそう簡単にはいきません。国家としてのアメリカは出来ても、文化としてのアメリカはほとんど「幻影」だったのです。

ハワード・マンフォード・ジョーンズの『アメリカ文学の理論』(一九四八、一九六五年)という本によりますと、建国当時、アメリカの知識階層はいぜんとしてギリシャ・ラテンの古典語を文学の根幹としており、英語の文学性はなかなか認められなかった。その英語でも、英国の英語こそが権威でした。「アメリカ」は文学的には不在に近く、「アメリカ」文学の存在が認められるまでには、およそ一世紀にわたる文学的ナショナリズムの主張の積み重ねが必要だった。大学という権威の牙城にアメリカ文学コースがおかれたのは、ようやく一八七二年、プリンストン大学においてであったそうです。

もちろん、むしろ民間の人々によって、アメリカ文学は存在も力も認められ、アメリカ文学史も十九世紀の前半から書かれてきました。しかし、いましがたいいましたように、それを支えるべきナショナリズムが、アメリカでは、まずギリシャ・ラテンの古典本位の教養主義や、英国文化崇拝主義《アングロフィリズム》によって絶えずその基盤をおびやかされてきたし、さらにその内部においても、人種構成の複雑さや流動性、地域の広大さや多様さなどによって、不安定さをさらけてきたのです。何よりも弱点となるのは、まさにほとんど人工的につくられた新しい国家であることによる「伝統」の乏しさでしょう。だからこそ、アメリカは一層、強烈な理想的理念をふりかざし続けてきたわけで、まるでそのナショナリズムは太古不動なような印象を与えるのですが、本当は火の車なんですね。

そういうふうですから、アメリカ文学史は最初から「アメリカ」を見つけることに苦労し、その後も「アメリカ」を探して右往左往をくり返してきたといえそうです。しかし、だからこそ、アメリカ文学史を歴史的に読むと面白い。そこには、アメリカ人のアメリカ意識が結集しており、その波瀾に富んだ展開が、もっと歴史が古く、地盤が安定しており、着実に発達してきたほかの国の文学史にはなかなか見られぬ興味をあふれさせているのです。

以下、私は許された時間の範囲内で、私の読んだわずかばかりのアメリカ文学史の本について、私が覚えた文学的感興のようなものを語っていってみたいと思います。

S・L・ナップの先駆的『アメリカ文学史講義』

単行本として最初に出たアメリカ文学史の本は、サムエル・ロレンゾ・ナップという人の『アメリカ文学史講義』（一八二九年）だと思われます。一八二九年というと、例の英国人シドニー・スミスが「この地球上のどこを探しても、いったい誰がアメリカの本を読むか」という有名な啖呵を切ってから、まだ九年しかたっていません。こんな時に、ナップはいったいどういう意図をもってアメリカ文学史の本を書いたのか。彼は巻頭の出版趣意書で、「われわれは、国民として、われわれ自身のことを自由かつ公正に語り、十分に確証された歴史的事実の広範な根拠にもとづいて国家国民の卓越を主張するよう、誠心誠意努めるべきです」と述べています。ここには明かにナショナリズムがごく素朴に働いています。

しかし「国家国民の卓越」の証明となるような「十分に確証された歴史的事実」とは何か。ナップの考えでは、その証明をするのが「文学」だったのでしょうが、当時のアメリカではいわゆる純文学はとてもその任に堪えません。そこですぐに続く「序文」でいうように、彼の文学史は「わが祖先の行動に加えて、その思考と知的労働の歴史のようなもの」を、新しい世代に伝えることを目指すものとなります。

ここでちょっとこのナップという人の経歴を見ておきますと、一七八三年（合衆国独立承認の年）に生まれ、ダートマス大学を卒業、弁護士になったが、一八一二年戦争では地方義勇軍の大佐にされ、それから新聞雑誌の編集者となり、雄弁家としても知られたようです。建国直後の知識人の生き方をよくあらわす人のようですが、文学的感性と直接的には縁が薄いように見うけられます。

こういう人は容易に愛国心に駆られ、「アメリカ」をふりかざしたかったわけですが、純文学ではその材料がなかなか見つからない。そこで彼はなりふり構わず「アメリカ」探しをするのですね。彼のいう「文学」は、文字で書かれた文化産物のほとんどを指すようになり、政治論（『フェデラリスト』など）、宗教や哲学の考察から、伝説、民話、科学論文などまで含みます。こんなふうですから、この本の復刻版が出た時（一九六一年）、書名は『アメリカ文化史』とされたくらいです。

こんなわけで、この文学史に純文学の内容はまことに乏しいです。当時、詩はまだ日常生活の中に生きていましたから、その紹介は比較的多いですが、他のジャンルとなると寥々たるものです。いま「アメリカ演劇の父」などといわれるウィリアム・ダンラップについては、彼の芝居への言及が一言もなく、チャールズ・ブロックデン・ブラウンの伝記を書いたことに言及されるだけです。そのブラウンについては、「最もすぐれた小説作者の一人」といわれはしますが、具体的な作品紹介は一言もなされていません。ワシントン・アーヴィングは、この本の出版に間に合って登場します。『スケッチ・ブック』も言及される。しかし著者が最も推奨するのは、アーヴィングの『コロンブス伝』（一八二八年）なんです。彼の見るところ、詩や小説よりも、伝記こそが（アメリカにふさわしい）「文学」だったようです。

こうしてこの本は、「文学史」としてはまとまりがなく、長い間無視されてもきました。しかし「アメリカ」をあちこち渉猟した産物ですから、興味深い証言にもなっている。たとえば先住民の文学――チェロキー族の文字の発明や新聞刊行など――を積極的に伝えようとしたりする。そしてどうしてもニュー・イングランドに重点がおかれますが、著者はヴァージニアやペンシルヴェニアを重んじてもいる。つまり「アメリカ」のナショナルな精神のダイナミックな展開を語ろうとしている、といえなくもない。こういうのがアメリカ文学史の原型だなあ、という気持で読んで納得できる本です。

M・C・タイラーのニュー・イングランド主義『アメリカ文学史』

ナップの本が出てからおよそ半世紀、「アメリカ文学史」と銘打つ単行本は出なかったようです。エドガー・アラン・ポーの著作管理人となりながらポーを不当に扱ったとして悪評高い文芸ジャーナリスト、R・W・グリズウォルドが何冊かのアメリカ詩文選を出し、またニューヨーク文壇で活動したエヴァートとジョージのダイキンク兄弟が大冊の『アメリカ文学事典』(一八五五、一八六六年)を出すようなことはしました。それからもちろん、ニュー・イングランド・トランセンデンタリストを中心に、アメリカ文化独立の意欲の表明も大いになされました。しかし、文学史を書くには、まずアメリカ文学そのものの発展が必要だった。それから、そのための学問的な準備も。

こうしてようやく出たのが、モージズ・コイト・タイラーの『アメリカ文学史、一六〇七—一七六五年』全二巻(一八七八年)です。私はこれをはじめて読んだ時、格別感心もしませんでした。なんだか当たり前のことが書いてあるだけに見えたんです。しかしたとえばナップの本などを読んだ後に読むと、これがいかに偉大な仕事であったか感じられてくる。ナップの本では正体不明だった「アメリカ」が、ようやく見えてくる。しかもタイラーはそれを自分の目でとらえ、トータルに表現しようとしている。たいへんな仕事であったと思います。

モージズ・コイト・タイラーは一八三五年コネティカット州の生まれ、イエール大学、イエール神学校で学び、牧師になった。が健康上の理由で辞職してから、体育の先生のようなことをした後、南北戦争後の一八六七年、ミシガン大学の英文学教授になります。ところが一八七三年、ニューヨークに出て、破滅的な宗教ジャーナリズムに関係する。ヘンリー・ウォード・ビーチャーの「世紀のスキャンダル」に巻き込まれるんですね（この事件については拙著『アメリカのイヴたち』中の「女の自由の巫女――ヴィクトリア・ウッドハル」の章参照）。ただ幸いにも、彼は大学に呼び戻されます。

こんな経歴が、人生や文化の営みについての、単なる大学人ではない視野と、幅広く人に訴える表現力を彼に与えると同時に、もうジャーナリスティックな仕事を拒否し、学問研究に邁進することを思い立たせたようです。『アメリカ文学史』はこうして生まれたのですが、その意図を彼は「序文」で、「われわれがイギリスに終始従属していた時期にアメリカ人によって生み出された著作で、文学として何らかの注目すべき価値があり、アメリカ精神の文学的展開の上で何らかの真の重要性を備えている作品」を提示したいと述べています。植民地時代を扱っても、やはりナショナリズムが基本にあるのですね。

では具体的に、これをどのように行うか。「私はこの国の公立私立の図書館にいまある限りの、植民地時代の著作の群れのすべてを調べようと努めた」と彼はいいます。これだけでもすごいことですが、さらに「いかなるトピックの文学的評価についても、私はまた聞きで意見をきめたことはない。私は考察の対象の作品は自分で検討した」と彼は言い切るのです。自分で読みもしない本について尤もらしいことを述べる文学史も恥ずかしいですが、価値評価を他人まかせにしてしまう文学史の編集者もいる世の中です。タイラーの堂々たる姿勢に感嘆します。

しかし本としての出来は、現在から見ると欠点も多い。全体の構成は、植民地時代を大体十七世紀と十八世紀の二期に分け、そのそれぞれをヴァージニア、ニュー・イングランド、およびその他の地域に分け、そのそれぞれの全般的な説明の後、重要人物の列伝的な著作紹介をしていくというものです。当時はいわゆる文学運動なんぞなかったから、主義・主張による内容構成もないわけで、たいそう平板に見えます。

そしてこの本の見事な紹介をしておられる大井浩二氏（「アメリカ文化史とアメリカ文学史（パリントンまで）」二〇〇五年）も強調されるように、著者のニュー・イングランド偏重が目立ちます。ニュー・イングランドに関する記述が全体の七十パーセントを占め、しかもそれがほとんど崇拝に近い言葉で飾られる。ニュー・イングランド人を「あの十七世紀の現実的な理想主義者――あの目に見えない真と善と美の情熱的な追求者」と呼んだりするのです。これに対して、ヴァージニアは全体としてひどくおとしめられています。

タイラーは、ヴァージニアが植民開始の頃すぐれた著述家を出しながら、十七世紀末までに文学活動を停止してしまったことを指摘、その理由を探って、この地に思想、宗教などの自由がなく、しかもそれが人民の明白な選択によってそうであったことなどを激しい調子で批判し、「このような状況で、どうして文学が芽生え繁茂することができただろうか」と述べています。

ただし、私は大井先生のご意見から多くを学びながら、ここで、タイラーを擁護してみたい気持にも駆られるのです。タイラーもまた、ふりかざすべき「アメリカ」を探した。そしてニュー・イングランドにそれを見つけたことは明かなのですが、それは単に彼がニュー・イングランド出身だったからだけではない。彼の価値観の根底は、いま述べたヴァージニア批判にもあらわれています。自由の精神やデモクラシーが、ニュー・イングランドには生きていると彼は信じていたのです。ニュー・イングランドが本当に自由の土地だったかどうかということは、この際別問題です。折しも、南北戦争がニュー・イングランドの理想主義の勝利で終わったと広く見られていた時代風潮なども考え合わせれば、タイラーのニュー・イングランド主義も分かるような気がいたします。私としては、むしろ、彼が中部や南部の文学にも（記述の分量は少いにしろ）懸命に気を配り、発掘調査にも力をつくしていたことを強く感じます。

タイラーは、植民地時代アメリカ文学についての従来の研究で自分の助けになるものはほとんどない、とこれまたすごいことをいいました。実際、作家や作品についてタイラーの下した評価が、いま私たちの文学史的常識の基盤になっていることを、この本のペイパーバック版の「解説」でペリー・ミラーが見事に説いています。タイラーはまったく知られていなかった著作から豊富な引用をしながら、彼自身の評価を与える。それによって、彼以前には好事家や地方史家の考証の材料を出なかったものが、はじめて「文学」として表舞台に出たことが多いようです。私のような後世の無知な読者は、「なんだか当たり前のことが書いてある」などと受け止めていたのですが、この本によってはじめて植民地時代のアメリカの文学の全貌とその価値が見えてきた、といまは納得させられています。

そしてもうひとつ、タイラーの叙述のなんと生き生きしていることか。植民地時代は文学だけでなく社会も文化もなんとなく鬱然としているというのが、一般的なアメリカ人の印象でしょう。その文学を彼はつとめて明るく軽やかに語ろうとしているように見えます。そのあげく――これも大井先生が指摘されるように――一種ドラマチックで、時には小説的ともいえる書き方になっています。それは時に軽薄な印象を与えもしますが、この本で語られる人物や著作の多くが読者に未知な存在だったことを考えれば、むしろ歓迎すべき特色のようにも思えます。

この本で、タイラーは特別に批評家的な言辞を弄してはいません。しかし取り上げるべき作家、作品、および引用すべき文章の選択それ自体が、すぐれた批評の行為だった。加えて彼は短い評価を述べるのですが、それは彼の人と為りや個性をもとにした評価であり、完全な客観性などはもちろん期待すべくもないのですが、彼はそれをつとめて歴史的展望と照合させ、堂々と表明しています。逆にいえば、文学の展開のまさにドラマを読むように読める叙述そのものが、批評行為の集成であったような気がします。

『アメリカ文学史、一六〇七—一七六五年』は高く評価され、一八八一年、タイラーはコーネル大学に招かれ、アメリカで最初のアメリカ文学専攻の教授になりました。そして一八九七年、『アメリカ独立革命文学史』全二巻を出す。これは植民地時代文学史の続編で、一七六三—一七八三年を扱っています。当然、私はこの本も紹介すべきですが、いいたいことはすでにのべたことと重複しますので、省かせていただきます。

バレット・ウェンデルの英国崇拝的『アメリカ文学史』

次に取り上げなければならないのは、バレット・ウェンデルの『アメリカ文学史』(一九〇〇年)です。タイラーの二巻本の合冊に相当するくらいの堂々たる本です。これについても大井先生が見事な紹介をなさり、かつ批判されています。私もこんどはこの本を弁護する気持がわかないのですが、これをとばすわけにもいかないのです。

最初にちょっとウェンデルの経歴を申し上げましょう。一八五五年、ボストンに生まれました。そしてハーヴァード大学を卒業、一八八〇年から母校の教師、九八年からそこの英文学教授になり、一九一七年まで勤めました。まったくのハーヴァーディアンなんですね。この間に、ハーヴァードではじめてアメリカ文学の講義をもったようです。著作一覧を見ると、英文学（シェイクスピアなど）についての本もいろいろ出しており、教養の根底はどうもそちらにあったような気がします。しかしコットン・マザーの研究も出しており、彼の主著というとこの『アメリカ文学史』らしい。たぶんこの本を出したおかげでアメリカ文学の権威ということになり、一九〇四年にはソルボンヌで「アメリカ文学の伝統」という連続講義もしました。伝統という言葉が好きだったようですね。ハーヴァードでの比較文学講義をもとにした『ヨーロッパ文学の伝統』（一九二〇年）という本も出しています。

さてウェンデルの『アメリカ文学史』は、著者の経歴からも想像がつくと思いますが、タイラーの本以上にニュー・イングランド主義です。いや、ハーヴァード主義といってよいかもしれない。ウェンデルは明らかにタイラーの本をよく読み、本の構成も彼に従うようにして、最初の三章を、十七、十八、十九と世紀ごとに分けるのですが、それはすべてニュー・イングランドを扱っています。第四章に来て、十九世紀なかばまでのニューヨークの文学者を扱いますが、その次のたいへん長い第五章はニュー・イングランド・ルネッサンスとなり、最後の第六章で「その他」として、第四章以後のニューヨークおよび南部をひっくるめて扱う。結局、六章中の四章までがニュー・イングランドの章で、しかもほかの章は短いんです。

ただしここで大事なことは、ニュー・イングランドを重んじる理由が、タイラーとウェンデルではたいそう違っていたことです。タイラーはニュー・イングランド人たちが、「非常な犠牲をはらってでも、考える権利、考えることの効用、およびみずからの考えの正しい結論にのっとって行動する義務を引き受けた」ことを重んじました。ニュー・イングランドの知性が、英国から独立の方向に進む力となったとして、共鳴していることは明かです。だがウェンデルの考え方は、どうも反対の方向に向いていました。ニュー・イングランドの知性は他のどの植民地よりもすぐれていると彼も見ていましたが、それはイギリス「本国」の精神なり文化なりの最もよい部分を最もよく受けついでいるからだと考えてのことでした。

このことは、彼の本の中心をなす「ニュー・イングランド・ルネッサンス」の章における「ルネッサンス」の意味にもあらわれます。試しにF・O・マシーセンの『アメリカン・ルネッサンス』における「ルネッサンス」の意味と比べてみるとよい。マシーセンはそれを、古いものの再生ではなく「芸術と文化の全領域ではじめて円熟に達した」という「アメリカ的なルネッサンスの創造」の意味だと説明しています。つまり大事なのは新しい創造なんです。ところがウェンデルの説くニュー・イングランド・ルネッサンスは、「あらゆる種類の知的生活において、新しい精神が姿を現してきた。しかしこの新しい精神は、この土地にうまれた思考や感情の自然な発露というよりも、むしろ古きイタリアをして古代文明のもつ新しい感覚に目覚めさせたようなものである」という。もってまわった言い方をしていますが、彼にとっては、ニュー・イングランドのルネッサンスも古きヨーロッパ文化の「再生」にほかならないといいたげです。

つまりウェンデルにとって、価値の基準はヨーロッパ、とくにイギリスにあったのです。彼は本書の「序文」で、「われわれの法、われわれの言語、われわれの理想、われわれの生命力は、その最も早い起源をイギリスにもつ」、従って「われわれの主要な関心事は、ただただ、この三世紀間にアメリカは英語文学にいかなる貢献をしてきたかという問題である」と述べています。ここにいう「英語文学」のもとはイギリスにあります。従ってこれを言い換えると、アメリカ文学は英文学の一部としていかに発展してきたか、ということになるのです。

これは、たいそう古くさいアメリカ文学観のようにも見えますが、どこかでいま流行の主張の先駆けみたいなところがあります。ナップもタイラーも根底にナショナリズムをもち、「アメリカ」を押し立てようとし、その「アメリカ」探しをしたのですが、ウェンデルはナショナリズムを脱けちゃっているんですね。ボーダーレスというべきか、グローバリストというべきか、「アメリカ」なんぞを押し立てはしない、それを探しもしない、ただ英国の延長にそれを見ているだけなのです。

こういう姿勢ですから、本書の記述方法は、それぞれの時代でまずイギリスの歴史や文学を語り、ついで同時期のアメリカの歴史や文学の有様を語って、その「貢献」度を計るというやり方です。もっともこんな方法をいつまでもとれるはずはなく、アメリカ独立後の十九世紀になると、アメリカ文学は「別個の考察に値する地点」にまで発達したとされます。しかしそれでも、さまざまな形で英文学を基準としてアメリカ文学を計る姿勢は続くのです。

ウェンデルのこういう英国崇拝《アングロファイル》ぶりはつとに指摘されるところですが、それはさらに彼の階級意識、知的貴族尊重主義《ブラーミニズム》、あるいは反デモクラシーの姿勢となってあらわれもします。そしてもちろん、彼の文学史そのものの中身となってあらわれるのです。彼の文章も結構、読ませるための工夫はしているのですが、どうも鈍重です。内容はといえば妙に細部にこだわり、全体の動きが見えにくい。ケンブリッジ・ブラーミンなどの文学活動の紹介はこまかく、しかも敬意に満ちていますが、ニュー・イングランドの外の庶民階級の文学・文化の紹介になると、抽象的で生気がない。先にもふれたように、十九世紀後半のニュー・イングランド以外は「その他」でくくられてしまいますが、辛うじて「ウォルト・ホイットマン」だけは一つの項目にされていますので、ちょっとうかがってみましょう。

ホイットマンは「最も目立つ腐敗の中心地」（ニューヨーク）の近くに生まれた「いやしい育ち」の人だそうです。彼のデモクラシーは最も平等を重んじるものだったが、それは「同じ政府が同じ造幣局で鋳造したのだから青銅のセント貨と金のドル貨の価値はまったく同じだ」というような主張だったそうです（これはさすがに冗談として述べたのでしょう）。こんなふうですから、ホイットマンの詩の美しさはまったくウェンデルの理解の外にあります。ホイットマンの最も美しい詩の一つといってよい「ブルックリンの渡しをこえて」の一節を引用しながら、こういうすごい批評を下しています――「混乱し、不明瞭で、まるで六詩脚《ヘクサメター》が下水のように下からブクブク泡立とうとしているかのような、一種狂ったリズムでわき返る」。

同様にして、十九世紀後半の西部の文学の発展についても、ウェンデルはほとんど何らの意味も見出しえていません。マーク・トウェインだけはその存在を認めていたようで、『ハックルベリー・フィンの冒険』を「ミシシッピー川のすばらしいオデッセイ（放浪記）」と述べていますが、ほかの西部作家には誰一人言及がありません。「文学的表現」は「西部がまだ実現していないもの」とし、大衆ジャーナリズムやアーティマス・ウォードその他のユーモリストの存在を認めるだけです。

現代型アメリカ文学史の出現

「アメリカ」不在で、それを探求する姿勢もない大家による大冊に暗澹とさせられた後で、ちっぽけな本ですが、ジョン・メイシーの『アメリカ文学の精神』（一九一三年）をめくるとほっとします。ここには、とにもかくにも「アメリカ」がある。著者はジャーナリストで、これは通俗書にすぎませんけれども。

メイシーは一八七七年、デトロイトに生まれました。中西部の出身ですね。ハーヴァードを出たけれど、ニュー・イングランド人じゃない。そしてジャーナリストになった。リベラルな雑誌

『ネイション』の文芸部の編集などをしています。ついでですが、ヘレン・ケラーの教師として有名なアン・サリヴァンは彼の妻です。そしてヘレン・ケラーの自伝『私の生涯』（一九〇三年）は、彼の手になる本です。

そういうジャーナリストとして、メイシーは十九世紀末から二十世紀初頭における時流の変化をつかみ、たとえば進歩主義《プログレシヴィズム》の風潮などを積極的に受け止めていたらしい。彼の小さな文学史に、そういう姿勢がはっきりあらわれているのです。彼はその「序文」で、「精神においてはっきりもう死んでいるけれども、名声の惰性によって名前が生きながらえている作家」はもはや取り上げるべきではないとして、「私が申したいのは、要するに、死せる鼠は生ける獅子に及ばず、ということだ」と言い切っています（もちろんこれは、「死せる獅子は生ける鼠に及ばず」をもじったもの。死せる獅子どころか、死せる鼠のような作家を抹殺せよというわけです）。

こういう姿勢で書かれた本書は、アーヴィング、クーパー、エマソン、ホーソン、ロングフェロー、ホイッティア、ポー、ホームズ、ソロー、ローエル、ホイットマン、トウェイン、ハウェルズ、ウィリアム・ジェイムズ、ラニエ、ヘンリー・ジェイムズの十六人を取り上げています。ホームズやローエルがまだ残り、メルヴィルやディキンソンがまだ入っていませんが、それはこの時代では仕様のないことだったとすれば、ようやく現代風アメリカ文学史の形に近づいたといえそうです。

メイシーはこの十六人にそれぞれ一章をあてて、全十六章とし、序論にあたる「一般的特徴」の章を加えて、アメリカ文学の特徴を概観して見せます。「アメリカ文学は全体として理想尊重で、甘美で、繊細で、巧みな仕上がりである。……その顕著な例外はわれらの最もたくましい天才たち、ソロー、ホイットマン、マーク・トウェインだ」とか、アメリカ文学者は滅多に「人生の問題」と四つに組もうとしないとか、ヘンなことをいいます。が、ここにいう「アメリカ文学」とは、どうやらこの時代（十九世紀末から二十世紀初頭）のアメリカの、お上品ぶった教養本位の伝統派が求めるたぐいのアメリカ文学であって、むしろ彼のいう「顕著な例外」こそが本当のアメリカを代表する文学者なのです。そしてそういう文学者をこそ彼は求めている。彼は、「文学の材料として、アメリカは処女地であり、生命そのもののように古く、荒野のように新鮮だ」と、カッコイイこともいうのです。

メイシーはどうも、一番手近の否定すべき敵としてウェンデルの文学史を見ていたようです。たとえばホイットマンの扱い方を見ても両者の違いは明瞭ですが、ここでは「マーク・トウェイン」の章を取り上げて見ることにしましょう。その中で、名前はあげませんが「ある分類好き」の人が『ハックルベリー・フィンの冒険』を「ミシシッピー川のオデッセイ」と呼んだとして、その比喩の「際立った不適切」ぶりを難じています。トウェインの小説は「現代のリアリズムの作品で、独創的で、深くかつ広く、（従って）アメリカ文学の中でひどく孤立している」。それは古典文学の比喩などで説明されるようなものではないというわけです。ことほど左様に、メイシーはトウェインのほとんどの主要作品を彼自身の情念をこめて読み解き、彼自身の言葉でその意味を語ってみせます。人間批評家としてのトウェインの鋭さも、ユーモリストとしての彼の巧みな表現も、適切な引用とともに見事に伝えています。

ただせっかくの「生きた」内容の展開にもかかわらず、メイシーの本には文学史として大きな欠陥がありました。歴史的な展望が稀薄なのです。十六人の文学者について、その生没年や作品の出版年などは、本文中でまったく記載されません。各章の最後に略伝紹介があってそれを補うのですが、本文の記述はまるで時空を越えてしまっています。そして時代の動きとの関連なども、ほとんど無視されています。時代や伝記的事実を作品と機械的に結びつけることは、しばしば文学史の内容を損い、間もなくニュー・クリティシズムなどから強く批判されることになるわけですが、その両者の関係を慎重に考慮した有機的な展望がないと、せっかく立ち上げようとした「アメリカ」が像として実を結ばない。その傾きがこの本にもあるような気がするのです。

小さな本の次に、また大きな本を取り上げます。大きな本だけれども、小さな扱いですました い本です。『ケンブリッジ・アメリカ文学史』全三巻(*The Cambridge History of American Literature*, 1917–21)といいます。アメリカが第一次世界大戦に参加、イギリスを含む連合国側の勝利の力となり、世界の大国としての存在を示すようになった時代で、『ケンブリッジ・英文学史』全十四巻（*The Cambridge History of English Literature*, 1907–16）の向こうを張って出すことになったのでしょう。

私はこの本の編集や出版の経緯をよく知らないのですが、四人の編者の筆頭に名前のあがっているウィリアム・P・トレントが一番の中心者でしょうね。彼は南部のリッチモンド出身で、ヴァージニア大学で学び、テネシー州セワニーのザ・サウス大学で英文学教授をしている時、知的無気力に陥っている南部に活気を吹き込もうという意図をもって『セワニー・レヴュー』を創刊したことで知られます。一九〇〇年からコロンビア大学の教授になりました。そして一九〇三年に『アメリカ文学史、一六〇七―一八六五年』を出しています。ごく初期のアメリカ文学専門家の一人といえるんでしょうね。そしてジョン・アースキン、スチュアート・P・シャーマン、カール・ヴァン・ドーレンといった人たちの協力を得て、こんどの本の編集に当たった。どれも世間に知られる学者・批評家です。だが、かなり杜撰な計画だったんじゃないか。三巻本が途中で収まらなくなり、四分冊になったりしています。

編者たちは四人連名の「序文」で、本書は合衆国のあらゆる地方の学者（合計六十四名）の協力を得てつくる最初のアメリカ文学史であり、「単に純文学《ベル・レトル》だけの歴史というよりも、むしろ著作に表現されたアメリカ人の生《ライフ》の展望」であろうとする、とその目的を述べています。それからナップ以後のアメリカ文学史を総点検して、愛国主義に流れたり審美主義に流れたりした欠陥を次々と批判してみせた後（これが「序文」の大部分を占めます）、「この二世紀間の著作をよく知るならば、アメリカ文学批評の精神を拡大し、精力的《エナジェティック》で剛毅《マスキュリン》にならなければならない」と（ウェンデルの「なよなよした」「審美主義」を斥ける形で）妥当さを含む見解を示しています。しかし、ではそれをいかにして実現するか。従来の文学史でも重要視されてきた「空想的文学」を無視はしないが、「旅行記、演説、回想記といったような、文学史の主流からいくらかはずれた分野」にも然るべき地位を与えるように努めたそうです。ここで「序文」はぱったり終わります。まるで、扱う分野を増やせば「生」の展望ができるとでもいいたげに見えます。あのジェイ氏が「合衆国の著作（Writing in the United States）」の教科《ディシプリン》に何でもかんでもつっこもうとし、エモリー・エリオット氏が自分たちの文学史にマイノリティその他をいっぱい入れたことを思い出します。しかし、全部で六十四名の学者の寄稿を得、盛り沢山の内容にはなったけれども、『ケンブリッジ・アメリカ文学史』はまとまりのない本になったといわざるをえません。各章の出来栄えもぴんからきりまでありますが、章ごとの有機的なつながりがまるでないのです。

　私としては、「アメリカ」が稀薄であることが残念です。軽薄な愛国主義を斥けたことは大いに結構です。しかし世界がいまやアメリカ時代にさしかかってきたこの時こそ、その「アメリカ」とは何かを、真剣に考えるべきだった。「アメリカ」探求の姿勢がまさに必要だったのに、全体としてそれが弱い。だから内容はてんでばらばらになってしまったように思います。

探求の努力こそが訴える

最初に申しましたように、私の話は「――をめぐって」の雑談ですので、まとまった結論といったものはありません。許された時間をとっくにすぎてしまいましたので、しめくくりの言葉のみ申し上げます。

ひとつ思いますのは、こうして古いアメリカ文学史の苦心や失敗のあとを見てきますと、パリントンからスピラーにいたる文学史が、いかに欠点を多く含もうとも、内容・表現ともにまことに「生きた」ものに読めるということです。そしてそれはどうも、この人たちが「アメリカ」を考え、表現しようとしていたことに一番の原因があるように思えるのです（スピラーの編著は、文学作品の価値評価や表現のあり方を執筆者にまかせきりにせず、本全体として有機的な統一を計っています）。現在批判されるように、「アメリカ」を白人男性中心に考えたり、「アメリカ」について自己満足的なところがあるかもしれない。しかしともかく文学を通して真剣に「アメリカ」を探求している。そこから、これらの本が訴える力の、少なくとも一部は生まれてきているような気がいたします。

現在、「アメリカ」がたいそう見えにくくなっていることは事実でしょう。しかしふと思い返すと、『アメリカ』文学の終焉」というような議論も、じつは見えにくくなった「アメリカ」を改めて探求する気持を表現しようとしているのかもしれない、という気もします。ジェイの論文を、私が辟易しながら評価するのも、そういう気持が感じられるからかもしれません。で、ついでに申しますと、このジェイ氏も、結局「国民国家《ネイション・ステイト》は現代の文化生活に不可欠の要素だ」と述べたりしているのです。外からアメリカを眺める私たちは、そういう国民国家としての「アメリカ」の総体を、たぶんアメリカ人よりも受け止めやすい位置にあるような気がいたします。

ただ、その「アメリカ」の成り立ちは決して容易でも単純でもない。代々のアメリカ文学史が取り組みに苦闘してきたように、複雑で危い存在です。これを受け止めるには、作品のひとつひとつを精確に読み味わうという基本をきっちり積み重ねていくことが、いまますます必要になっているような気がいたします。

第3章　知性主義と反知性主義

アメリカ文学創造の活力

〈知〉と〈反知〉

アメリカではしばしば反知性主義が猛威をふるうことがあります。宗教界では原理主義《ファンダメンタリズム》なんてのが根強く生きていて、すべてのことは聖書の教え通りに成り立っていると信じ、人間が猿と共通の先祖から進化してきたと説くダーウィンの『種の起源』などはだんこ発禁にすべきだと主張します。すごいのは、こういう主張が簡単に政治と結びつくことで、アメリカ独善主義となって、違う価値観をもつ国や地域を一方的に武力攻撃したりもします。

ところがまた、アメリカくらい知性主義が幅を利かしている国も少ないのではないでしょうか。合理的に利益を求めることがすべての判断の基準とされ、エッグヘッドと呼ばれる、額《ひたい》が大きくてかてかし、いかにも〈知〉そのもののような人が国を動かし、経済を論じ、大学にあふれています。もっとも「エッグヘッド」とは、反知性派には軽蔑をこめた言葉として用いられることが多いですが、それでも日本の「青白きインテリ」などと比べれば、はるかに精力にみちたイメージを保っています。

もちろんすべての国の文化・文学に、〈主知〉と〈反知〉の動きはあります。夏目漱石に〈主知〉の傾きが強いとすれば、永井荷風には〈反知〉ないし〈主情〉の傾きを私は感じます。しかしアメリカは、世界の中でこの〈主知〉と〈反知〉の対立が際立って目立つ国ではないでしょうか。二つの主張というか勢力が、真向から向き合い、激しく争ってきているような感じがします。なぜそうなのか、そして私たちはそれに対してどのように対応したらよいのか――ということが、ここで問題になります。なぜならこれは私たちのアメリカ理解の根底につながる問題であり、ひいては私たち自身の思想とか生き方とかにつながる問題でもあるからです。

この〈主知〉と〈反知〉の動きを、アメリカの文化・文学の展開に合わせて歴史的に検討しようというのが、このシンポジウムの狙いではないかと私は思います。で、私も自分の考えを率直に述べたいと思うのですが、最初におことわりしておかなければならないのは、私は岐阜県の山間部、木曽谷の出身だものですから、エッセイなどでよく自分のことを木曽の猿猴《えんこう》書生などと呼んでいる田舎者であることです。猿猴はもちろん冗談の呼び名ですが、アメリカの反知性派の代表、民間伝承の最大のヒーローであるデイヴィ・クロケットが、自分のことを「半身は馬、半身はワニ、スッポンの血もちょっぴり混じってるぜ」とわめいていたことと、どこかでつながるような気もしています。私は一応は大学教授であり、一応は〈知〉の職業にいるわけで、いまここでアメリカの精神社会の歴史を展望する、などという大それたこともしようとしていますが、根っこのところで〈反知〉に共鳴することが少くないようなのです。そういう者のたわごととして聞いて下さい。

運動のドラマ

さて、こういうテーマで議論しようとするほとんどすべての人が言及する文献に、リチャード・ホフスタッターの『アメリカのライフにおける反知性主義』（一九六三年）という本があります。で、私もひとこと私見を述べてみたいと思います。

この本が出た一九六三年は、目茶苦茶な反知性主義をふりかざしたマッカーシー旋風が一応収まって（一九五四年十二月に連邦上院のマッカーシー非難決議採択）まだ数年しかたっていない頃です。ホフスタッターがこういう本を出せるようになったことの喜びを本書中であふれさせている点について、シンポジウムのパネリストの一人、志村正雄さんは当時アメリカの大学で若き先生をしていて、リアルタイムにこれを読んで感銘をうけたといっておられます。志村さんは私の敬愛する〈知〉の人であり、そういう人の反応として、まことによく分かる話です。しかし、たぶん、私はその数年後に、アメリカ文学史や文化史の勉強の参考書としてこれを読んだのではなかったかしら。しかもさっき述べた猿猴書生として読んだ。で、この名著に若干の違和感を覚えながら読んだような気がするのです。

ホフスタッターは明らかに〈主知〉の代表でしょう。その自覚もあった人に違いない。彼は反知性主義の跳梁跋扈《ちょうりょうばっこ》を苦々しく思っていました。それで、なぜこんなことがアメリカで起こるのか、歴史的に検討してみせたわけです。当然、彼は反知性主義を歴史の流れとしてとらえることになります。反知性主義をmovements（運動、あるいはもっと幅広い意味での社会的・文化的な流れ）としてとらえ、それがいかにして起こり、いかに展開したかを語るのです。しかもすぐれた歴史家らしく、客観的に語る努力をしています。反知性主義の発生・発展の根拠もきっちりと説き、部分的にはその功績のようなものも語ります。ただし、そのまことに反知的な展開の有様をこそ、ほとんど雄弁に述べてみせるのです。

ただ、それを「運動《ムーヴメンツ》」として語るうちに、主知主義にしろ反知性主義にしろ、どうしてもそれの極端な部分を取り出してきて、両者のせめぎ合いを中心に語る傾きが生じてしまう。実際アメリカではその両方が際立った形で展開したのですが、それにしてもそのせめぎ合いを強調する方が叙述がドラマティックになって興味が高まります。この本はその点で大いに成功していると思います。社会・文化（原題にいうライフとはこれをひっくるめた言葉でしょう）の史的展望としては、見事というほかありません。しかし、文学という個々の人間の内面をより深く探ろうとする学問分野の者の視点に立つと、問題はもっと複雑で微妙な部分があるのではないか、という気が私にはしてくるのです。

個々の人間の中のせめぎ合い

「運動」の展開を眺める視点は、もちろん十分に妥当性をもち、多くのすぐれた歴史書を生んできました。ホフスタッターの本もその好例です。しかしこの視点による展望では、個々の人間が〈主知〉〈反知〉のどちらかに押し込められてしまいがちになります。だが多くの、少なくとも文学創造に関係するような人は、この両面を合わせ持つのではないでしょうか。

たとえばピューリタンの植民地時代に、アン・ハッチンソンは〈主知〉の教会の権威に挑戦し、〈反主知〉の異端として罰せられた、というふうにホフスタッターは語っています。しかしハッチンソンは、彼女を裁いたジョン・ウィンスロップ自身が、「当意即妙の wit と大胆な spirit をもった女」（一六三六年十月二十一日）と日記で記す人でした。ここにいう wit は intellect に近い意味でしょう。審問記録を読んでも、そのことはよく分かります。並はずれた〈知〉の人で、まさにそのことが教会の権威筋を悩ましたのです。ただ審問の最後に、追いつめられて、神の直接の啓示を自分は受けたと述べたために、聖書の言葉のみを信じる正統派の立場に反する人物とされてしまったのです。反律法主義《アンティノミアニズム》というのは、後からハッチンソンやその同調者につけられた呼称であって、ハッチンソンが神の啓示をふりかざして反律法を主義としたわけではありません。だから彼女を反知性主義の人ときめつけるのは、一方的な裁断であるように思います（後には、彼女は反律法、反知性の故をもって、高く評価される傾きも生じるのですが）。彼女は〈反知〉と〈知〉をともに示した人なのです。とくに女性であるがゆえに、そのいずれかが強烈に目立ったのでしょう。

ちょっと付け足しておきますと、この審問の途中で、教会の人々に信仰のあり方を説くハッチンソンの言動は「女にふさわしくない」とされ、そのことが彼女が社会にとって有害であることの理由の一つにされ、彼女はマサチューセッツ植民地から追放されることになるのです。主知的か反知的かという問題が、「ジェンダー・レトリック」に転換された、早い時期の顕著な例だといえます。

話を進めます。ホフスタッターは、アメリカの歴史で知識人が社会的権力になったのは、ピューリタン聖職者の時代と建国の父祖の時代だけだったといいます。（これはずいぶん大胆な言い方ですね。）そしてその建国の父祖たちの中に、もちろんベンジャミン・フランクリンやトマス・

ジェファソンを含めています（賢明にも彼はジョージ・ワシントンは含めていません）。彼らはともに啓蒙主義の申し子でしたから、合理主義的知性の持主でした。そしてフランクリンは、その合理主義の故に後に反知性主義者たちから俗物根性の持主として嫌われたり軽蔑されたりし、大統領になったジェファソンは政敵たちからのその知性の故に政治家としては非実際的で行動力に欠けるとして攻撃されました。

そう、そこまではホフスタッターのいう通りです。しかし、もうちょっと個々の人の内面を見れば、フランクリンは、むしろ反知性主義的にホークス（人かつぎ）やトールテール（ほら話）によって人気を博し続けた人だし、彼が創造した人気キャラクターであるサイレンス・ドゥーグッドやプア・リチャードの言葉を引用すれば、彼の反知性主義はいくらでも証拠立てられます。つまりフランクリンは、知性主義と反知性主義を合わせ持っていたのです。

ジェファソンについても、同様なことは容易に証明できるでしょう。彼はこんな言葉を残しています――「何らかの道徳上の問題を、農夫と、それから教授に述べてみなさい。農夫は教授と同様に、いやしばしば教授よりも立派に、判断を下すでしょう。なぜなら彼は人工的な規則に迷わされることなく生きてきたからです」。ジェファソンは、農夫の実際性の方を教授の知性よりもすぐれた判断をするものとして評価してみせたのです。

フランクリンと同時代の文化界の大物、ジョナサン・エドワーズについても、彼らによる大覚醒運動はホフスタッターによって反知性主義の動きとされていますが、その要素はたしかにたっぷりあったとしても、エドワーズは同時に、たぐい稀れな知性の人だったのではないでしょうか。これはもう証明する必要もないと思います。

時代をどんどんとばしましょう。こんどは逆に反知性主義の代表のように見られるヘンリー・ソローはどうか。私も彼を野性に満ちた自由人と受け止め、その故にこそ彼を愛してやみません。しかし、彼は当代切っての古典通であったようですし、彼の自然生活も純粋な〈知〉の実現をこそ求めたものであったともいえるでしょう。『ウォールデン』中、たぶん最も有名な「住んだ場所と住んだ目的」の章で、ソローは夜明けの目覚めの功徳を美しく語りながら、「肉体労働をなすのに十分なだけ目覚めている人はいくらだっている。しかし知性を有効に働かせるに十分なほど目覚めているのは百万人にひとりだけだ」と述べています。（もっともここでソローがintellectualという言葉で何を意味したかは、もっとよく検討しなければなりません。彼はこの言葉をpoeticやdivineの下においているようなのです。）トランセンデンタリストたちは〈知〉よりもintuition〈直覚〉を重んじましたが、どうもその〈直覚〉は〈知〉の極限までいった先に発動されるべきものであったような気がします。

さらに一挙に二十世紀にとびましょう。ソローと逆に知性派の代表のようなT・S・エリオットですら、じつは「知性からの解放」を求め、「感覚と知性の両者が直接的につながった状態」

を理想としていたことを、出口菜摘さんはこまかく立証されています。つまりやはり、主知と反知を合わせ持った人で彼もあったのでしょう。

またその逆の、反知性派の代表のようにホフスタッターが語ったビートニックスについて、志村さんが反論を立て、ゲーリ・スナイダーを例にあげて、ビートニックスにもすぐれた知性人がいたと述べられています。私もそうだろうと思います。ビートニックスの先輩格のケネス・レクスロスなども、私はその知性の展開を面白く思っています。しかしホフスタッターはまさにこの本の執筆時に、とくに大学や大学の周辺で勢い盛んに見えたビートニックスやそれに同調する若者たちの、社会的「運動」の様相を呈した反知性主義的表現に、腹にすえかねるものを感じていたのでしょうね。これだけの〈知〉の人が、まるで〈知〉を捨てたみたいに口を極めてビートニックスをののしっています。

「自然」vs.「文明」の歴史

確かに、ホフスタッターが語り、描くように、主知主義と反知性主義は「運動」として対立し合い、アメリカ社会・文化史の興味深い部分をつくってきました。しかし少なくとも文学に焦点をあてて見ると、アメリカの文学者、すぐれた文学者はそれぞれの中に〈知〉と〈反知〉の要素をかかえ込み、必ずしも「運動」のように一方に流れてしまうことはなかったように思われます。しかもこれを単に文学者の両面感情《アンビヴァレンス》と見るだけでは、アメリカ文学を正しく見ることにならないでしょう。

〈知〉と〈反知〉というこの二つの価値観ないし人生態度は、アメリカ文学者でなくても、真剣にものを考える人ならば合わせ持っています。私のような学者のはしくれでも、猿猴書生と自覚しながら、こんなシンポジウムに参加させていただくほどの〈知〉の人間（らしい）です。しかしアメリカの文学者、少なくとも真剣な文学者を特徴づけるのは、これと違って、二つの「運動」がアメリカの文化・社会の中でせめぎ合ってきたのと同じように、それぞれの自己の中で二つの価値観を激しくせめぎ合わせていることだと、私には思えます。文学者が真剣であればあるほど、このせめぎ合いの度合は激しさを増すようにも思えます。それがアメリカ文学の特色の一つといえるのではないでしょうか。その実例は、いますでに名をあげた文学者たちのほかに、エマソン、マーク・トウェイン、ヘンリー・ジェイムズ等々と、いくらでも思い浮かんできます。

ではなぜそうなのか。

話はますます大ざっぱになり、しかも結論だけ申し上げることになりますが、ご容赦下さい。アメリカ文学者においては、なぜ〈主知〉〈反知〉のせめぎ合いが激しいのか。それは、アメリカの成り立ち、アメリカ文学の成り立ちにつながる問題だと思います。

アメリカは、そしてアメリカ文学は、ヨーロッパから自分を切り離すことによって出発しました。ところで、人間というものは、人間自然の情によるのでしょうが、自分を正当化したがりますね。で、アメリカ人の多くもまた、自己正当化の論理として、ヨーロッパを、その歴史の古さの故に腐敗した「文明」の世界、アメリカを、その地理的、精神的状況からして清浄な「自然」の世界と見ました。ピューリタンたちは、アメリカをNew Edenと呼びました。（ヘンリー・ナッシュ・スミスはVirgin Landと呼びますね。）そして「文明」を〈知〉と結びつけ、「自然」を人間本来の〈心〉あるいは〈情〉と結びつけました。こうして、反知性主義がアメリカ人の思考の底流として形成されるわけです。（ホフスタッターの論にもかかわらず、私は、ピューリタン聖職者にも建国の父祖たちにも、こういう底流としての反知性主義はあったと思います。）

しかしながら、アメリカ人にとって、自分の出生地たるヨーロッパとの絆を絶ち切ることは難しいのです。というより、自分をヨーロッパから切り離そうとすればするほど、より深いところでの絆の存在を確認するのです。アメリカ的「自然」は、不安であります。ヨーロッパの伝統や秩序は、不安定な生活を糊塗し、不安を忘れさせてくれます。アメリカの「ないないづくし」の文化への劣等感をもとにして見ると、ヨーロッパの「文明」はやはりあこがれの対象になるのです。社会や文化に対して責任を自覚すれば、自然に主知主義もたかまってくることになります。そういう感情を否定して素朴なアメリカ主義に立てば、反知性主義になります。こうして個々の人の中でも、真剣に考えれば考えるほど、二つの感情、二つの主義はせめぎ合うのです。

こういうわけで、「文学」という多かれ少なかれ自意識の営みにかかわる人間は、この二つの価値観の間で大きく揺れることになるのです。土着主義的な心情をもとにした民間伝承や大衆文化の世界では、反知性主義は圧倒的に強いです。アメリカン・アダム的自然人がそのヒーローとなり続けますね。しかし、われらのソローも、エマソンも、ホイットマンも、「自然」をもとにした生、つまり反知性主義を標榜しながら、もうひとつ現実的に、アメリカのあり方、自分のあり方を考えた。その時、ホイットマンの言葉を借りれば、「最大限の慎重さや分別」(『草の葉』初版の「序」)を偉大な文学者に求めることになります。大きなわめき声の下での、こういうつぶやきのような声がほんとうの本音の表現であることはしばしばありますね。こうして、反知性主義のチャンピオンのような文学者たちの中でも、二つの価値観がせめぎ合っているのです。

アメリカにおける文学創造の活力

そして大切なことは、こういうせめぎ合いが自己の中で激しくなされているからこそ、彼らの声が文学的真実の表現となりえたということです。ホイットマンはただ〈反知〉をわめいていたのではない。彼は思索の努力をする中で〈知〉の反撃にあい、足もとを揺るがされた。そこから生じるたゆたい、ためらい、あるいは混乱や自己矛盾、そしてそれを乗り越えて自己の存在をたかめようとする意志、そういう心の葛藤、それにともなう表現の模索があって、彼の詩はアメリカを代表するものとなりえたのではないでしょうか。

ホフスタッターはいかにもリベラルな歴史家らしく、いままで「運動」として相争ってきた主知主義と反知性主義とが平和に交流ないし融合する「開放性《オープンネス》」と「寛容性《ジェネロシティ》」をもつアメリカ社会・文化を求めているように見えます。それはまことに〈知的〉な見解であり、反対のしようがありません。いや、私もそういう願いをもちます。しかし、それがなかなかそうはならないことを、ホフスタッター自身がこの本でえんえんと語ったところではないでしょうか。(ホフスタッターの本が出てから半世紀近くたった現在のアメリカでも、二つの争いはますます熾烈になっているように見えます。)

私にはむしろ、二つの価値観がせめぎ合ってきたことこそがアメリカ文学の創造力のもと(少なくともその一つ)になってきたように思えます。「運動」のせめぎ合いは、いろいろな不幸な結果を生んできたかもしれません。かもしれませんじゃない、いま現に目茶苦茶な現象を生んでいます。しかし真剣な文学者は、そのせめぎ合いを自分の中で果敢に行うことを通して、自分のありよう、アメリカのありようを追究し、文学の創造につなげてきたように思えるのです。私にとって、アメリカ文学の格別の魅力の一つは、まさにこの自分のありよう、アメリカのありようの「探究」のおおらかさ、真剣さ、激しさ、そして執拗さです。これがあるからこそアメリカ文学はダイナミックであり、〈主知〉と〈反知〉が小じんまりとおさまってきてしまっている日本の文学などには、なかなか見られぬ特色といってよいでしょう。そしてこういう自己とアメリカの探究の実例をあげていけば、優に一冊のアメリカ文学史ができること間違いないと思います。

[補足]〈知〉だけが文化ではないということ

先程も申し上げましたが、ホフスタッターに従うと、アメリカで知識人が社会的権力になったのは、ニュー・イングランドの聖職者の時代と、建国の父祖の時代(だけ)でした。デモクラシーが発達し、平等主義が唱えられ、民衆主義《ポピュリズム》が力を得てきますと、社会・文化に対して責任をもつジェントルマン階級がしだいに実質的な力を失い、主知主義は社会的な力を失ってきたといいます。

ホフスタッターの記述でさすがに素晴らしいなあと思ったのは、そういうジェントルマン階級の力の喪失の具体的なあらわれとして、十九世紀に mugwump ambivalence が支配的になってきたことを指摘しているところです。マグワンプというのは、もとインディアン語で「大物」ということらしいのですが、自党の政策などにも大物ぶって超然とした態度を示し、実はただ形勢を傍観している連中を指します。文化界では、ボストン・ブラーミンなんぞがこの典型になります。知的にすべてを達観しているようだが、実質がなく、力がない。

ホフスタッターによりますと、こういう無力な「大物」たちと違って積極的に活動しようとする知識人は、アメリカではいつも疎外感を味わされてきました。ついには、みずから亡命者《エクスパトリエイト》をもって任ずるようにもなる。一九二〇年代のロスト・ジェネレーションの文学者たちはこれだということになります。（しかし彼らは本当に知識人として積極的に社会的活動をしようとしたんでしょうか。そこのところは十分明らかにされていないような気がします。）

一九三〇年代の大不況時代は、ホフスタッターによりますと、知識人が、ピューリタン聖職者時代と建国の父祖の時代に加えて、ようやく階級として力をもつ時代を実現したと見られるようです。なるほど、ニュー・ディール政策は知識人を動員して遂行された趣きがありますね。しかしこれへの反動として、一九五〇年代にマッカーシー旋風が吹き荒れます。ニュー・ディール政策、あるいはニュー・ディール勢力への怨念が、すさまじい反知性主義のたかまりをもたらした、というわけです。

こうして、多少の消長はあるとしても、ホフスタッターの展望では、建国後のアメリカ文化の歴史は〈知〉の衰退の歴史であったということになりそうです。

文学に焦点をあてて、彼はこういうこともいいます。アメリカの文学者は（あるいはアメリカ人の精神は）、ピューリタン的規範《コード》（知性）とデモクラシーの大義（反知性主義）との間にはさまり、「不健康な二重性《アンホールサム・ダブルネス》」を育ててきた、だからこそ疎外感にとらわれることにもなってきたのだ、というのです。これはヴァン・ウィック・ブルックスの有名な『アメリカ成年期に達す』（一九一五年）の説を取り入れたものですが、まだ三十歳にもならぬブルックスの若気の裁断ぶりには目を見張るとしても、円熟した大歴史家の意見としては、いささか概念的にすぎる見方であるような気がします。

　二重性はホフスタッターが示唆するように必然的に不健康なものでしょうか。むしろ二つの相反する価値観の間にはさまって、右往左往し、苦闘する、そういう二重性が、アメリカ文学者の創造力をたかめるもとの一つになってきたのではないか、と私は思うのです。そしてそう思う時、アメリカ文化の歴史を〈知〉の衰退という否定的な観点からだけは見ない。〈知〉に対する〈反知〉の抵抗、奮闘、――時にはおぞましい方向に突っ走りはしたものの――魅力的な活力の発揮といった観点からも、アメリカ文学・文化の歴史を見続けたいと思うのです。

II
文化

第4章 アメリカの「文化」と「文明」

日本人のアメリカ

「文化」と「文明」

「アメリカの『文化』と『文明』」という題でお話をしたいと思います。奇妙な題でありまして、もしこの場に外国の方がいらっしゃったら、何のことだかお分かりにならないかもしれません。しかし日本人は、「文化」という言葉と「文明」という言葉を、微妙に区別して使ってきているのではないでしょうか。もちろん外国でもこの二つの言葉の使い分けはあると思いますが、日本人のような区別はあまりしていないと思います。

司馬遼太郎さんに『アメリカ素描』（昭和六十一年）という本があります。司馬さんはその中で、この二つの言葉を明瞭に定義しておられます。司馬さんによりますと、「文明」というのは「だれもが参加できる普遍的なもの・合理的なもの・機能的なもの」。「文化」は「むしろ不合理なものであり、特定の集団（例えば民族）においてのみ通用する特殊なもので、他に及ぼしがたい、つまりは普遍的ではない」ものを意味します。司馬さんに従いますと、すべての民族は「文化」をもつわけですが、アメリカという人工国家は「文明だけでできあがっている社会」ということになります。ただし、「人は文明だけでは生きられない」。だから「アメリカ人の多くは、何か不合理で特殊なもの（つまり文化）を個々にさがしているのではないか」と司馬さんはおっしゃる。これはこれでよく分かる話ですね。アメリカ人は普遍的な「文明」の中に生きているんですが、これだけでは味気ない。人間は何かわけの分からないものも求めるんです。アメリカ人が日本趣味とか、東洋趣味とかに走るのは、「文明」を生きながら「文化」を求めている証拠だということになります。

言葉の定義はいろいろありうるでしょう。それを妥当なコンテクストにおいて使えば、どう使ってもいいわけで、司馬さんは「文化」「文明」という言葉を独自にうまく使って、興味深いアメリカ論を展開なさっているわけです。

しかし、「文化」とか「文明」という言葉の日本人の使い方をもう少し歴史的に振り返ってみますと、司馬さんとは違う意味で使っていたのではないかとも思えます。ためしに、『日本国語大辞典』の「文明」という項目を引いてみました。するとその第一の定義に、「文教が盛んで人知が明らかになり、精神的物質的に生活が快適であること」とあります。これは問題ありませんね。が、さらにこうあるのです。「人間の内面的な精神活動によって形成された科学、宗教、芸術などの精神文化に対し、人間の外面的な生活条件や秩序についての物質文化をさす。例えば、技術、法制、経済の類」。よく読みますといささか変な文章ですが、要するに「文化」は精神的なものであるのに対して、「文明」は物質を重んじるものだといっているようです。「文化」「文明」という言葉をいつからこんなふうに使い分けるようになったか、私はよく存じません。室町時代、足利義政が銀閣寺を営んでいた頃に、「文明」という年号があります。徳川時代、江戸文化の爛熟期には「文化」という年号がございます。その頃には、「文明」と「文化」を、一方が物質的なもの、他方が精神的なものと、使い分けてはいなかったような気がします。

こうして、二つの言葉の区別ははっきりしていなかったように思うのですが、アメリカのことを学ぶ私たちにとって関心事となるのは、その使い分けと、アメリカをどう考えるかということが、密接な関係をもってくるからです。つまり、アメリカを「文明」という言葉と結び付けて考えることが、日本の知識人の間で伝統になってきました。「アメリカは文明であって、文化ではない」という考え方が、私の理解では明治二十年あたりからはっきりしてきたのです。つまり、アメリカを物質「文明」の国ときめつけ、アメリカには精神「文化」は乏しいとする考え方が、どうも一つの伝統として成り立ってきたように思えるのです。言葉の使い方でアメリカ観そのものが大きく型にはめられてきてしまったような気がする。そこで、「文化」と「文明」という言葉を使って、アメリカをどう学ぶか、どう見るべきかという問題を、少し検討してみたいと思う次第であります。

文明開化からナショナリズムへ

いま私は、明治二十年代から「文化」「文明」をはっきり区別するようになったといいましたが、そのことを少し歴史的にふり返ってみたいと思います。明治時代の出発から十数年ないし二十年近い間、「文明開化」と呼ばれる時代がありました。物質的、現実的、機能的な西洋の「文明」を採り入れることが、国民的な熱気であった時代です。その西洋の「文明」の中でもとくに代表になったのはアメリカです。どうしてそうなったのか。それは第一に、ペリー提督が日本にやってきて開国を実現し、ハリスが来て日米修好通商条約を締結するといった、アメリカ外交の成功にあるでしょうね。おかげで、太平洋を挟んで、日本とアメリカは隣国となります。第二に、アメリカは当時、ヨーロッパの国々と違って、東洋侵略の罪科を背負っていなかったことです。一見したところ平和愛好の国に思えましたから、日本人としては信頼感が生じても自然であったろうと思います。三番目は、もっと重要なことではないかと思うんですが、文明開化で西洋文明を吸収し始めた時に、多くの日本人にとって、東洋は「旧」の世界、西洋は「新」の世界であって、しかもたいていの人が、いまや日本は「旧」を捨てて「新」をとらなければいけないと信じていたことです。そうしなければ、日本は近代国家として成長しえないと考えたのですね。アメリカは、その西洋文明国の中でもいちばん「新」なる国で、西洋の中の西洋ということになります。こういったいろんな条件が重なりまして、文明開化時代に、アメリカは「文明」の最適のモデルとなったわけであります。

しかし明治二十年くらいまで進みますと、日本も近代国家としてどうやら成立しうる見込みが立ち、日本という国について少し自信が生じてきます。すると、これまでのように西洋を無批判に学んで吸収するのではなく、もっと日本の伝統を重んじましょうということになってきます。たとえば、「国粋保存主義」という主張が盛んになってきた。国粋というとおどろおどろしいですが、英語でナショナリティということだと思います。日本の国民性を重んじましょうというわけですね。こうして、明治二十年頃から日本は文明開化時代を卒業して、「ナショナリズム」時代に入っていった。ただし、これは開かれたナショナリズムであります。決して西洋を無視するのではない。西洋からも学ぶべきものは学んで、日本の権威を高めようという姿勢です。

そうなった時、「西洋の中の西洋」であったアメリカの地位は、だんだん下がってくるわけです。どうしてかといいますと、その頃までに天皇中心の日本の組織が確立してきていますから、アメリカのような共和政治の国はモデルになりにくいということが一つあります。また、ナショナリティを重んじる時には、当然、「新」ではなく「旧」を大事にしようという姿勢になってくる。それまでは「新」だからいいといっていたのが、「新」だからだめとなるわけです。こうして、西洋の中では、アメリカよりもヨーロッパのほうが重要視されることになってきます。ヨーロッパの中でも、福沢諭吉のように自由を重んじる人は、イギリスが一番いいとした。イギリスの立憲君主制が、日本のモデルになると考えたのですね。政府の中枢部は、もっと国権を高めることに性急だった。彼らにとっては、イギリスよりもドイツが最高のモデルになってきます。

どうしてドイツかというと、またこれにも理由があります。日本とドイツとの間に非常によく似た状況があったのですね。日本は幕末まで幕藩体制で、二百数十の藩から成っていた。ドイツも三百余の国々に分裂していました。その小さな国々が統合してドイツ帝国ができあがったのです。しかもそうやって出来上がりつつあったドイツ帝国が、一八七〇—七一年の普仏戦争によって、当時ヨーロッパ最大の国であったフランスを負かすわけです。日本の政治家たちは、後進国であったドイツが強国フランスと太刀打ちして勝利をおさめたことに当然注目し、ドイツをお手本にしようと思うんですね。明治二十二年、日本は大日本帝国憲法を制定した時、ドイツの憲法をモデルにする。これは自然な現象でした。しかし、単に政治においてだけでなく、文化の面でもドイツをお手本にする姿勢が強まります。

文化主義の隆盛

教育の面では、明治十九年に帝国大学令というものが出されて、日本にも帝国大学が作られる。それまで日本の最高学府となっていたのは東京大学ですが、これは、いってみれば西洋文明を学び吸収する機関でありました。ところが帝国大学になりますと、「国家ノ須要《すよう》ニ応ズル」人材養成をする機関ということで、方向転換する。そのモデルも、ドイツの大学になります。帝国大学の中の教育の中身も急転換してきます。明治十年代の半ばまで、東京大学の教師の多くは西洋人でしたが、その中でもアメリカ人の先生がたいそう多かった。しかし次第にアメリカの教師は排除され、ヨーロッパ、とくにドイツ人の教師が採用されるようになる。

大学には大学の思想があります。西洋文明を吸収することに懸命になっているときの東京大学の思想は、社会進化論だったといっていいでしょう。弱肉強食、適者生存といった生物進化論や社会進化論が、おもにアメリカ経由で日本に入ってきます。E・S・モースという大森の貝塚を発見したことで有名な動物学者はもちろんのこと、やがて日本美術の復興に貢献したアーネスト・フェノロサなども、アメリカから来て進化論を教えていたんですよ。しかし明治二十年頃から、ドイツから来た教師たちが思想教育を牛耳っていくようになる。ルードヴィッヒ・ブッセやラファエル・フォン・ケーベルといった哲学の先生たちが、たいへん尊敬を集めます。そして、社会進化論という俗っぽい現実的な思想をしりぞけ、ドイツ理想主義の哲学、カント、ヘーゲルの流れをひく観念論的理想主義の思想を教えるわけです。この頃から、日本で哲学というと、カント、ヘーゲルが代表する難解なドイツ哲学を意味するようになるわけです。

さて、ドイツ理想主義の哲学が強力に主張してきたのが、「文明」に対して「文化」という観念でした。いままで日本人が吸収していた「文明」は、人間が現実的な生活を営むにあたっての合理的な手段にすぎない。それに対して「文化」は、長い歴史と伝統の積み重ねによる人間の高度な精神的営みの産物である。それをこそ我々は学んで吸収しなければいけない、ということになってきます。

ドイツの思想家たちが「文化」を重んじたのは、十分わかる話です。ドイツはヨーロッパでは後進国でした。物質的にも貧しい国です。だからせめて精神で対抗しようじゃないかというわけで、「文化」(Kultur)の価値を大いに強調したのですね。日本はどうかというと、明治二十年代になっても、ヨーロッパと比較すれば、経済的に貧しいわけですから、物質的には太刀打ちできません。それじゃあ精神でいこうじゃないかということになります。それで「文化」主義は日本でも歓迎されることになったわけです。

こうして、いままで大事に思ってきたアメリカを物質的な「文明」だとして切り捨て、ドイツ流に、日本も「文化」にならなければいけないという思想家、知識人たちの基本構造ができあがってきたわけです。「文化主義」が日本の知識人の間でもてはやされることになります。とくに日露戦争で日本が勝利したことによって、日本の精神に誇りと自信をもった時、政治や社会を見下した一種の精神主義がたかまってくる。大正時代には、京都大学の朝永三十郎（『近世に於ける「我」の自覚史』大正五年）、桑木厳翼（『カントと現代の哲学』大正六年）、在野では左右田喜一郎（『文化価値と極限概念』大正十一年）といった「文化主義者」を輩出することになります。大正教養主義といわれるものは、これにつながるといってもいいでしょう。

さて、文化主義はもちろん結構ですよ。最終的には人格を高める主張ですから、悪いことはない。ただ、「文化」と「文明」のこういう使い分けが、人間の営みの物質的な面を軽蔑するようになっていく時に、問題が生ずる。アメリカについての考え方にも、それが関係します。物質的に繁栄したアメリカを「文明」ときめつけ、その精神性を無視して軽蔑する傾向が強まることになったのです。ついには、和辻哲郎のような幅広い思索をした哲学者でも、日米戦争中のことですが、「アメリカの国民性」（昭和十九年）という講演で、こんなふうに述べています。

アメリカは今機械文明の尖端に立ってゐる。その機械力はまことに膨大なものであるが、しかしそれによつてアメリカ人が道義的に向上したわけでもなければまた芸術的に醇化されたわけでもない。ただ衣食住が著しく安易になり、享楽が著しく刺激的になつたといふだけである。アメリカ人にとつては機械なきところには「文明」はない。がその反面に於いて彼らは機械なくしては生き得ない。かかる機械の奴隷には「文化」はないのである。

アメリカには、「文化」つまり精神的なものはないとでもいいたげな、たいへん明快な、しかしたいへん抽象的な議論です。一つの国を「文化」か「文明」に分けて、精神的か物質的かという尺度で裁断してしまうことは、非常に無理であろうと思います。しかし、明治二十年以降、日本を精神「文化」の国として権威あらしめようとする人々には、アメリカを物質「文明」の国として低く見て、日本の反面教師――ああなってはいけないという反面教師、あるいは逆モデル――とする傾向が、どうも強くあったのではないかと私は思います。いや、現在でも、その種のアメリカ論は、しばしば頭をもたげているのではないでしょうか。

アメリカ「文明」の弾劾

アメリカを物質「文明」の国として批判軽蔑することは、和辻先生のような哲学者の抽象的な議論だけでなく、一般の人々にもほとんど無限になされてきました。その実例を、二つだけ紹介しようと思います。

一つは、戸川秋骨の「北米大陸横断の記」です。戸川秋骨は島崎藤村などと一緒に雑誌『文学界』を出して、明治ロマン主義の先頭を走った人です。東大英文科を出て、慶応大学教授をした知識人でもあります。『エマーソン論文集』上下(明治四十四年)の翻訳もある。この人にしてなおかつ、『欧米紀遊二万三千哩』(明治四十一年)中の北米大陸横断の部分に、こんな記述があるのです。

十月二十三日　金色の米国——つまらぬ文明

米国は金の国である。即ち財貨《かね》の国である。……風雅の趣味自然の美を知らぬ、米国人は唯只金色を以つて衣食住以外の欲望を充たして居るのである。……米国人は衣食住に狂奔して居る。……併し米国の文明は其丈である。皮相の判断と嗤ふ人があるかも知れぬが、米国は実に満《つま》らぬ処である。

はぶいた部分をよく読むとなかなかユーモラスな文章なんですが、「文明」を一刀両断に料理してみせています。この種のアメリカ観察はじつに多いんですよ。

時代を下って、池崎忠孝著『世界を脅威するアメリカニズム』(昭和五年)をうかがってみましょう。だんだん日米の対立が際立ってきた頃ですが、そういう時代を背景にして、アメリカ「文明」への真っ向からの対決を示した代表作です。池崎忠孝はもと文芸評論家で、赤木桁平というペンネームで活躍した人です。『芸術上の理想主義』(大正五年)という本があります。芸術を「いのち」のためのものとし、狭斜の巷で遊ぶ思いなどを表現した文学を「遊蕩文芸」として激しく弾劾し、理想主義を高く主張した本です。しかしだんだん変貌し、理想主義者が軍事評論家になっていきます。『世界を脅威するアメリカニズム』の前年、昭和四年には、『米国恐る、に足らず』という本を出しています。面白いのは、そこで「日米決戦」を予言していることです。ただし、「鎌倉武士の精神」をもってアメリカと戦う心構えを説くのです。そういう人がアメリカ文明を正面から論じたのが、『世界を脅威するアメリカニズム』です。彼のいうアメリカニズムとは、一言でいえば「機械の福音」にほかならない。それを彼は激しい言葉で弾劾してみせるのです。

キネマを見、ドライヴを楽しみ、ラヂオを聴き、スポーツを喝采し、昼はクラブに入びたつてカルタを弄び、夜はダンス・ホールに尻を据ゑて男女の自由な交際を謳歌するといふのが、近時のアメリカにおける享楽主義の生活だ。か丶る生活を追求して倦むことを知らないアメリカ人の欲望は、恰《あたか》も刹那の官覚的刺激をもつて無上の悦楽とする未開人の欲望と選ぶところはない。断髪、乱婚、撥《は》ね上り、饒舌、半裸体、喫煙、飲酒、それらのものによつて理解されるヤンキーガールの生活から、十重二十重に取り巻いた物質文明の燦《さん》たる装ひをカナグリ棄てると、後にはたゞ乱舞と淫酒との裡《うち》に生活の全感激を託するダホーメーやブッシユマンの素ツ裸になつた姿が残るだけではないか。……アメリカ人は、さらに機械を駆使して、コンヴィニエンス第一の文化をつくりあげた。……機械に口を利かせ、機械に演戯をさせ、機械に人間の代理をさせて得々としてゐるアメリカ人は、彼ら自身が早晩機械の一種たるべき日を待望してゐるに相違ない。

当たっているところもあるんですが、まことに激しい調子の弾劾ですね。しかし、これほど痛烈な例は少ないとしても、同様なアメリカ「文明」批判は無数の知識人によってなされているのです。

精神「文化」をどうとらえるか

さて、アメリカをこのように、ひたすら物質主義、機械本位の低俗な「文明」と見る見方が一方的であり、かつ危険であることは、いうまでもございません。アメリカを正しく評価する方向には、少なくとも二つあるように思います。その一つは、アメリカに精神「文化」はもちろんあるのですから、その伝統を正しく認識する努力だと思います。しかし、今の時点でそういうことをいうのは簡単ですが、当時はそれがなかなか難しかったようです。ピューリタニズムとかトランセンデンタリズムとかいった高度な精神の営みを、単に抽象的に学んで伝えることはできるでしょう。しかし日本人のアメリカ観を是正するためには、そういう精神が現実の生活に生きている有様をとらえて、的確に伝えることが必要です。それは容易なことではないのです。

明治十年代まで、日本人の海外留学先はアメリカが圧倒的に多かったのですが、十年代のなかばからは、官学に関係する人はたいていヨーロッパに留学するようになりました。官立の大学教授がアメリカに留学することはまことにまれだった。文学者になった人を見ても、森鷗外はドイツに行く、夏目漱石はイギリスに行くというわけですね。官立大学からアメリカに留学した少数の学者の中で有名な人を一人あげますと、厨川白村です。当時は京都大学の講師だったと思います。後に教授となり、文芸評論家として活躍した人物です。この人の『北米印象記』(大正六年)は、才気煥発で面白いアメリカ文化論を展開しています。

しかしその中で厨川先生は、アメリカの誇りとする「自由」は「看板」、つまり抽象的な理念にすぎないといいます。実際はどうか。アメリカには「群衆」と「黄金」という二つのの暴君と、女尊男卑の習慣を身につけた女という「女王」が君臨していることを、面白おかしく語ります。男たちはというと、物質的生活に忙殺されていて、文化的な事柄にはほとんど参加していない。女が精神的活動を担っているというわけ。そしてこのように表現しています。

米国は即ち最も著しい此異性の力によつて、其黄金文明、群衆文明の余毒を免れつ、ある国

> だ。米国にして若しこの「女王」の勢威なくんば、国を挙げて騒擾の巷となり、野卑粗硬なる乱民の寄合ひと化する事であろう。……「群衆」と「黄金」との暴威があるにも拘らず、米国の文明が世界を動かす底力を有《も》ってゐて、物質万能の反面に、また偉大なる理想主義精神主義の美をも具へてゐるのは、全く「女王」の勢力があるが為である。

厨川先生は、アメリカにおける理想主義、精神主義の美というものの存在を認めている。しかしそれは「女王」によって実現されているという。男性はだめだというわけです。意図的にかどうかは分かりませんが、アメリカを戯画化していると思えるくらい、私には奇妙な図であります。アメリカに積極的関心をもっていた厨川先生ですら、こうして、アメリカの精神文化の描き方はマンガチックになっているわけです。

そういう中で、アメリカにおける精神分化を真っ向から受け止めた人々もじつはいた。それは、明治国家の秩序や権威に飽き足らず、それからはみ出したり、それに反抗したりした人々です。具体的にいいますと、たとえばキリスト教徒。彼らは、日本をはじき出されるような気分になった時に、アメリカに行き、その精神にふれて自分を養いました。内村鑑三はその例ですね。社会改革家もそうです。片山潜はその一人ですね。それからさらに、在野的な教育者、私学の人たち、反逆的な文学者の多くがアメリカで自己形成しました。そういう人たちは、アメリカに高度な精神文化を見出したわけです。ただそういう人たちは、日本全体から見ると圧倒的にマイノリティでした。

アメリカの精神文化を知る上で、こういう人たちに学ぶべきことは多いと思います。私たちは、精神文化もなるべく生きた形でとらえたい。それには、精神文化の頂点ばかり見て抽象的な議論にふけるのではなく、その底辺のひろがりを具体的にとらえ、その精神を実際に生きた人などを通して日本人に伝える努力も必要かと思います。

低俗な「文明」の中の精神的価値

アメリカにおける精神文化をきっちりとらえる努力に加えて、もう一つ、低俗とされてきたアメリカの物質文明そのものの価値を認識し直す努力も、正しいアメリカ理解のために必要ではないかと思います。あらゆる国には精神文化の側面と物質文化の側面の両方がある。両方が混じって存在している。精神文化だけが高尚で、物質文明は低俗だというのは、精神主義に毒された見方ではないかと思います。実は低俗とされている物質文明、あるいは大衆文化の中にも、精神性が豊かに潜んでいるのではないかと思うんです。

先に引用しました池崎忠孝のアメリカ文明弾劾の文章は、私の子供の頃、というのは日米戦争の真っ最中だったんですが、その頃盛んにいわれました「三S政策」という言葉を思い起こさせます。今では通用しない言葉ですが、三Sというのは、スポーツとスクリーンとセックスのことです。三S政策は、一般大衆をその三Sに熱中させて愚民化し、政治などの問題に無関心にさせ、都合よく統治するという政策です。歴史的にこの言葉がいつ生まれてどう発展してきたか、私はよく知らないのですが、日米戦争中には、アメリカのフィリピン統治政策がその典型だとして、私の周辺でもよく説かれていました。アメリカは日本に向かっても、この三S政策を輸出しようとしてきた。しかし、日本は大和魂をもって愚民化政策に反抗し、いまアメリカと戦争しているのだ、というような主張も盛んに行なわれていました。

それをいまふり返って見ますと、三S政策の批判は、単にアメリカの植民政策とか文化的帝国主義への批判であっただけでなく、アメリカ物質文明そのものへの攻撃であったといえます。スクリーン、スポーツ、セックスは物質文明の中の低俗な部分の代表でしょう。あるいは大衆文化というものの最も卑俗な部分です。その部分がアメリカで最も発達している。先の池崎忠孝の文章は、アメリカの「文明」の三S的な側面の罵倒であったといえます。しかし、そういうアメリカの「文明」の三S的な部分でも、日本の一部の人たちは、そこにすぐれた精神性を見出していたのではないかと思います。

スポーツ――「そぞろに胸の打ち騒ぐかな」

まずスポーツですが、アメリカを代表するスポーツの野球を見てみましょう。野球で思い出すのは正岡子規です。子規の野球熱はたいへん有名で、「ベースボール」を「野球」と訳したのは子規だといわれるほどですが、それは誤りで、別の人のようです。子規は自分の本名の升《のぼる》をもじって、「野球」と署名していたことがあります。それくらい野球が好きだった。子規の随想録の「筆まかせ」を見ますと、野球への言及が何度か出てきます。「Base-Ball」という文章では、こんなことをいっている。

日本には、運動となるべき遊技は「鬼事、隠れつこ、目隠し、相撲、撃拳位」しかない。西洋には「競馬、競走、競漕」から「ローン、テニス」までたくさんあるが、前三者は「只速いとか遅いとかいふ瞬間の楽み」で面白くなく、後者は「幼稺」で婦女子向きだ。趣向が複雑で、壮健活発の男子をして愉快と呼ばしむに足るのはベースボールだけである、と。子規はまた、野球を戦争にたとえてみせます。「二町四方の間に弾丸は縦横無尽に飛びめぐり、攻め手はこれにつれて戦場を馳せまわり、防ぎ手は弾丸を受けて投げ返しおつかけなどし、あるいは要害でくひ止めて敵を虜にし弾丸を受けて敵を殺し、あるは不意を討ち、あるは挟み撃ちし、あるは戦場までこぬうちにやみ討ちにあふも少なからず」といった調子です。子規は野球に、ほかから得られない心身の緊張感とのびのびした解放感を見出していたようですね。

明治三十一年、というと子規はすでに病気が進んでいたはずですが、「ベースボールの歌」九首を発表しています。そのうちの五首だけを紹介してみます。

久方《ひさかた》のアメリカ人のはじめにしベースボールは見れどあかぬも
国人《くにびと》ととつ国人と打ちきそふベースボールを見ればゆ、しも
若人のすなる遊びはさはにあれどベースボールに如《し》く者《もの》はあらじ
打ち揚《あ》ぐるボールは高く雲に入りて又落ち来《きた》る人の手の中に
今やかの三つのベースに人満ちてそゞろに胸の打ち騒ぐかな

第二首「国人ととつ国人と打ちきそふベースボールを見ればゆ、しも」を見ますと、これが国際試合を見物して歌ったものであったことが分かります。相手はアメリカ人のチームだったんでしょうね。第一首「久方のアメリカ人のはじめにしベースボールは見れどあかぬも」では、「天《あめ》」の枕詞の「久方の」を「アメリカ人」の「アメ」にかけて、アメリカ人のおおらかな性格を示唆し、それを野球の特質に結びつけているようです。第三首「若人のすなる遊びはさはにあれどベースボールに如く者はあらじ」では、そういうアメリカのスポーツを「若人のすなる遊び」とうたっている。もう若人でない子規ですが、自分の寂しさを乗り越える気持をあらわして

いるように思えます。そして第四首「打ち揚ぐるボールは高く雲に入りて又落ち来る人の手の中に」。笑っちゃいそうですが、実にすばらしいと思います。打ち上げたボールの行方を追いながら、自分の現実とは違うのびやかな広々とした世界をベースボールに見出しているようです。そして第五首「今やかの三つのベースに人満ちてそゞろに胸の打ち騒ぐかな」。満塁の興奮ですが、この緊張感の表現がじつに素直で爽やかですね。野球というもののもつ若さと、スピード、スリル、広い空間に子規はしびれ、自分にはない一種の「自由」をそこに感じとっていたのではないでしょうか。

もう一つ野球をめぐるエピソードを紹介しておきますと、明治三十八年、早稲田大学の野球チームが渡米遠征を行いました。それを発案して引率していったのは、早稲田大学教授だった安倍磯雄です。彼の思想的な位置を思いますと、これは単にスポーツの事柄以上の意味があったのではないか。安倍磯雄は同志社出身で、新島襄に受洗してもらい、後にキリスト教社会主義者になって大きな活躍をした人です。木村毅という比較文学の大先達は、この早稲田大学チームの渡米を、万延元年の日米修好通商条約批准書交換使節、明治四年の岩倉具視が率いた米欧回覧使節、明治四十年代の渋沢栄一らによる実業視察団と並べて、「日米交渉史の上で、四大使節の一つ」といっています。木村先生は早稲田の出身者ですから、身びいきもあったと思いますが……。スポーツも精神文化の意味合いをたっぷりもつ営みであることを、この人たちの体験は語っているように思います。

スクリーン――「居ながら山海万里の外に遊び・・・」

次にスクリーン。映画も世俗的だけれども、立派な精神文化の産物であるといっていい。そのことを証明するには、アメリカにおける映画の成り立ちを語ればよい。アメリカ映画は、アメリカ人の大衆、つまり世界中から来た移民とその子弟など、雑多な庶民一般に訴え、かつ受け入れられる内容と表現を追求してきているのです。だから低俗ともいえますが、万人向きの内容となるためには、独特の普遍的なモラルが要求される。また普遍的な、誰にも分かる表現を要求もされます。豊かな精神活動がともなって、はじめて成功する事業でしょうね。しかしここでは、この議論に深入りする余裕がない。日本のことをちょっとだけ話しましょう。

エジソンの発明になるピープショウ（のぞき眼鏡）的なキネトスコープが初めて公開されたのは一八九四年四月です。その二年後の一八九六年（明治二十九年）十一月には、それがもう日本に輸入されます。スクリーンに映す方式のヴァイタスコープは一八九六年四月に公開されますが、わずか八カ月後にもう日本に輸入されました。その時の新聞広告に、こんな文句がありました。

例のエヂソン氏……発明せしもの即ち此バイタスコープ（便宜により邦語活動写真と称す）なり。……居ながら山海万里の外に遊び、不知の山水を賞し、未識の才子佳人に接するの快を買はんと思ふ人は、速やかに来て此バイタスコープを一覧せられよ。

映画はもちろん娯楽ですが、娯楽以上のもの——知的、情的好奇心を満たすもの——として宣伝しています。映画はその後、いいにつけ悪いにつけ、モダンで開放的なアメリカのライフを日本人に植えつけることになります。そして大正時代に入りますと、谷崎潤一郎の『痴人の愛』（大正十三—十四年）などでは、映画がどんなに日本人を歌舞伎的な美意識から解放するものであるかを、いきいきと表現しています。溌剌として奔放な生の美、ライフの美へのあこがれを、映画は日本人の間に広範にひろめたようであります。

セックス——「幸なるかな、自由の国に生まれた人よ」

三番目にセックス。文化現象としての人間のセックスは、さまざまな面から検討できると思いますが、まず社会生活におけるアメリカ的なセックス関係の受け止め方を見てみましょう。たとえば幕末漂流民の中浜万次郎。彼はアメリカ船に救われて、日本人としてはじめてアメリカで生活している。彼の『漂流万次郎帰朝談』というものを見ますと、アメリカでは結婚した男女が連れ立って「物見遊山」に外出する――ハネムーンのことでしょうね――風習があるとして、「人情多淫」といっています。しかしすぐに続けて、「人情多淫なれども別は正しとぞ」という。男女の道徳的けじめはしっかりしているらしいというのですね。百数十年にわたる日本人のアメリカ論を通観して、日本人に一番分かりにくいのはアメリカ人の男女関係だったような気がします。万次郎の思いはその原点ですね。結婚した夫婦が仲のいい姿を外に見せるのは、日本の伝統的な道徳に従えば「多淫」にほかなりません。しかし万次郎はアメリカ人のピューリタン的な道徳もとらえて、「別は正し」といっている。彼は自分自身が混乱しながらも、そういう道徳に共感していたように思えます。

明治も中期になりますと、ロマンチックな詩人たちには、そういう男女関係をもとにしたホーム・スイート・ホーム的なアメリカ的家庭生活を、あこがれの対象とする姿勢が生じてきたようです。その一つを紹介しますと、国木田独歩に「牛肉と馬鈴薯」（明治三十八年）という短篇小説があります。平凡な事実の中に人生の驚異を感じとりたいという作者のロマンチックな気持ちを表現した小説です。ここで、表題の牛肉は現実主義、馬鈴薯は理想主義の象徴になっているといえそうですが、その馬鈴薯がアメリカ文化と結びつけられている。馬鈴薯を食べて生きることを「清教徒《ピューリタン》」的と呼び、「北海道自由の天地」を馬鈴薯の本場として重んじているのです。じっさい、馬鈴薯栽培は、開拓使時代の北海道で、アメリカ種を使い、清教徒アメリカ人の指導によって推進されたのです。そして、この小説の中で、作者自身を思わせる人物がこのように語っています。

僕も……北海道熱の烈《はげ》しいのに罹《かか》つて居ました、実をいふと今でも北海道の生活は好からうと思つて居ます。それで僕も色々と想像を描いて居たので、それを恋人と語るのが何よりの楽《たのしみ》でした、矢張……亜米利加風の家は僕も大判の洋紙を鉛筆で図取までしました。しかし少し違ふのは冬の夜の窓からちら〳〵と燈火《あかり》を見せるばかりでない、折り〳〵楽しさうな笑声、澄んだ声で歌ふ女の唱歌を響かしたかつたのです。

日本ではこういう「亜米利加風の家」を、大正から昭和にかけて「文化住宅」と呼ぶようになりますが、独歩の主人公はそういう住宅にアメリカ風の家庭団欒の姿を想像する。アメリカ的な男女関係が、こうして自由で甘美なマイホーム主義を育てもしたわけです。

セックスには、もっと肉体的な側面もありますね。アメリカの「文明」は、肉体的な自己表現、自由な性的表現を発達させたとして、池崎忠孝はその低俗ぶりを弾劾している。多くの日本人が、いまでもそういう考え方かもしれません。しかし、まさにそこに「文明」の長所を見る人もいる。永井荷風はその代表といっていいと思います。

荷風というと、アメリカの物質文明を烈しく非難した人として知られていますが、アメリカ人の公然たる愛情表現の「自由」さには、強い共感を示しているのです。彼の『アメリカ物語』（明治四十一年）はその証言です。例えばその中に「市俄古の二日」という短篇があります。作者は、恋する女が人前で恋人と接吻するところを見て、「幸なるかな、自由の国に生まれた人よ、……試に論語を手にする日本の学者をして論ぜしめたら如何《どう》であらう。彼女ははしたないものであらう、色情狂者であらう、然し、自由の国には愛の福音より外には人間自然の情に悖《もと》つた面倒な教義《おしえ》は存在して居ないのである」といっています。アメリカ的性のあり方を日本との対照において祝福しているのです。また「夏の海」という短篇では、アメリカ女性の肉体的つまり性的魅力の誇示の仕方を次のように称えています。

> 自分は西洋婦人の肉体美を賞賛する一人である。……十人並の容貌《きりょう》も、能《よ》くその以上に男の眼を引くやうにする。翻つて日本の児女の態《さま》を見れば彼等は全く此の般の能力を欠いて居るやうに見えるでは無いか。尤も日本人と云へば非難と干渉の国民であるから此の社会に養成された繊弱《かよわ》い女性は恐れ縮つて思ふやうに天賦の姿を飾り得ないのかも知れない。

一見、精神性の欠如した、恥も外聞もないようなアメリカ人のこういうセックス表現に、逆に解放された精神を見る思いを永井荷風は強調しているわけですが、同じことを、谷崎潤一郎も『痴人の愛』（大正十三―十四年）とか『蓼食う蟲』（昭和三―四年）その他の作品で、くり返し表現しています。第二次世界大戦後の日本人のアメリカ観察になると、アメリカ的な性の自由に積極的な意味合いを見いだす記録はますます多くなってきます。

地獄か極楽か

こうして、アメリカ「文明」の中の最も低俗とされる「三S」の面に限っても、それは少なくとも一部の日本人に積極的に訴え、働きかけてきたのです。とくに精神「文化」なるものに重圧され、束縛された思いをしている人たちには、その思いを解放し、彼らの「生」の意識を拡大するのに貢献したように思えます。厨川白村はアメリカの「自由」は「看板」だといいましたが、俗悪な大衆文化の中にも「自由」は生きていた。いまでも生きているのではないでしょうか。

評論家の清沢洌《きよし》は、日米戦争中も自由主義の姿勢を貫き、不滅の『暗黒日記』（昭和四十五年―五十年刊）を残した人ですが、反米感情がたかまり出した頃、池崎忠孝の『世界を脅威するアメリカニズム』が出たのと同じ昭和五年に、アメリカ訪問記『アメリカを裸体《はだか》にす』を出版しました。その中で彼は、アメリカの物質文明を罵倒し東洋の精神文化を持ち上げる日本人たちに、その精神文化なるものの中身の貧しさを突き返し、「私がアメリカに来て、最もうらやましかったのは、日本の僧侶や新刊や学生が好んで罵倒するところの物質文明が盛んであったことである」と言い切っています。

私は古い時代の人のことばかり話してきましたから、新しい時代の人にも一言ふれてみましょう。第二次世界大戦後の一九六〇年代、寺山修司は、折からのアメリカの「対抗文化」活動を見聞し、『アメリカ地獄めぐり』（昭和四十四年）という本をあらわしました。対抗文化というのは、アメリカの伝統的な、自足した、お上品な中産階級的文化に対抗しようとした、反逆的な文化運動ですから、ことさらに俗悪さを強調したところがあります。寺山はその部分を「地獄」と呼んだのでしょうが、よく読むと、彼はアメリカ文化のそういう俗悪の表現への意欲にどこか共感し、そこから「自由」へのエネルギーを獲得していた節が見られます。私はこの本は、本当は『アメリカ極楽めぐり』ではないかと述べたことがあります。

このように見てきますと、物質的とされ、低俗とされるアメリカの「文明」の中にも、本当は魅力的な精神性が内包されていることが、浮かび出てくるような気がいたします。

「文化」と「文明」の総合的視野

この辺で私の思いをまとめてみましょう。「文明」と「文化」を截然と分け、前者を物質的で、したがって低級、後者を精神的で、したがって高級とする考え方は、どうやら、日本が文明開化時代からナショナリズム時代へと移行する過程で生まれてきました。そしてアメリカを「文明」ときめつけ、その物質主義的特質を強調し、軽蔑する傾向が、日本の知識人のアメリカ観の大勢を占めてきた。しかし一国の成り立ちをこのように割り切ってステロタイプ化することの過ちであることは、もはや申し上げるまでもないと思います。

もちろん、アメリカ国内でも、精神文化を推進し、向上させようとする人たちと、物質文化（文明と呼んでもよいですよ）の発展に打ち込む人たちとの対立は、常にありました。いまでもあるでしょう。しかし、これは「自由」の国の一つの特色だといってもよいと思うのですが、この両者の間の交流ないし融合も、アメリカでは盛んなのです。たとえば、宗教活動がエンタテインメントと合体する（メソジスト派の布教活動や、現在のテレヴァンジェリストの姿を見てくださ い）とか、教育的な講演《レクチャー》がそのまま漫談的な口演になる（マーク・トウェインはその例ですね）とか、逆に機械技術の産物である高層建築、つまり摩天楼（たとえばエンパイア・ステート・ビル）が、アメリカ人の精神の象徴になるとかと、その種の例は無数にあります。先にちょっとふれた映画にしても、英語をろくに話せない移民相手の簡便な見世物だったものが、いまでは、もちろんくだらぬ作品が圧倒的に多いんですけれども、全体としては国民的な芸術、精神文化の中核につながるものになっている観があります。アメリカでは、ハイ・カルチャー（つまり「文化」）とポピュラー・カルチャー（「文明」）との間の流動性《モビリティ》が高いといえそうです。

私たちは、ともすれば、文化現象を固定した相において受け止めがちではないでしょうか。それは、日本では社会階層が固定化していたことに関係があるかもしれません。そして精神文化なるものを、いちじるしく狭苦しく、文化的エリートの産物にしてしまい、現実には物質文明を喜んで享受していても、それを大衆本位の低俗なものときめつけてきました。しかし、いまや日本でも、社会階層の流動化は大いに進んでいます。文化を見る目も変わりつつあると思います。

私は、文化を流動の相において見たい。あるいは、いわゆる「文化」と「文明」をひっくるめた総合的な視野で見たい。少なくとも、アメリカ文化はそのことを要求していると思います。精神「文化」と物質「文明」は、本当は一つの文化の異なる局面にすぎないでしょう。巨大なアメーバの動きのように、ある時はその一方が大きく見え、別の時は他方が大きく見えるかもしれません。そしてアメリカでは、その動きはたぶん日本におけるよりもずっと早いでしょう。しかし、それは一つの文化の営みなのです。そのように見る時、アメリカ文化のあらゆる局面が、従来よりも生気をおびて、私たちの理解を求めてくるような気がします。その理解を推し進め、深めることは、ともすれば固定化しがちな日本の文化にも積極的な刺激となるんじゃないかと、私は期待しています。

第5章　七面鳥からビーフ・ステーキまで　食肉とアメリカ文化

美食文学の発達しなかった国

私は、どうやら間違えてこの会に来てしまったようです。グルメのみなさんの集まりのようですが、私はぜんぜんグルメではないんです。食肉についても、まったく何の知識も持ち合わせていません。もちろん、なるべく食事はうまく食べたい――これは人間自然の情ですね。しかしそれよりもさらに根源的な人間自然の情は、生きていくため、あるいは健全な心身を維持するために必要な食事をすることでしょう。私はどうやらそういう原初的な状態に留まっている人間のようです。私のこれから語るお話は、アメリカ文化も長い間まさにそういう原初的な状態をあまり出なかった、というだけのことにすぎません。しかし、原初的な食事文化にも、それなりの面白さはあるのではないか、と私は思います。

世の中には、美食文学とでも名づけたいものがあります。古代ギリシャ・ローマでは、岩波文庫にも入っているアテナイオスの『食卓の賢人たち』を頂点として、美食と、美食を楽しみながらの歓談の宴を語る文学が大いにはやったようです。ラテン民族の国にはこの伝統が残りました。近代では、フランスがその中心になりますね。ブリヤ＝サヴァランの『味覚の生理学』（一八二五年）は、日本では『美味礼賛』という題の翻訳で知られる名著ですが、美食をめぐって、生理学を超えた人生哲学を語っています。アレクサンドル・デュマの、美食のための途方もない浪費ぶりも、どこかで読んだ覚えがあります。私はよく知りませんが、中国もこの方面ではすごいらしいですね。

日本だって、中国と比べれば小粒かもしれないけれども、頑張っているんじゃないでしょうか。とくに、茶道や華道のように、日本ではなんだって一種の宗教味か芸術味をもった「道」にしてしまう。そこで北大路魯山人の『魯山人味道』（一九七四年）といったような題の本が出ることにもなります。古い時代のことは省くとして、谷崎潤一郎以下、内田百閒、檀一雄、吉田健一、等々、美味追求の文学者の名はぞくぞくと思い浮かんできます。食事をうまく生かしている文学作品となると、織田作之助の『夫婦善哉』（一九四〇年）から、池波正太郎の時代小説まで、これまた枚挙にいとまがないでしょう。

ところが、アメリカはどうもこういうふうでないように思えるのです。食べ物や食事の情景がたっぷり出てくる文学作品は、そりゃあ、あるでしょうけれども、美味追求を生そのものと認識していた作家となると、ヘミングウェイはそうだったらしいですが、私の狭い知識ではあんまり思いつきません。美味というものが、一般に、美意識と結びついてはいなかったんですね。檀一雄の『美味放浪記』(二〇〇四年)は、飲食を楽しむ世界放浪記ですが、アメリカだけは省いていた——これは偶然そうなったにすぎないんでしょうが。

だからアメリカはつまらない、と私はいうんではないんです。アメリカの文化は別の発展の仕方をした、と私はいいたいのです。

簡便で実質的

みなさんよくご存じのように、先住民は別にすれば、アメリカは世界中から移民が集まり、広大な大陸を開拓してできた国です。ヨーロッパや日本の恵まれた階層の人たちのように、すでに耕された土地に居を構え、その産物を選りすぐり、洗練された料理を生み、上品なムードでじっくり楽しんで食べる余裕などなかったとしても、ごく当然のことなのです。

とくに、移民がなぜ苦労して海を渡り、新大陸へ来たかといえば、政治的あるいは宗教的な理由などもいろいろにあったんでしょうが、圧倒的な多数は、何らかの意味での成功を求めていたからでしょう。したがって、彼らは成功の可能性のある土地へ、どんどん移動していく傾向があります。もちろん、たとえば南部で奴隷を使って大農園を経営するのに成功したような人たちは、そこに定住します。そういう所では、食事文化も発達します。「南部的もてなし《サザーン・ホスピタリティ》」もできるわけです。しかし一般的にいえば、進取の精神の持ち主ほど、どんどん移動した。海の彼方からも、故郷の家を捨てた人たちが移動してくるんですが、新大陸の中でも、人々は家を捨てて移動した。アレクシス・ド・トクヴィルというフランス人は、『アメリカの民主主義』と題する名著の中で、アメリカ人のこの「持続的移動」ぶりを、ローマ帝国の崩壊に際して起こった移動（いわゆるゲルマン民族の大移動）を除けば、人類の歴史上、類を見ないものだといっています。このことは、現在でも、アメリカ人の顕著な特色でしょうね。トクヴィルの本は一八三五年に出ましたが、一九七〇年に出てベストセラーになったアルヴィン・トフラーの『未来の衝撃』という本でも、「アメリカにおける移動率《モビリティ》の高さには、世界中どの国も及ばない」と述べています。

　そうだとすれば、早い話が、料理道具も食器類も、簡便にならざるをえません。食事そのものも、実質本位になるのが自然でしょう。

　こういう生活上の要因に加えて、私はアメリカ人の精神的な伝統も、食生活に大きく反映していると思います。アメリカには、植民地の建設当初から、さまざまな人種が入り混じっていたことが、近ごろ、強調されています。それはその通りなんですが、少なくとも北アメリカの主勢力となったのは、やはりアングロ・サクソン人、つまりイギリス系の人々だったというべきでしょう。そのイギリスは、本来、ヨーロッパ大陸の辺境にあり、文化的には後進国で、はなはだ質朴な精神を育てていました。古い文化を受け継いでいたイタリア人やスペイン人、あるいは十七世紀から十八世紀にかけてヨーロッパに君臨したフランス人のような、爛熟した文化には染まっていなかったのです。ラテン系の人たちのように、生を享受し、食事を情熱的に楽しむ習慣もなかったようです。

それに、北アメリカ文化の牽引力となったピューリタニズムの影響も大きいでしょうね。ピュアーな信仰と生活を重んじたこの派の人たちは、あらゆる種類の贅沢を強くいましめていました。ピューリタニズムが世俗化してきた後でも、ベンジャミン・フランクリンは有名な『自叙伝』（英語版一八一八年）で、自分が習得に努めた美徳の第一条に「節約」をあげ、「飽《あ》くほど食うな、酔うほど飲むな」と書いています。

「シンプル・ライフ」は、アメリカ人の生き方の大きな特色となりました。晴耕雨読の自然生活を行なったヘンリー・ソローは、その不滅の生活体験記『ウォルデン』（一八五四年）の中で、「良識のある人間なら、平和な時の普通の日のお昼時、新鮮なトウモロコシを何本か好きなだけゆで、塩をふりかけて食べること以上に、いったい何を望みえようか」と述べています。ソローは、まあ、極端な例というべきかもしれませんが、少なくとも精神的には理想として、こういう思いがアメリカ人の生活心情の底流には生きているような気がいたします。

こうして簡便で実質的ということが、生活上の必要からも、精神上の伝統からも、アメリカ人の食事の基本をなしてきたように思われます。これはまことに非グルメ的な様相というべきですが、しかし、こういう食生活の中身を充実させようと努めることが、アメリカ文化の一つの推進力になったことも、どうやら事実らしい。「簡便」な食事を「実質的」にするために、アメリカ人はさまざまな生活上、産業上、文化上の工夫、実験をしてきたのです。

食肉を求めて

食肉について語るのが、この会の目的でしたね。いかにして肉を得、食べ、あわよくばいかにして食生活を向上させるかということは、アメリカの発展と直接的に結びついてきた問題です。

一六〇七年にヴァージニアにはじめて植民地を建設した人たちも、一六二〇年にプリマス植民地を建設したピューリタンたちも、たちまち飢えにひんしたことはよく知られています。後者では、百人余りのうちの半分がひと冬で死んでしまいました。栄養失調で、ビタミンC不足からくる壊血病にかかったことが、大きな原因だとされています。彼らは先住民のインディアンからトウモロコシを手に入れ、またその栽培法を教わって生きながらえた。ピューリタンたちが、最初の収穫を得た一六二一年の秋、野生の七面鳥のご馳走をして神に感謝を捧げた話も、よく知られています。

七面鳥は、十九世紀になってから、『ゴーディーズ・レディーズ・ブック』という婦人雑誌が感謝祭《サンクスギヴィングディ》を国の祝日とするキャンペーンを行なった際、センチメンタルな話をでっち上げて宣伝したので、アメリカの収穫の秋の家庭料理のシンボルのようになりました——このころは、もう野生ではなく飼育した七面鳥ですけれどね。しかし実際に食肉にされた鳥の代表は、背の羽毛が粗布《キャンバス》に似ているのでキャンバスバックと呼ばれた、野生のカモらしい。たいへん美味で、イギリスの首相にもなったローズベリ伯爵は、アメリカの国鳥は白頭ワシではなくキャンバスバックにすべきだった、なんていっていたそうです。

海や川からは、サケ、チョウザメ、とくにニシンがとれた。テラピンと呼ばれる食用ガメも美味で知られます。ともあれアメリカの自然は生物資源が豊かで、植民者たちも、最初期の苦難をしのいだ後は、同じ階級のヨーロッパ人に負けないほどに食卓を飾っていたらしい。しかしそのことが、多くの移民を招き寄せる結果を生み、先に述べた移動への情熱も重なって、人々は奥地へ進出し、食料獲得の新たな努力を展開することになります。

問題は、何といっても四つ足獣の食肉でしょうね。アングロ・サクソン人は、どうもこれがないと満たされないらしい。野生の鹿とか熊とかもその材料になりましたが、じつは植民の初期から、羊、山羊、豚、牛などが、本国からどんどん輸入されました。

山羊は、ほかの動物からの襲撃に対して比較的よく自分を守りましたので、最初のうちは評判のよい家畜でした。羊は、ニュー・イングランドのように人口の多い土地では、羊飼いなどが見張りをして、育てました。ほかの地方では、焼印を押したり、耳の一部を切り取って作る耳印《イヤマーク》をつけたりして、放し飼いをしたようです。どうやら、豚が家庭で一番育てやすい家畜で、食肉としても、これが一番普及したらしい。最初の霜が降りた後、夏の間に成長した豚を殺すときは、近所の人たちも集まって、一種のお祭りになりました。肉は新鮮なままでも食べましたが、大部分は塩漬けにしたり、燻《いぶ》してハムにしたりし、頭はソーセージなどの材料にし、脂肪はラードにするというふうで、すみからすみまで見事に利用しました。

牛は、なかなか厄介な家畜でした。というのは、飼料を得るために、広い土地を必要とするのです。牛飼いたちは、開拓農民と並んで、あるいはそれよりも前に、奥地へと進出していきました。はじめのうち、牛の肉は主要な目的ではありませんでした。皮革の利用価値が高く、脂肪が潤滑油や灯油にされたのです。それでも、硬い肉はよく噛めば味がよいし、塩漬けや乾燥によって、見事な保存食にもなります。しかし、牧牛の発達は容易なことではありませんでした。土地の問題もあります。それに、奥地へ行けば行くほど、新鮮なビーフを東部の大都会の消費者に届けることが困難になります。牧牛が大事業になるには、歴史的な転換が必要でした。

ロング・ドライヴ

こういう話をしていると時間を食うばかりですから、一挙に十九世紀のなかばに時代をとばすことにしましょう。皆さんよくご存知の、西部劇映画でカウボーイたちが牛の大群をつれて大平原を移動している姿。あれはもちろん、牛を単に散歩させていたのではありません。いましがた述べた、ビーフを東部の大消費地帯に届ける努力と直結していた事業なのです。

アメリカ合衆国南部のテキサス州は、角が長いのでロングホーンと呼ばれる牛の産地でした。これは、私はくわしいことを知らないのですが、どうやら南アメリカから進出してきたスペイン人がつれてきたのがもとらしい。放置され、野生化していた牛も多いようです。そしてすでに十八世紀から、メキシコ人たちが、馬に乗り、ロープを使って牛を制御する、大規模な牧場《ランチ》方式の牧牛を行なっていました。一八二〇年ごろからこの地方に進出してきたアメリカ人は、それを知り、自分たちも、メキシコ人のカウボーイにならって牧場を経営しはじめました。一八三六年、テキサス州はメキシコから独立して共和国を宣言し、四五年には合衆国と合併します。こうしてテキサスの牧牛は発達したのですが、牛は過剰になり、食肉の消費地は遠く、依然として皮革と獣油をとることが牛のおもな利用価値で、値段は一八六〇年代に入っても、一頭三、四ドルほどだったといいます。

ところが一八六七年、東からカンザス州へと、鉄道がのびてくるのですね。カンザスはテキサスの真北です。そこでジョゼフ・マッコイという男が、テキサスの牛を集め、鉄道でシカゴやセント・ルイスまで運び、食牛として売ることを思いつきました。彼はアビリーンというほとんど何もない所を買って駅を設け、アビリーンでは牛を一頭四十ドルで買うという大宣伝をしました。十倍の値段です。

たちまち、二千頭から五千頭の牛を、十数人のカウボーイがテキサスからアビリーンまで数週間かけて追って行くという事業がはじまりました。この牛追いは、牧草の育つ春から秋ごろまで行なわれました。途中の川の増水とか、牛の暴走《スタンピード》とか、悪い奴らによる略奪とか、西部劇映画でおなじみの事件も起こりましたが、だいたいは毎日同じ労働のくり返しで、カウボーイにはその単調さこそが苦痛だったようです。しかし五年間で、百四十六万頭の牛が運ばれたといいます。もちろん、アビリーン以外の駅への牛追いも行われました。

「ロング・ドライヴ」と呼ばれるこの事業は、長続きはしませんでした。牛の通路の農民は、土地が荒らされるのを嫌い、有刺鉄線を張って、牛の侵入をこばみました。それに鉄道が牧牛地帯にものびてくると、長距離の牛追いの必要もなくなります。「ロング・ドライヴ」は、だいたい二十年間で終りをつげました。しかしこの事業は、後にロマンチックな西部発展の神話の中核をなすまでに、華やかないろどりで語られることになるわけです。

ついでに述べておきますと、まるで人気《ひとけ》のなかったアビリーンは、一挙にカウボーイのごった返すブーム・タウンになりました。札束が乱れ飛び、売春や賭博も行われる酒場《サルーン》が立ち並びます。すると、無法者もはびこり出す。保安官も手がつけられなくなる。そこでついに、一八七一年、西部一のガンマンで伊達男のワイルド・ビル・ヒコックが保安官にされて治安を回復——という、これまた西部劇映画でおなじみのシーンになるのです。食肉の話は、ひろげていけばいくらでもひろがります。

食生活の民主化

さて、次は、シカゴやセント・ルイスまで運んだ牛はどうなるかという問題です。従来は、生きたままさらに消費地まで運び、そこで屠殺するのが普通でした。しかし、遠い東部の諸都市まで運ぶのですから、もし腐らないなら、精肉にして送ったほうがはるかに安上がりなことはいうまでもありません。

ここでまた、グスターヴァス・フランクリン・スウィフトという、頭のよいエネルギッシュな男が登場します。彼はいろいろ苦心の末、一八八一年に、冷蔵車を完成したのでした。空気を氷の上に吹き込んで冷やし、肉の貯蔵室をまわらせる仕組みです。これでビーフは、新鮮なまま東部の肉屋に並ぶことになります。そして一八八二年、ニューヨークの週刊誌『ハーパーズ・ウィークリー』が「安い牛肉の時代」という見出しの記事をのせたほどに、牛肉の値段は下がりました。また、フィリップ・ダンフォース・アーマーという男は、スウィフトの方式を全国にひろげる事業を遂行しました。

こうして牛肉は、アメリカの食肉を代表するものになりました。ちょっとおことわりしておきますと、牛肉はヨーロッパで、まずは領主や富豪の食物であり、その他の人は特別の日にありつけるご馳走だったようです。それがアメリカでは、豊かな自然と激しい労働とテクノロジーの発達のおかげで、庶民の日常的な食物になったのでした。ダニエル・ブアスティンという歴史家は、『アメリカ人――民主的な経験』（一九七三年）という本で、こういう現象をアメリカ人の食生活の「民主化」と呼んでいます。

さらに、すでに述べたように、いつも移動しがちで簡便な生活を重んじるアメリカ人にふさわしい食肉提供方法として、缶詰が発達することになりました。缶詰食品は、南北戦争中からいろんな物が作られていました。シチューにした肉の缶詰もありました。しかし一八七〇年代、シカゴのJ・A・ウィルソンという人物によって肉がそのままの形で出てくるように角錐台形の缶につめた「コーン・ビーフ」が発明され、まさに簡便さに実質が加わることになり、大いにもてはやされました。（コーン・ビーフは英語では corned beef で、塩漬けにした後やわらかくゆでた牛肉のことです。）

こうして、精肉業はいまや大産業になりました。シカゴはその中心地です。しかし、弊害も生じました。ハム、ソーセージ、缶詰など、さまざまな肉食品の製造が不潔な状態でなされたのです。その実態を暴露したのが、アプトン・シンクレアの『ジャングル』で、一九〇六年に出版されてベストセラーになりました。これはもともと、一人の移民労働者が食肉工場に徹底的に搾取される姿を描いた社会小説なのですが、世間は食肉問題そのものに注目したのです。とうとう政府も調査に乗り出し、同年、純正食品法が制定されるに当たっての推進力になりました。

ステーキへの思い

こうして、食肉の問題は、アメリカ人の生活の展開と結びつき、アメリカの社会や文化を動かす力となってきました。しかも簡便で実質的と私がいったアメリカ人の食生活の特質は、現在まで、基本的には変わることなく続いてきていると思います。

もちろん、こういう特質を超えるというか、はみ出すこともあります。一八三〇年代、上品な階層の人たちは、「フランス風」と呼んだ食事をしたがったそうです。それは一つ皿に何でも盛る「アメリカ風」と違って、それぞれの料理を各人の皿に分けて出す食べ方です。その頃から、都会の一流レストランでは、料理の種類も内容も豊かになったことも事実でしょう。ニューヨークでは、一八三二年にアメリカへ来たイタリア系の青年によるレストラン「デルモニコ」が、ヨーロッパ流の料理で人気を博しました。「デルモニコ」は、その後も上流紳士淑女の客をひきつけ続けます。

この種のことは、いつの時代にも、アメリカのあちこちで見られる現象だったといっていいでしょう。いまでも、アメリカの大都会でたとえばパリの一流レストランに劣らぬ料理を味わうことは、決して難しいことではないと思います。ただ私は、アメリカ人の食生活の基本の特質を問題にしているだけなのです。

たとえば、いわゆるファースト・フッドの普及ぶりに、私はどうしてもアメリカ的な食事の特質を見てしまいます。ハンバーガーもホットドッグも、もとはヨーロッパからの移民がもたらしたものでしたが、アメリカではいまのような形になり、簡便性と実質性をたかめました。サンドイッチもまた同様でしょう。私は漫画『ブロンディ』におけるダグウッドのサンドイッチを見るたびに、ああ、アメリカの天才とはこういうものだと思って感嘆します。

最後に、アメリカの肉料理の代表といえるステーキについて、ひとこと、私の勝手な思いを述べてみましょう。私はこの講演の最初に、アメリカには美食文学といえるものがあまり発達しなかったといいましたが、実用的な料理の本はおびただしく出ているんですよ。「アメリカ」の料理を説くたぐいの本もあります。私もそういう本は時々めくるんですが、ビーフ・ステーキの自慢話がよく出てきます。当然ですね。ところが、よく読むと、テキサスの平原でのびのび育てた牛だとか、トウモロコシを飼料にしたビーフだとかと、材料そのものの自慢が主なのです。料理の仕方は、いってしまえば、二の次なんですね。私などのよく入る庶民的なレストランでは、塩とコショーを自分の好みに合わせてふりかけるという、原初的な作業が料理の一部になっています。しかしそうやって、牛肉のいわば生《き》の味を楽しむことを、一般のアメリカ人は楽しんでいるように思えます。

私は最近出した『マリリン・モンロー』（岩波新書、一九八七年）という本の中で、わが愛すべき女優のこんな言葉を引用しました。

「ハリウッドでうだつの上がらぬ時――それは極上のステーキの匂いが鼻の先にただよってくる宴会場の外で、飢え死にしそうになっているようなものです。」

スターとしての成功を夢見る自分の気持ちを、漂ってくるステーキの匂いを通して表現する。上等な肉の食事への思いが、自分の生の向上への思いとつながっている――どうもこの辺に、アメリカ人の文化の営みの要諦があるような気がいたします。

第6章 ジャズ、映画、俗語

「アメリカの世紀」とアメリカ文化

二十世紀をふり返る

今年（二〇〇一年）は二十一世紀の最初の年で、いろんな機会にいろんな人が、新しい世紀への抱負や、この世紀の展望を述べられています。これに対して、世紀などというものは時間を人工的に区切っただけのことで、時間はそんなものと無関係に流れているのだ、という冷ややかな姿勢もあります。それはまったくそのとおりですが、人工的な時間の単位にも、人間の営みにある種の「けじめ」をつける効用はあるように思います。この「けじめ」によって心を引き締められたり、新しい希望をかき立てられたりするのは、決して悪いことではないでしょう。私のように文化の勉強をしている者にも、世紀という単位によって文化の展開のイメージをとらえやすくなることがしばしばあります。

そして私は、いま過ぎ去ったばかりの二十世紀を、一つの観点からふり返ってみたい。二十世紀は、世界史的観点から、「アメリカの世紀」だったとよくいわれます。これはそのとおりだという思いを、なかなか否定できません。日本はこのアメリカに一度挑戦しましたが、見事に敗れました。現在の状況を見ますと、政治的にも、軍事的にも、あるいは経済的にも、アメリカの圧倒的な影響下にあります。いわばアメリカの傘下に入っている。では、文化的にはどうか。私たちは長い歴史をもつ日本の文化に誇りをもっていますから、歴史の浅いアメリカの文化に抵抗感もありますが、アメリカ文化の傘が二十世紀に世界をおおうものになっていることは、これまたどうも否定しにくい。というわけで今日は、「アメリカの世紀」といわれる歴史の展開の中で、アメリカの文化はどういう役割を演じ、どういう意味をもってきたかということを、そのほんの一端なりともふり返ってみたいと思うのです。

ヘンリー・ルースの「アメリカの世紀」論

「アメリカの世紀」という言葉が世界にひろまったのは、雑誌『タイム』や『ライフ』を創刊した出版人、ヘンリー・ルースの力によるところが大きいようです。彼は『ライフ』の一九四一年二月十七日号に、「アメリカの世紀」"The American Century"という題の論文を発表し、アメリカが「自由と正義の理想の原動力」となって二十世紀の「世界」をリードすべきことを訴え、大きな反響を呼んだのです。

一九四一年の二月というと、日本の中国やインドシナへの武力進出があって、日米関係もたいそう緊張していましたが、一般的にヨーロッパの方を向いていたアメリカ人の目には、ヨーロッパで猛威を振るうナチス・ドイツの脅威が際立って見えた時期でした。一九三九年九月、ドイツがポーランドに侵入したことによって、第二次世界大戦が始まっています。しかも、自由主義陣営の旗色が悪く、四〇年六月にはフランスのペタン政権がドイツに降伏、九月には日独伊軍事同盟が成立し、ドイツ空軍によるロンドン爆撃も激しくなっていました。アメリカ政府はしだいに中立の立場をすてて自由主義陣営を応援する態度に傾き、四〇年の暮には、ローズヴェルト大統領の言葉を借りれば、「デモクラシーの兵器工場」となる姿勢を明らかにしました。しかし、国民の間には、アメリカは外国のことに口出しすべきではないという伝統的な「孤立主義《アイソレイショニズム》」が強く残っていました。とくに、ヨーロッパの複雑な国際関係にまきこまれてもろくなことはない、と多くの人が信じていたのです。

こういう時に、ヘンリー・ルースは「孤立主義」に反対、アメリカがいまこそ「インターナショナリズム」に立って、国際的な役割を果たすべきことを強調したのでした。つまりもっと積極的にデモクラシー諸国を応援すべきだ、というわけです。ただその思いを、単にアメリカの政策としてではなく、本来あるべきアメリカ精神の発揚として主張しようとした。そこに、二十世紀を「アメリカの世紀」と呼ぶ意味が生じたわけです。

いいかえますと、この時点では、ルースはまだ「アメリカの世紀」が実現したといっているのではありません。彼はアメリカが「世界」をリードするようになることを、「ヴィジョン」だと述べています。つまりそうなることへの希望、期待を語っているのですね。

皆さんよくご存知の通り、この論文の十カ月後、一九四一年十二月八日（アメリカでは七日）の日本軍の真珠湾攻撃によって、アメリカは一挙に全面的に孤立主義をすて、第二次世界大戦に参加、というよりむしろその先頭に立つ。そして戦争に勝利し、世界の超大国になって、ルースの「ヴィジョン」を現実にしたといえます。「アメリカの世紀」が名実ともに世界の認めるものとなったのです。しかしこの論文は、まだアメリカのリーダーシップの夢を語っているのであり、その意味では多分に精神論、文化論でもある。そしてまさにその点に、私の文化史的な観点からすれば、この論文の面白さがあるのです。

「ヴィジョン」実現のための四カ条

ここでちょっと視野を広くして、世界の歴史をふり返ってみましょう。アメリカは、西欧社会においては明らかに後進国でした。十七世紀から十八世紀にかけての西欧社会は、ごく大ざっぱに一言でいえば、「フランスの世紀」だったでしょうね。フランスの国土は大きく、「太陽王」と呼ばれたルイ十四世（一六三六―一七一五）は、全ヨーロッパに君臨しました。豪華絢爛たる宮廷文化が出現し、ヴェルサイユ宮殿はその象徴なんですが、周辺諸国の宮廷はみなその真似をしました。私たちが「花の都パリ」と呼ぶものも、多くはこの時代の産物なんですね。そしてフランス語は、遠くロシアの王侯貴族などもこぞって用いた国際語でした。ただその文化が、一七八九年のフランス大革命によって、リーダーシップをイギリスに譲ることになったのです。

そして十九世紀は、「イギリスの世紀」ということになります。ナポレオン戦争でフランスを打ち破った、その軍事力のせいばかりではありません。イギリスは十八世紀後半から、世界に先駆けて産業革命を成功させた。人格の形成においても、外面的な上品さを重んじるフランス的宮廷文化の影響から脱して、内面的な実質や現実的な行動を重んじるジョン・ブル精神を育てます。こうして、強力な田舎国家であったものが、島国であることもうまく利用して海洋国家となり、十九世紀には「太陽の沈むことのない」帝国となり、世界に君臨したのです。英語がフランス語にかわって国際語になったということもいえそうですね。

アメリカは、遥かに遅れて世界の舞台に登場してきました。ヨーロッパの辺境《フロンティア》であり、基本的には農業国であり、しかも南北戦争までは奴隷制度という前近代的なものをかかえ、原初的な自然に直面して生きる人間をもとにした感情や思想を養いながらも、アメリカ大陸の外に文化を広げる余裕などはなかったのです。ただ南北戦争後、産業国家として急成長しました。資源豊かな広大な国土が、おびただしく流入する移民の労働力などとあいまって、その成長を助けたことはいうまでもありません。そして第一次世界大戦後、戦争で疲れきったヨーロッパ諸国を尻目に、ようやく世界の大国としての姿をはっきりさせてきたばかり、という状況でした。

ですから、二十世紀を「アメリカの世紀」などというのは、やはり「ヴィジョン」であった。しかしヘンリー・ルイスは、その「ヴィジョン」を実現するための方策を具体的に考えてもいました。彼はアメリカが世界に提供すべき（あるいは提供できる）ものを、次の四カ条にして説明しています。

第一は経済力。これはいま述べたことから、もうお分かりですね。二十世紀初頭までに、アメリカの生産力はイギリスをしのいで、世界第一になっていました。が、単に生産力だけでなく、自由経済そのものの活力をルースは信じていました。で、そういう経済力を、自由貿易によって世界に広め、恩恵を人類に及ぼそう、と彼はいうのです。

第二は技術力。十九世紀の後半、アメリカは「発明王」エジソンなどによって代表されるように、科学技術、機械文明を見事に発達させてきた。だからいま、その技術と、技術者（これには医師から教師までの幅広い人材を含みます）を、アメリカは世界に向けて提供することができる、提供すべきだ、とルースはいいます。

第三に、「全世界の善きサマリア人」にアメリカ人はなるべきだ、とルースは主張します。「善きサマリア人」というのは、『聖書』（ルカ伝、第十章三十三―三十七節）に語られる人物で、「苦しむ人の真の友」の意味です。世界中の貧しく飢えている人々に人道的な援助を与えよう、というわけですね。

第四には、「偉大なアメリカ的理想への情熱的献身」を主張します。この「偉大なアメリカ的理想」なるものを、ルースは、自由を愛する精神、機会の平等を重んじる思い、独立（自己信頼）と協力の伝統、という言葉で説明しています。それを世界に及ぼそうというわけです。

この四つの主張には、いま読み直すと、いい気なもんだという思いのするところが多分にあります。経済力と技術力を後進国に押し広めようという第一と第二の主張は、悪くすると、経済力と技術力によるアメリカ拡張主義、新型の帝国主義、植民地主義ということにもなります。そこで、それを補うものとして、第三と第四の崇高な精神の主張が出てくるのでしょうが、これはともに独善的な自己満足の傾きもなしとしません。「偉大なアメリカ的理想」だなんて、抽象的にはいくらでも立派なことがいえます。現実に、アメリカ自体がそういう理想をどこまで実現していたか、という疑問を呈したくもなります。ああやっぱり、ルースの「アメリカの世紀」論は、ただアメリカを善しとする「ヴィジョン」だったんだ、という批判も十分に成り立つような気がいたします。

アメリカ文化の世界進出

それでも、ヘンリー・ルースの見るところ、アメリカには彼の「ヴィジョン」を支える材料がたっぷりありました。その最も有力なものの少なくとも一つが、彼自身の提示した四カ条には入っていないんですが、いわばそのもとのところにあったアメリカの文化力だったと私は思うのです。アメリカの文化は、アメリカがインターナショナルな存在であることをすでに証明していた。ルース自身が、同じ論文の中でこんなことをいっています。

アメリカのジャズ、ハリウッド映画、アメリカの俗語、アメリカの機械や特許製品は、じっさい、サンジバルからハンブルクまでの世界中のあらゆる社会が共通して受け入れている唯一のものだ。

ジャズと映画は、二十世紀のアメリカ大衆文化の代表ですね。機械や特許製品というのは、大衆車から電化製品までを含めた、アメリカの生活文化の産物でしょう。アメリカの俗語というのは、「オーケー」とか「オーライ」とか、あるいは映画 motion picture を単に movie というとかの類でしょうか。いずれにしろ、アメリカ的な簡便な言語表現をさしていると思います。ルースは、そういうものが、サンジバル（アフリカ東海岸の島で、当時はイギリスの保護領でした）からハンブルク（もちろん当時敵国になりつつあったドイツの都市です）まで、というのは世界中のあらゆる土地ということですが、そこで共通して受け入れられている事実に注目する。いや、こういうアメリカ文化の産物以外に、こんなに普遍的な評価をうけているものはないというのです。

じっさい、アメリカ文化の産物は、二十世紀に入るとともに、たぶん他のどの国の文化産物にも増して世界中に進出していたのではないでしょうか。第一次世界大戦後のアメリカの繁栄がこの傾向をさらに推し進めたことは、間違いありません。とくに注目したいのは、ここにいう文化産物が、電話とか自動車とかといった、形ある製品に限られないことです。モダン・ガール（モガ）やモダン・ボーイ（モボ）のファッションから、男女交際の仕方、恋愛・結婚・夫婦中心の家族のあり方といった生活風習、俗にいう、「アメリカ的生活様式」American way of life までが、世界の国々に浸透していたのです。

アメリカ文化への反撃

これに対して、強い抵抗がなかったわけではありません。日本でも、日米関係が緊張を増してきていた昭和の初め頃から、アメリカの文化的進出に対して、警戒や反撃の叫びがたかまりました。一九三〇年、池崎忠孝という評論家は、『世界を脅威するアメリカ』という本を出しています。ここに「アメリカニズム」というのは、この言葉本来の「アメリカ英語」とか、「アメリカ合衆国に対する愛国心」の意味ではなく、アメリカの思想、アメリカ文化の精神的成り立ち、といったほどの意味です。池崎はそれを、「機械の福音」だと説きます。つまりアメリカ文化なんてものは、機械本位の物質文明であって、崇高な精神性はない、そのためにアメリカ人の生活は享楽主義に堕している、というんです。そしてこんなふうに罵倒するんですよ。

キネマを見、ドライヴを楽しみ、ラヂオを聴き、スポーツを喝采し、昼はクラブに入びたつてカルタを弄び、夜はダンス・ホールに尻を据ゑて男女の自由な交際を謳歌するといふのが、近時のアメリカにおける享楽主義の生活だ。かゝる生活を追求して倦むことを知らないアメリカ人の欲望は、恰《あたか》も刹那の官覺的刺激をもつて無上の悦楽とする未開人の欲望と選ぶところはない。

こういうアメリカニズムの堕落した文明にまき込まれないように、古い歴史と伝統をもつ日本人は、高貴な日本精神をたかめなければいけない、というのが池崎の持論のようです。池崎のこの論は言葉の激しさが目立ちますけれども、アメリカは歴史も伝統もない国だから、アメリカ文化は低俗だという発想は、日本の多くの知的指導者がもったし、いまもしばしば多くの日本人が分かちもっているところだと思います（本書第4章「アメリカの『文化』と『文明』——日本人のアメリカ」参照）。

ヨーロッパでも、これと似た反応はたっぷり見られます。「フランスの世紀」「イギリスの世紀」をつくった国々の人が、歴史が古く洗練され、精神的に高尚だと信じる自国の文化を誇りにし、アメリカの新興文明を軽蔑するのは、むしろ自然な現象というべきかもしれません。とくにフランス人となると、あの「アメリカの俗語」みたいなものまで目の敵、いや口の敵にし、その輸入というか、使用に反対する動きが強いようです。

普遍性を目指す文化

しかしながら、こういう反感や反撃を乗り越えて、アメリカ文化は世界に浸透してきました。そして第二次世界大戦後には、ヘンリー・ルースのいう「アメリカの世紀」を現実的なものにする大きな力となった。逆にいえば、文化の領域においては、世界のアメリカ化がますます顕著になってきました。かつての敵国であったドイツや日本の一般民衆が、むしろ積極的にアメリカ文化を受け入れ、アメリカの自由経済を拒否していた共産主義諸国でも、アメリカの文化産物をいま喜んで取り込んでいる有様です。

問題は、なぜこうなってきたのかということです。もちろん、第二次世界大戦後、アメリカは未曾有の超大国となり、その国力がアメリカ文化を世界に押し出したことは明らかです。だが、それだけではないでしょう。アメリカ文化そのものの基本的な成り立ち、あるいは内在的な力が、大きく働いていると私は思います。

まず第一に、アメリカ文化は本来的に、普遍性を目指す特質を備えてきたということがいえるんじゃないでしょうか。

アメリカは世界中の人種が集まってできている国です。ひと頃までは、これら多様な人種が融合してアメリカ人という新しい人種をつくるんだ、アメリカは「人種のるつぼ」だということが説かれましたが、この頃はそれぞれの人種やその背負っている文化の独自性を強調し、アメリカを多文化主義の国だと主張することが流行のようになっています。それはたぶんその通りなんでしょう。ただし、こうして集まっている人たちの圧倒的な多くは、それぞれ流に「サクセス・ドリーム」をもって苦闘している庶民であることも忘れてはなりません。成功を求めて忙しく右往左往しています。ここに寄り集まっている多くの文化は、決して固定してはいないのです。それに加えて、先ほど述べましたようにアメリカは自由経済の国ですから、その文化産物ができるだけ幅広く大勢の人に売れることを目指します。アメリカ文化は必然的に大衆文化の特質をもち、人種や階級を超えて万人にアッピールする普遍性を育てることにもなるのです。

映画——万人向きの表現と内容

その有様を、大衆文化の華である映画に見てみましょう。映画がストーリーをもってスクリーンにうつされるようになったのは、いまからちょうど百年ほど前、二十世紀の初頭のことです。その勃興期の映画産業を代表したのは、フランスとアメリカでした。フランス映画は、あくまで一般的な傾向としての話ですが、芸術志向が強かったようです。演劇の技法などを用いて、知的な観客を引きつける努力などをします。それに対してアメリカ映画は、移民やその子供たちといった貧しく雑多な庶民を相手とする娯楽として発達しました。そして徐々に中流階級相手に幅を広げてきたのです。

こんなふうでしたから、アメリカ映画はまず誰にも分かる表現を追求しました。どんな人種のどんな階層の人が見ても、登場人物の思考や感情の動きが手に取るように分かり、納得ができ、共感もできる表現ですね。教育や教養がなくても分かる表現でなければなりません。それを見事に実現した初期の代表が、チャーリー・チャップリンでしょう。第二次世界大戦後では、マリリン・モンローもその代表的な一人だと思います。

チャップリンはイギリスの名もない旅芸人でしたが、アメリカに来て、一九一〇年代のなかばから映画に出演し、普遍性を身につけていったんですね。チャップリンといえば浮浪者——ぶかぶかの靴とだぶだぶのズボン、窮屈な上着に山高帽、口髭をたくわえ、しなやかな杖をふりまわす姿を、誰も思い浮かべます。この種の姿は、じつはヨーロッパの喜劇映画でおなじみの一つのタイプだったらしいんですが、チャップリンはそれに工夫を加え、まことに雄弁な動作と掛け合わせていく。そしてこの不調和な姿に、貧しい庶民の現実と夢とが盛り込まれることになるのです。しかもその浮浪者が、そのままの姿で、紳士、詩人、夢想家、絶望した人、恋する男、失恋した男など、あらゆる人間になります。そういうさまざまな人の思いを、表情や身のこなしによって、生き生きと表現してみせるのですね。ロバート・スクラーという批評家は、「浮浪者は普遍的な人格《ユニヴァーサル・キャラクター》だった」といっていますが、その人格の表現も普遍的だったのです。

映画のなかのチャップリンが「浮浪者《ザ・トランプ》」だったとすれば、映画のなかのマリリン・モンローは「おつむの弱い金髪娘《ザ・ダム・ブロンド》」でした。乳房とお尻が大きいのに反比例して頭の中身は乏しく、それだけに天真爛漫にふるまって、いろんな騒動をまき起こすという役どころです。だが本物のモンローは、おそろしく頭がよく、また常に「すばらしい女優《マーヴェラス・アクトレス》」を目指して努力していた人でした。で、映画会社から押しつけられたこの「おつむの弱い金髪娘」役を、すばらしい男性に愛されたいとか愛したいとかという、普通の女の子の夢をもった「普遍的な人格」に昇華してしまい、その姿をのびのびと自然に、そして魅力たっぷりに表現するのです。なかば口をあけて相手を誘う顔の表情から、尻をふって歩く有名な「モンロー・ウォーク」まで、まさに誰にも分かり、男なら気をそそられ、しかしその無垢さのゆえに手出しができず、むしろ彼女を自分こそが守ってやりたいという気持ちにさせる表現にあふれていました。だからこそ、大衆が彼女をスターにした。こうして、彼女は「隣の女の子」の親しさを全身で示しながら、アメリカの未曾有の「セックス・シンボル」となったのです。

アメリカ映画はこのように、万人向きの表現を育てました。だがそれだけではない。内容においても、アメリカ映画は、さまざまな文化的背景をもつ多様な人々が理解し賛同できるものを追求してきた。アメリカ映画を経営的に育ててきた大きな勢力にユダヤ系の人たちがいますが、彼らは自分たちのマイノリティとしての立場を十分に意識し、マジョリティ人種などからの反発を恐れて、映画の内容から努めて人種的特質を排除してきました。もちろん、インディアンや黒人への偏見は顕著で、中国人や日本人への蔑視も随所に現れます。近ごろのアメリカ映画史の研究などは、むしろその面を強調してもいます。しかし全体的に見ますと、たとえば正義なら誰にとっても明らかに正義であるもの、恋愛なら誰にとっても美しい恋愛と思えるものを、描こうとしてきた。疑問の余地のない勧善懲悪、善男善女の純真な心によって苦難を乗り越えて成就する類の、疑問の余地なく正しい恋愛と結婚、というような普遍的モラルが、ハリウッド映画の十八番のテーマとなってきたのです。

それは、たとえば何が善で何が悪であるか分からぬから複雑な人間の状況とか、男女の不倫関係をめぐる微妙な心の動きとかを描こうとするフランス映画などと比べると、単純で、芸術性に欠けるようにも思えます。だがその素朴な普遍的モラルによって、アメリカの映画はさまざまな文化の中に生きる人々に幅広くアッピールし、結局、世界を征服したのでした。

解放性の文化

さて、しかし、こういう普遍性だけで、アメリカ文化が世界の人の心をとらえ得たとはなかなか思えません。普遍性だけでは、文化は平板で単調になってしまうでしょう。もう一つ、もっと積極的に、心を躍らせる要素があるはずです。私はそれは、アメリカ文化の解放性だと思います。相変わらず映画を例にして、話を続けることにしましょう。

映画のなかのチャップリンは、貧しい浮浪者がいかに食べ物やねぐらを見つけ、どのようにして仲間や愛する女性を獲得するかといった人生の根本問題を演じます。だから普遍的なんですが、彼はけっして形式的な道徳の権化ではない。貧しさから生まれた抜け目なさ、機敏さ、それに反抗心があり、うまく立ちまわって警官やら尊大な金持やらをやっつけます。時にはいろんな失敗もしでかしますが、きわどく難局を切り抜け、恋人を手に入れ、または浮浪者としての自由を回復して、ステッキをふりながら長い道を去っていく。観客は何か痛快な解放感を得る仕組みになっています。

チャップリン映画は基本のところで社会的な作品であって、喜劇ですけれども反体制的です。モンロー映画は、社会的というよりも風俗的で、一見したところ、反体制などという深刻な問題を抱えてはいません。しかしモンローも、「おつむの弱い金髪娘」の肉体美をごく自然に振りまいて、当時の社会風俗、常識的でお上品ぶった世の中の秩序を、快くひっかきまわすのです。

チャップリン映画は一九二〇年代から三十年代、アメリカが第一次世界大戦後の経済的繁栄から未曾有の不況へと移った時代に絶頂を迎えましたが、モンロー映画は一九五〇年代に花咲きました。第二次世界大戦後の、まさに「アメリカの世紀」が実現していく時代ですが、当時、すでにソ連との冷戦に入っており、アメリカはデモクラシーの国のすばらしさを世界に示すために、上品な秩序ある道徳国家のイメージの確立に努めていました。大統領は「アメリカのお爺ちゃん《グランパ》」と呼ばれたアイゼンハワー。彼の治世は「大人の時代」と呼ばれます。しかし一般庶民は、そんな社会に窮屈な気持ちも抱いていました。とくに若者はそうです。

モンローはそういう時代に、自然のままの肉体の魅力を誇示して、スターへの階段をのぼっていきました。当然、道徳派からは非難をこうむります。そしてたとえば、有名なヌード・カレンダー事件が持ち上がりました。一九四九年の夏、まだ無名の彼女は五十ドルの金が必要で、ヌード写真のモデルになり、その時の作品のうち二枚がカレンダーに採用されました。通説にしたがいますと、一九五一―二年、彼女がようやくスターとして認められだした頃に、そのヌードのモデルがモンローであることがばれてしまいます。映画会社はあわてふためき、彼女にその事実を否定させようとしました。しかし、記者会見の席で、モンローは平然と事実を認めた。しかもヌードになった理由を聞かれると、「お金がほしかったからです」と言い切った。そして一挙に、民衆の大スターになってしまうのですね。

民衆は、重苦しい形式的な道徳からの解放を求めていた。モンローはそういう一般の思いを感じ取り、また自分もその種の解放を求めて、女優としての向上に努めていたといえそうです。私の好きなモンローの名文句に、「セックスは自然の一部です。私は自然と協調していきます」という言葉があります。モンローは人工的な、いわばセックス産業が扱うようなセックスは嫌悪していました。自然のままの人間の美を重んじていたのです。

そして、一九六〇年の大統領選挙でジョン・F・ケネディが当選します。四十三歳。選挙で選ばれた大統領としては、アメリカ史上最年少です。こうしてアメリカは、一九六〇年代に入るとともに「若者の時代」になる。モンローは、一九六二年に急死してしまいましたが、死後、若者文化と結びつけられていきます。フェミニズムの運動にも取り込まれていった。そして、自然のままの人間の美の化身として、ますます人々の心を集め、ついにいまでは二十世紀の「女神」とまでいわれる存在になっている。単にアメリカ人が彼女をそう見るだけではありません。世界の数多くの人々が、彼女を見ることによって、快い解放感を味わうのではないでしょうか。

大衆芸術から生活文化まで

アメリカ文化のこういう普遍性と解放性は、もちろん映画だけのものではありません。私は不案内ですが、音楽においても、たとえばジャズのような、もともとローカルな黒人の間で生まれたものでも、人間の感情を根本から解放するところがあり、普遍性を養っていったようです。イギリス人のグループであったビートルズも、アメリカを経由することによって、普遍性と解放性をたかめ、世界のものになったのではないでしょうか。

絵画については、もう時間がなくなってきましたので、マリリン・モンローとの関連で、アンディ・ウォーホルに一言だけふれてみたいと思います。ウォーホルはマリリンの死の報せを聞くと、すぐに、モンローの白黒の写真をもとに、「シルク・スクリーン」という方法で、二十三枚のポートレートを仕立てました。金地にモンローを描いた「ゴールド・マリリン」から、二十フイートの大キャンバスに百ものモンローの顔を並べた「マリリン祭壇画《ディプティク》」までありますが、要するに同じ顔に、髪の毛は金、目の上は青、唇はどぎつい赤といった具合に、卑俗な色を塗った形です。それぞれに微妙な違いはありますが、「繰り返し」仕事の産物です。いかにもモンローが大量生産時代の産物であることを示していて、俗悪の印象をぬぐえません。しかしモンローの美を個人所有の「芸術」から解き放った感じはあります。見る人がモンローを身近にたぐり寄せ、自分の好みに合わせて自由にその美を味わえるような気分にさせるかもしれません。ウォーホルが代表するアメリカのこういうポップ・アートもまた、アメリカ的な普遍性と解放性の産物といえるような気がします。

いま広い意味でのアメリカの大衆芸術のことを話しましたが、アメリカの生活文化となりますと、同じことがもっと具体的な形で理解できると思います。たとえばTシャツやジーンズに代表されるアメリカ生まれの衣料。これは誰でも何の訓練もなく身につけられ、軽快そのものです。つまり普遍性と解放性の化身といってもよいですね。同様にして、「スカッとさわやか」のコカコーラや、ハンバーガー、ホットドッグといった簡便な飲食物から、自動車を代表とする乗り物、あるいは電話、ラジオ、テレビ、パソコンなどの伝達手段にいたるまで、アメリカの文化産物のあらゆるものが、誰にもそれを摂取・利用でき、しかも自分の個性に応じて、いわば自由に心躍らせることができるものです。

日本にとっての意味

「アメリカの世紀」は、否定的な側面をたっぷりかかえこんでいました。ヘンリー・ルースは、アメリカ国内における貧富の懸隔や人種差別など、「自由と正義の理想」に反する現実にはまったく触れることなく、世界に向けては、アメリカをそういう理想の「原動力」として持ち上げていたわけです。軍事的にはもちろんですが、政治的、経済的にも、独善的なアメリカ中心主義がうかがえます。しかし、アメリカの文化は、確かに卑俗さをかかえこみながらも、あるいはまさにその卑俗さに助けられて、普遍性と解放性を養っていた。そして世界中の人の心を高揚させる原動力の一つとなってきました。この講演では文学のことに触れる余裕がありませんでしたが、二十世紀のアメリカを通観して私などが最も目を見張るのは、文学をひっくるめたアメリカのこういう文化力の、ダイナミックな展開の姿であります。これがあって、二十世紀は「アメリカの世紀」たりえた。そしてこれがある限り、二十一世紀になっても、まだ「アメリカの世紀」は続きそうに思えます。

私たちは、アメリカの文化に賛成するのも反対するのも自由だといえるでしょう。ただ、日本の文化を顧みる時、これと対照的な際立った傾向があるように見えます。

一つは、普遍主義と対極の独自主義です。日本文化は日本人という一つの民族を基にし、長い歴史と古い伝統によって、ユニークな存在になっている、たとえば、「もののあわれ」「わび」

「さび」といった日本的な情念は、西洋人には絶対に分からない深い味わいをもつものだから、このユニークさを大切にしよう、といった類の思いは、いまも多くの人がもっているのではないでしょうか。

もう一つは、これと結びつきますが、解放性に対する保守性です。解放性というのは、形式化した秩序にゆさぶりをかけ、自由に、新しい価値を創造しようという試みの尊重ですね。もちろん、これを求める日本人も多いんですが、一般的には、新しい価値の創造よりも、これまであった価値をさらに高め、さまざまな文化産物の内容や表現をさらに洗練させる方向に、より多くの努力を払っているように思えます。

私は、日本文化のこういうユニークさも、洗練された美も、大切にしたいと思います。またその発展にも努めたい。しかし同時に、日本がいま国際社会の真っ只中に入って、文化の面でも国際性を育てなければならぬ状況にあるのは、否定しようのない事実です。それは、日本文化のユニークさと美とが生き残り、展開するためにも、またひょっとしたら「日本の世紀」を出現させるためにも、避けて通れないプロセスであるでしょう。とすれば、アメリカの文化の普遍性と解放性を理解し、これを積極的に取り入れる努力も、これからはさらになされてよい。それができるようなら、「アメリカの世紀」も、日本にとって大いに文化的な意味があったということになると思います。

第7章　マリリン・モンローとその先祖たち

「ヤンキー・ガール」の系譜

モンローはアメリカ娘

アメリカの女性についてなにか文化史的な話をせよ、というご要望があって私はここに参りました。私のような朴念仁にどうして女性の話のご要望が出たかと申しますと、いまからもう四分の一世紀近く前ですが、私は、『マリリン・モンロー』（岩波新書、一九八七年）という本を出しました。そしてまた数年前には、『アメリカでいちばん美しい人　マリリン・モンローの文化史』（二〇〇四年）という本を、やはり岩波書店から出版してもらいました。その二冊の本の中で、モンローは「ヤンキー・ガール」の最も活き活きとした部分を集約しているというようなことをいっているものですから、ひとつモンローなどをとっかかりにして、アメリカの女性についてなにか話せということになったのだと思います。

で、最初に強調したいことは、モンローはまさしくアメリカ娘だということです。まったく当たり前の話なのですが、こんなことをいうのには理由があります。私ども、映画好きが集まると、よく女優の品定めをします。「モンローなんかよりもイングリッド・バーグマンがいい」とか、「いや、オードリー・ヘップバーンだ」というようなファン争いみたいなことをするわけです。どっちのほうがいいとか悪いとかいうことは、まったく好みの問題であって、とても文化史に関わる問題ではないのでありますが、バーグマンについて申しますと、本来、彼女スウェーデン人なのです。スウェーデンの写真家・画家の娘であって、王立演劇学校を卒業して、正統的な俳優の道を歩んだ人です。そして知性美によって全米で大評判を得たわけですが、晩年はアメリカ中の非難をものともせずイタリアの名監督であるロベルト・ロッセリーニと結婚し、アメリカを去ってしまいました。

もう一人のオードリー・ヘップバーンはどうかといいますと、父親はイギリスの銀行家、母親はオランダの男爵家出身の女性です。つまり、ヨーロッパの上流、ないし中の上の階級の令嬢であって、それにふさわしい清楚な美を発揮します。そして彼女も、晩年はイタリア人と結婚して、スイスへ行ってしまう。

加えてバーグマンもヘップバーンも、彼女たちの名作映画の多くがヨーロッパを舞台にしていて、二人はヨーロッパに生きた女性を演じているわけです。バーグマンの『カサブランカ』は、北アフリカの都市が舞台ですが、当時は仏領モロッコの首都でしたから、ヨーロッパの一部のようなものですね。ヘップバーンは、いわずと知れた『ローマの休日』『パリの恋人』で名声を得ました。

これに対してモンローは、ロサンゼルスの貧乏な労働者を母親にして、少女時代から非常につらい生活を送りました。知性よりも清楚さよりも、もっと原初的な、肉体的な存在感が拠り所となります。そして彼女は『王子と踊り子』という一作だけを例外として、常にアメリカの庶民を演じている。モンローは徹底的にアメリカ育ちというか、アメリカ人という点が重要だと思うのです。

デモクラシーの娘

さて、このマリリン・モンローが生涯でいちばん尊敬していた人物は、エイブラハム・リンカーンでした。また、彼女はたいへんな本好きだったのですが、なかでもアメリカを代表する民衆詩人であるウォルト・ホイットマンの詩集を愛読していました。そんなことから、私はモンローを「アメリカン・デモクラシーの娘」と呼びたい思いです。

そして、リンカーンを尊敬し、ホイットマンを愛読していたモンローには、アメリカの秩序というか、体制に挑戦するような姿勢がありました。例の肉体美をさらけ出すというのも、彼女としては古い道徳への反抗の気持ちで、意識的にやっていた面があります。有名な話でご存知の方も多いと思いますが、まだ無名時代に五十ドルのお金がほしくてヌード写真のモデルになった。その写真がカレンダーに採用されて評判になった時、映画会社は何とか事実を隠蔽しようとしたのですが、彼女は記者会見で平然と事実を認め、おまけに「セックスは自然の一部です。私は自然と協調していきます」と言い切った。おかげで一挙に人気が上がるのですね。

しかも、ハリウッドが彼女の「セックス・シンボル」というような面ばかり強調した時、モンローは腹を立てて体制に真っ向から挑戦し、一人ハリウッドから飛び出していってしまった。結局、ハリウッドはモンローの条件をのんで、彼女の人間性をもっと重んじる作品をつくるということになる。モンローはハリウッドを屈服させた稀有の女優ではないかと思うのですが、そんな面がいろいろとあるわけです。

アメリカでいちばん美しい人

私はモンローについての新しい本の表題を、『アメリカでいちばん美しい人　マリリン・モンローの文化史』としました。マリリンを「アメリカでいちばん美しい人」といったのは、私が最初ではありません。第二次世界大戦後のアメリカ文学のチャンピオンといってよいノーマン・メイラーが、モンローをそういうふうに呼んだのです。ノーマン・メイラーは、モンローだけでなく、もう一人アーネスト・ヘミングウェイの名もあげ、「ヘミングウェイとモンロー……彼らは私たちにとって、二人のアメリカでいちばん美しい人だった」と述べています。『大統領のための白書』（一九六三年）という、ケネディ大統領への思い出などを綴った本の中でです。単に肉体的な美ではなく、アメリカ精神を体現して、なにか自分の内から出てくるような力を最も美しく表現したのが、この二人だったといっているように思われます。

私が講演のタイトルで「ヤンキー・ガール」といいましたのは、こういう意味合いの、いかにも「アメリカ的」といいましょうか、自分を強くもって、形式的な束縛を斥け、内からあふれるような生の魅力を自由に活き活きと発揮する女性のことです。ただ、こういう自由な女性の美が社会的に認められるのは、アメリカでも難しかった。モンローは生前、いろんな非難の的になり、社会と戦い続け、そして最後に疑惑の多い死を迎えるのです。

植民地時代の「ヤンキー・ガール」

ところで、こういう「ヤンキー・ガール」のイメージは、モンローによって突然に出来上がったわけではありません。それはアメリカの歴史とともに形成されてきたのです。

十七世紀の初頭に、イギリス人たちがアメリカへ渡って植民地を建設し始めたわけですが、最近はフェミニズム的研究が発達してきまして、当時の女性がどんなに悲惨な状況であったかというようなドキュメントを、いろいろ発掘しています。そして「アメリカはそもそもの出発点から男性支配であった」などといいます。それはそうなんですが、植民地建設の当初、単に女性だけがつらい状態であったわけではありません。男性も同様に惨憺たる生活状態でした。百二人のいわゆる「ピルグリム・ファーザーズ」のうち、一冬で五十人が死んでしまったのですから、推して知るべきです。もちろん女性も惨憺たる状況でしたが、男性も同様だったということも、確認しておかなければなりません。

ただしこういう事実はあります。ピューリタンの社会では『聖書』が生活の中心でしたが、『聖書』のある部分に、女性は男性に服従する存在だという意味の記述がありますので、教会では、女性は公の権利を認められていなかったのです。法律的にも、植民地のアメリカでは、イギリスのコモンローがそのまま採用されておりましたから、女性の法的な権利はほとんどない状態でした。たとえば、女性の財産権は結婚すると夫に属してしまう。女性は法廷で証言する能力がないなど、女性の地位が低かったことは間違いないのです。

ただ、植民地はいわばフロンティアの状態でしたから、法律はそうであっても、教会の制度はそうであっても、男女が協力してパートナーシップをつくらなければ、実際上の建設の仕事はできなかった。それで女性の力が強く求められ、したがって実際には、女性はイギリス本国におけるよりもはるかに強い発言力をもつようになったようです。

当時の「ヤンキー・ガール」はどういうものであったか。それを示す一つのエピソードみたいなものがあります。植民地時代のアメリカを代表する政治家で、かつ最大の文化人であったベンジャミン・フランクリンが、一七四七年に、「ポリー・ベイカーの陳述」という文章を発表しました。フランクリンの戯作といっていい、冗談半分のエッセイなのですが、こういう内容です。ポリー・ベイカーは私生児をもうけてしまった。しかも五回もくり返したということで、法廷に引っ張り出されます。彼女は貧乏なものですから、弁護士を雇えないので、自分で自分を弁護すべく法廷でしゃべりまくる。それがエッセーの内容になっているわけです。「私は五人の健やかな子供をこの世に産み出しました。命懸けであります」。実際、当時、赤ん坊を産むということは、命懸けであったわけです。「人間が本当に必要なこの新しい国土で、王様の臣民を増やすことが罪でしょうか」という調子で弁じていく。女性は法廷で証言する資格がないわけですけれども、ポリー・ベイカーはそんなことを無視してしゃべりまくるのです。赤ん坊を産むということがどんなに立派な行いかということも、とうとうと話します。そして、「では、結婚すればいいじゃないか」といわれることに対しては、自分だって「結婚の尊厳」ということは、十分知っておりますという。また、自分は「良き妻の特質である勤勉、倹約、多産、家政の手腕をすべて備えております」といって、妊娠した自分を捨てていった男の身勝手さを糾弾もする。そして最後に、自分は私生児を産んだけれども、「鞭で罰せられるどころか、記念の銅像を建てていただく」にふさわしい、と主張するのです。裁判官の一人は感心して、その場でポリー・ベイカーと結婚して、十五人の子供を設けたということになっています。

読者は、もちろん、これは冗談の文章だということを知っていて、笑って読んだんでしょうが、ここでポリー・ベイカーは法律的な身分をぶち破り、女性の自由な在り方を一種の合理的思考により主張している。アメリカはしだいに独立戦争に近づいていく頃ですが、その独立の根拠となった合理主義とか、自由というものを、フランクリンはポリー・ベイカーを通して表現しているわけです。これが「ヤンキー・ガール」のイメージを生き生きと打ち出した最初の文章の一つといえるのではないかと私は思います。この「ポリー・ベイカーの陳述」は、大げさな調子で笑いながら読ませる文章ですが、アメリカの短篇小説の最初のものといってもいいように思います。

「共和国の母」

いよいよアメリカは独立の時代に入ります。「独立宣言」の前文に、「すべての人は平等につくられている」“All men are created equal”という有名な言葉がありますが、その「すべての人」に黒人もインディアンも入っていなかったということは、さんざん言われますけれども、女性が入っていなかったこともまた、法律的には否定できないことでした。女性の参政権などは、憲法によっても完全に無視されていましたからね。

時代が下がって一八四八年、ニューヨーク州のセネカ・フォールズという所で、女性たちが女権運動を展開し始めます。そのセネカ・フォールズ会議において、「独立宣言」の文句をちょっと変え、「すべての男性と女性は平等につくられている」“All men and women are created equal”という宣言を発したことは有名ですが、そういう宣言をするぐらいに、やっぱり女性の法的地位は低かったんですね。

ところが、アメリカの独立とともに、「共和国の母」という考え方がひろがりました。つまり、自分たちのつくったアメリカ共和国を支えるべき有能な市民を育てる母親が必要だというのです。そこで、そういう有能な母親たるべき女性は、必然的に法的な身分を乗り越えて、社会問題などにも発言して当然だというようになってくるのです。またそういう母親をつくるには、教育が必要だということにもなって、しだいに女性教育が発達する。こうして、実質的に、女性の自己主張する力が社会的にも承認されることになってきます。

「幸なるかな、自由の国に生まれた人よ」

時代はもう十九世紀に入りますが、当時、新興国アメリカはどうなっているのだろうか、共和国などというものはうまくやっていけるはずがないが、現状はどうだろうか、というので、大勢のイギリス人やフランス人がアメリカを実地見聞に行っており、その記録である旅行記が多く出版されました。そういうヨーロッパ人は、王制とか、ヨーロッパの古い制度の下に生きる女性を知っているわけですから、その女性との対比において「ヤンキー・ガール」を観察します。そして「ヤンキー・ガール」の野卑軽率さを強調する記録もたくさん残しましたが、多くは「ヤンキー・ガール」たちがいかにも元気活発に生きていることに感嘆しました。

その例はいくらでも示すことができますが、時間の都合でほんの一つだけ申します。アメリカ論の古典中の古典といっていい、アレクシス・ド・トックヴィルというフランス人の『アメリカのデモクラシー』（一八三五、四〇年）という名著があります。あまり立派な内容ですから、老成した人の本かと思うと、トックヴィルはほんの二十六歳でアメリカへ行って観察しているのです。そしてアメリカ娘の活き活きした有様に、びっくりするわけですが、こんな表現をしております。

アメリカの娘は結婚適齢期になるずっと前に、母親の支配から解放され始める。子供であることをやめたかやめないかのうちに、もう自分でものを考え、自由にしゃべり、自分自身の衝動にしたがって行動する。……彼女は自分自身の力への信頼を十分にもっており、しかもその自己信頼は周囲のすべての人に分かちもたれているように見える。

同様の証言はいっぱいあって、どうもアメリカ人よりも外国人のほうが、「ヤンキー・ガール」の溌剌とした姿に驚嘆していたようです。

時代は下がりますが、日本人も同様です。慶應義塾大学にも関係する一例として、『三田文学』の立役者となった永井荷風の『あめりか物語』(一九〇八年)をあげましょう。これはアメリカ観察記としても実に立派な内容の短篇小説集ですが、その中に、「市俄古の二日」という作品があります。作者(荷風)がシカゴの知人を訪問しますと、娘さんが迎えてくれる。その有様を表現しているのですが、「華美な、無邪気な、奥底《おくそこ》のない、アメリカの処女特有の優しい声で迎えてくれ」、恋人と撮った写真を次々と見せながら、「自分は今や世界中での一番幸福な娘の一人であるとの自信」を目に輝かせている、といったふうに描写しまして、さらにこういうのです。

幸なるかな、自由の国に生れた人よ。……試《こころみ》に論語を手にする日本の学者をして論ぜしめたら如何《どう》であらう。彼女ははしたない者であらう。色情狂者であらう、然し、自由の国には愛の福音より外には、人間自然の状に悖《もと》つた面倒な教義《おしえ》は存在して居ないのである。

荷風はこういって、アメリカのデモクラシーと結び付けて、「ヤンキー・ガール」の自由でのびのびとした姿に、讃嘆というか、羨望の念を示しているわけです。

ところで、トックヴィルはアメリカの若い娘が自由自在に振る舞っていることに感嘆したんですけれども、すぐに付け加えて、しかしそれは結婚までのことで、結婚すると夫に服従してしまうと述べ、夫との生活を「修道院」にたとえています。「ヤンキー・ガール」は独身時代は自由だけれども、結婚すると自由を放棄してしまうというわけです。どうして自由を放棄するのかといいますと、デモクラシーというのは秩序がないので、自分で自分を守らなければいけない。それで夫は妻を守ろうとして、修道院ふうな秩序をつくってしまうらしい。デモクラシーの自由の裏には強い秩序志向があることを、トックヴィルは見抜いていたのですね。

このことは、アメリカ文学を見ても同様です。第一級の文学作品は、「ヤンキー・ガール」的に自由な女性を表現はしても、めったに肯定讃美してはいないんです。その辺が文学史の重要な問題にもなるわけですが、一例だけあげましょう。アメリカの代表的な作家といっていいナサニエル・ホーソンに『緋文字』（一八五〇年）という小説があります。ヘスター・プリンという女性が主人公ですが、この人もあのポリー・ベイカー同様、私生児を産んだものですから、社会から追放されてしまいます。しかし彼女もくじけない。強い独立心と自尊心をもっており、自分は追放されているのに、周辺の弱い人たちを助けて健気に生きていく。そしてだんだん人々の尊敬を勝ち取っていく。そういう人物なので、私たちは当然、ホーソンはヘスター・プリンに同情というか、同感して、肯定的に描いているのだと想像します。ところが作者は作品中で、この独立自尊の女性を「高慢だ」といっています。またヘスターは私生児を産んだことを罪と認めないので、「誤れる者」と表現してもいます。第一級の作品にふさわしく、当時の社会一般の感情をきっちり反映しているわけです。

こうして独立自尊の「アメリカン・ガール」は存在するのですが、それを警戒し、冷ややかに見るというのが、大人の社会の常識だったといっていいように思います。

「偉大な裸の人」

それでは「ヤンキー・ガール」的な、自分の内から溢れる生命をそのまま自分の存在を通して表現する女性は、アメリカ国内では温かく迎えられなかったのかというと、そうばかりではない。ようやくここで、マリリン・モンローの先駆者が登場してくるわけです。

社会秩序の外で生きる人なら、「ヤンキー・ガール」的な魅力を発揮しても受け容れられる。秩序の中にいると、そういう人は秩序を乱す存在で、邪魔者ですが、秩序の外にいるなら、むしろ面白い存在たりえます。一般大衆はそれを歓迎するわけです。芝居の俳優とか、芸人とかはその例で、比較的自由に自己を表現して生きました。一人だけ紹介しますと、十九世紀中葉に、エイダ・メンケン（一八三五―六八）という人がいました。たぶん、日本ではほとんど知られていないのですが、アメリカに出現した最初の国際女優といっていいと思います。ヨーロッパでも大評判になりまして、アメリカを代表する女優として歓迎されたのです。

エイダ・メンケンはニューオーリンズに生まれました。ニューオーリンズは今度の水害で大変になってしまいましたが、もとフランスの植民地だった所ですから、堅苦しいアングロ・サクソンと違って自由な雰囲気があったのでしょう。エイダはニューオーリンズで成長してダンサーになり、女優になるわけですが、詩を書く人でもありました。いろいろ大胆な芝居を演じて評判を得、ニューヨークにいた時に、ホイットマンと知り合いました。ホイットマンもメンケンに非常な好意をもったんですが、メンケンもホイットマンの詩を読んでひきつけられ、ホイットマン流の自由な詩風を吸収した詩をつくっております。

そのメンケンに『マゼッパ』という芝居があります。これは一八一九年に書かれたバイロンの物語詩を芝居に仕立てたものですが、一八六一年、南北戦争が勃発した頃に上演されました。その芝居の中に、ポーランドの勇士（後年、ウクライナ独立に活躍）が貴族の夫人と通じたために罰せられることになり、裸で馬の背に縛りつけられて遠距離を突っ走るというシーンがあります。メンケンは、一見、全裸のような格好で馬上に縛られて舞台に登場します。マゼッパは男性ですのに、それを女優が演じるわけです。実際には肌着を着ているのですが、裸に見せることで主人公の悲壮さを強烈に表現して、観客を仰天させ、喜ばせました。『マゼッパ』は西部のサンフランシスコでも上演されました。サンフランシスコにはマーク・トウェインがおりまして、それを見て驚嘆、いくつかの文章を残しています。またメンケンは生涯に少なくとも四度結婚し、スキャンダルの種になり続けました。しかし「ヤンキー・ガール」の自由を身をもって示し続けたともいえそうです。彼女は「偉大な裸の人」というふうに表現されたりしました。

「上品な伝統」の時代

こういう社会の外の人たちの姿が、だんだんアメリカ文化史の中に見えるようになってくるのですが、ただ、南北戦争後、アメリカが急速に産業国家になるにつれて、フロンティア的な平等主義はしだいに消滅していき、中産階級の「上品な伝統」が確立してきます。そうしますと、困難な開拓活動の中での男女のパートナーシップというものはだんだん弱まって、男性が一家を支え、女性は男性に負ぶさるという風潮が支配的になってくる。女性はしだいに家庭の装飾物になったわけです。

「上品な伝統」の中核は、英語で「リスペクタビリティ」respectability と呼ばれる態度です。

文字通りには「尊敬に値する特質」という意味ですが、しだいに「人に尊敬されるような振る舞い」、「世間体」といったような外面の格好よさを重んじる意味になり、それが中流階級以上の女性の最も重要なモラルになっていきます。このリスペクタビリティのいちばんの根底は、セックスを斥け、自分はセックスなどとはまったく無関係な存在です、というふりをすることです。少しでもセックスに関係するようなことを言ったり行なったりしたら、はしたない、尊敬に値しないということになってしまう。服装も女性はコルセットをつけて、フープ状の大きなスカートをはいて、いわば城壁で守られた存在になってしまいました。

先ほど、トックヴィルの観察として、アメリカでは家庭は「修道院」だと申しましたが、そういう修道院はこの時代に完成し、女性にはリスペクタビリティが厳しく求められることになった。当然、この風潮は文学にも反映して、むやみと自由を求める女性は破滅するといったテーマの小説が、圧倒的に多くなってきました。とくに大衆小説ではそうです。ただ、社会の外にいる限りは、「ヤンキー・ガール」的な自己主張をする女性も受け容れられていたわけです。

二十世紀のモンローの先駆者たち

いよいよ十九世紀末、あるいは二十世紀の初頭になると、モンローの直接的な先駆者といえそうな人たちが現れてきます。たとえば、モダン・ダンスの創始者として知られるイサドラ・ダンカン（一八七八—一九二七）。「裸足のダンカン」といわれる人で、素足でダンスをする。ヨーロッパで昔から尊重されてきたバレエなんどは、人間の本来の生命を表現していない。人間の内なる生がそのまま現れる自由なダンスがほしい、と彼女は主張し、それをモダン・ダンスと呼んだのですね。そして彼女こそ、ホイットマンを最も情熱的に崇拝していた人です。「ホイットマンが詩で表現したことを私はダンスで表現する」といっています。

一九二〇年代に入りますと、フラッパーという女性たちが登場してくる。日本ではフラッパーのことをモダンガール（モガ）といっていましたが、やはり自分を大胆に表現しようとする女性たちです。ただ、フラッパーというのは、もともと、ヒヨコが飛ぼうとして羽をパタパタさせるような、未熟な女という意味ですから、軽蔑語です。大人社会はけっしてフラッパーを肯定してはいない。それでも社会的には目立ったわけです。

そういう人たちが都会を闊歩して、大胆に素足を見せたり、タバコを吸ったり、自由な恋愛に突っ走ってみせたりしたわけです。二十世紀の大衆文化の華は、なんといっても映画であります。アメリカ映画は大衆に訴えることで発展しましたから、当然、このフラッパーの、あるいは「ヤンキー・ガール」の魅力を売り物にしようと努めました。ただ同時に、映画は資本主義の産物ですから、社会から道徳的な非難を被らないようにすることに全力を傾注しました。表現についての自己検閲がたいそう厳しいのです。映画は「ヤンキー・ガール」の自由さ、自由な肉体的魅力を打ち出すと同時に自己検閲をするという、たいへん矛盾した表現を探っていました。

それで一九一〇年代、二〇年代には、「ヤンキー・ガール」が大勢、映画に登場してくるのですが、少しずつ歪んでいるんです。一面で、メアリー・ピックフォード（一八九三―一九七九）のように清楚な魅力で訴える女優がもてはやされるかと思うと、他面で、セダ・バラ（一八九〇―一九五五）のような人がたいへんな評判になります。よく妖婦的な人を「バンプ」といいますが、これはもちろん、「ヴァンパイヤー」（吸血鬼）に由来する言葉です。セダ・バラはバンプの最初の大スターでした。宣伝文句では、エジプトの太守と王女の間の子で、ヘビの血で育てられ、スフィンクスに巫女として捧げられたことのある愛欲の女ということになっている。彼女は性的な要素をいっぱい表現するのですが、なんだか胡散《うさん》臭い。「デモクラシーの娘」の自由な溌剌さはないというべきですね。あの「上品な伝統」の残滓が、まだ本当の自由の発露をはばんでいるんです。

一九三〇年代には、メエ・ウエスト（一八九二―一九八〇）が初めての本格的肉体派女優として、多方面に大活躍します。それからジーン・ハーロー（一九一一―一九三七）という女優が出てまいります。モンローが少女時代に、母親につれられて映画館へ行きジーン・ハーローを見て、自分も将来、ああいうふうになりたい、と思ったという、モンローの直接的な先駆者ですが、一九三〇年代のスーパースターです。モンロー同様に肉体美を誇示し、やはりモンローと同様に三度の結婚をして、自由奔放に振る舞い続けます。三〇年代の「セックス・シンボル」として騒がれました。本人は真剣に、女性としての自分の存在を証明しようといたしました。しかし、一九三〇年代にはまだ「上品な伝統」が生きていましたから、彼女は社会人として生きられず、スキャンダルまみれになり、破滅的な生涯を送ってしまうのです。

「ヤンキー・ガール」をトータルに表現

こういう人たちの後をうけて、マリリン・モンローはもっと果敢に、大胆に、自分の存在を賭けて、女の自由な生を主張したのでした。社会の外だけでなく、その中でも、社会的、文化的な秩序に対する戦いを展開した。だから、マリリンがバーグマンやヘップバーンと根本的に違う特質の一つは、彼女が単なる女優ではなく、社会的な存在だったということです。社会が、社会の文化が、彼女の存在を気にし、問題にしたのです。

モンローが女優として生きた時代は、一九五〇年代から六〇年代にかけてです。一九五〇年代はアイゼンハワー大統領の時代で、「アメリカのお爺ちゃん《グランパ》」と呼ばれた大統領のムードを反映して、「大人の時代」でした。おまけにソ連との冷戦の真っ最中です。アメリカは共産主義に対抗して、デモクラシーとはこんなに立派で、いいものだよ、ということを世界にアッピールすることに努めていました。それで、温和で秩序だった文化を誇示していた。つまり文化的に大人びた重苦しい時代だったのです。だからモンローの「自由」の主張は、権威筋には斥けられ、馬鹿にされ、愚弄された。彼女の美は白痴美と呼ばれもしました。

しかし一九六〇年にJ・F・ケネディが大統領に当選して、アメリカは「若者の時代」に大転換することになります。モンローは文化界にその転換をもたらす力になった人物といってよい。そして彼女は一九六二年に死ぬんですけれども、死後にこそその力が認められ、高く評価されるのです。最初に申しました私の新著が、副題を『マリリン・モンローの文化史』といっていますのは、彼女が小説に描かれたり、芝居にされたり、絵に画かれたり、評論の材料なったりした有様を追跡していきますと、時代時代の文化の様相が浮き出てきて、モンローを柱にした文化史が出来る。私はそういう文化史を、この本で語ろうとしたのでした。

モンローの死後、その夫であったアメリカを代表する劇作家アーサー・ミラーは、マリリンを主人公にした戯曲『転落の後に』(一九六四年)を書いていますし、ノーマン・メイラーも伝記小説『マリリン』(一九七三年)をあらわしました。もう一人、戦後を代表する作家であるトルーマン・カポーティも、マリリンを主人公にした『美しい子供《ビューティフル・チャイルド》』(一九八〇年)というタイトルの、たいへん素晴らしい短篇を書いています。絵画では、アンディ・ウォーホルがモンローをシルク・スクリーンに画いて、ポップ・アートのチャンピオンになりました。

さらに、一九六〇年代頃から、アメリカではフェミニズム運動が起こってくるのですが、モンローは肉体を誇示していましたから、最初のうち、「女性の敵」のように見なされていました。ところがいつしか、彼女はアメリカの男性支配社会の犠牲者として同情的に見られるようになり、さらには女性の自由な自己を主張した、フェミニストの先駆者とも見られるようになるのです。

しかも、モンローの死後の一九六〇年代から三、四十年の間に、アメリカ社会は女性の権利が向上したことの裏で、男女関係が厳しくなり、人間関係がギクシャクしてきたように見えます。セックス・レヴォリューションがあり、平等で合理的なセックス関係が実現してきたけれども、恋愛は性愛に駆逐され、家庭の崩壊現象も進み、社会がつまらなくなってきているように見えます。すると、マリリン・モンローの伝統的な「デモクラシーの娘」的な生き方、頑張って社会の中で追求し実現した、いかにも天真爛漫な、イノセントな「ヤンキー・ガール」的な生き方が、再評価され、あこがれの的になってくる。イヤそれは、神々しいほどの魅力を備えてくるのです。そして二十世紀の最後の年には、いろいろな出版物や催し物で、彼女は「二十世紀のアメリカを代表する女神」と呼ばれ、そういう評価が定着したのです。

「女神」といっても、じつはたいへん「人間」らしい神さまです。何しろ彼女は大衆によって「女神」にされた人ですから。最後に彼女の「人間」的な魅力をうかがえる、彼女自身の言葉を紹介して、私の話を終えたいと思います。ある時、女優としての覚悟を聞かれて、彼女はこう言い切っているのです——「私は自分が一個の人格《パーソン》であることを発見しようと努めています。それはいつも楽にできるということではありません。たくさんの人が、生涯をついやして、ついに自分自身を発見しないで終わっています。でも、私はそれをしなくちゃ。私にとって自分が一個の人格《パーソン》であることを発見する最良の方法は、私が女優であることを自分自身に証明することです。」

アメリカの文化にも頑迷な部分や歪みがたっぷりあって、「アメリカン・ガール」の魅力をトータルに表現することはなかなか難しかったのですが、マリリン・モンローはそれを果敢に行なった人だと私は思っています。顔つきや体つきだけが美しいのではない。新しい生を激しく切り開いた生涯そのものが、美しい人だったと思います。

Ⅲ 文学

第8章 アメリカの真っ只中で ポーとその時代

病的なポーのイメージ

私は長い間、ポーの文学になじめないで来ました。ましてや研究者ではまったくありません。ポーが途方もない美意識の持ち主で、神韻縹渺たる詩や、面白さ無類の推理小説や、幽玄ともいえる怪奇小説を生み出したことは理解し、楽しんで読みもするのですが、それに深入りする気にはなれませんでした。なぜかしら、と考えてみますと、どうも、私のアメリカ文学そのものの理解に関係があるようです。

私はアメリカの日本占領期に中学・高校時代を送りました。アメリカは遠いあこがれの国であり、アメリカ文学にも、「アメリカ」の表現を見出して親しんでいました。その「アメリカ」とは、敗戦国の少年のあこがれを充たすような、基本的にデモクラティックで、広く民衆の生の熱気を吸収した文化を生み出し、生々発展するイメージをたたえた国です。ところがポーはそういう「アメリカ」に背を向けているように見えたんですね。ポーというと、病的な神経に突き動かされ、酒や阿片におぼれ、弧絶した自分の世界に沈潜していた人というイメージがつきまとっていました。ポーは最も「アメリカ的でない」文学者だという考え方を、私はたぶん多くの人と分かち持っていたように思います。

アメリカン・ルネッサンスとの関係

やがて私はアメリカ文学や文化に学問的な関心をもち始めたのですが、そのころ親しんだ文学史の本も、この点で、私に大きな影響を与えたようです。ほかの機会にもふれたことですので詳細は省き、書名だけ申しますと、V・L・パリントンの『アメリカ思想主潮史』（一七二七―三〇年）や、F・O・マシーセンの『アメリカン・ルネッサンス』（一九四一年）がその主なるものです。両著ともいまや批判の的になっていますが、ともにリベラルな姿勢がもとにあって、私の思い描く「アメリカ」の文学的特質を見事に語ってくれているような気がいたしました（いまもそう思っています）。

そのパリントンの本は、まさにリベラルな思想の展開をこそ重んじ、文学の審美性をほとんど度外視していましたから、ポーには極めて冷淡でした。南部作家の一人として短く言及するのみで、作品名もあげていません。ポーはアメリカ人の「思想」の主流から「まったくはずれて」おり、その扱いは心理学者や美文論者にまかせた方がよい、といっています。

マシーセンの本は、文学を芸術としてじっくり論じたのですが、やはりポーを除外しています。マシーセンはアメリカン・ルネッサンスの頂点を一八五〇―五五年に設定しましたから、四九年に死んだポーはそれに属さないともいえます。しかし彼の本は、実際には一八三〇年代以後のエマソン、ソロー、ホーソン、メルヴィル、ホイットマンの文学活動を扱っており、それならポーの時代もふくまれるべきはずです。彼もポーの文学を当時の「アメリカ」からはずれたものと見ていたのでありましょう。

私は先年、『アメリカ文学史講義』第一巻（一九九七年）という小著をまとめた時、ポーを扱う章を「アメリカン・ルネッサンス」の部分に入れるかどうか、ずいぶん迷いました。結局そうしなかったは、マシーセンの影響だと思います。しかしさすがに不勉強の私も、ポーが彼の時代の主流から「まったくはずれて」いたとは思えなくなっていたようで、彼は「逆転した形で、アメリカ文学の現実を反映し、見事に価値を主張していた」という記述で、ポーの章を結んだのでした。

私はいま、この点をもう少しつっこんで考えてみたいのです。ポーは「アメリカ」にも、アメリカン・ルネッサンスが展開した時代にも、背を向けていたのではない。むしろそれと深くかかずらっていたために、時代の「主流」をなした文学者たちと違う主張をくりひろげ、その点にこそ彼の文学の価値があると考えるのです。こんなことは、ポーの研究者たちには分かりきったことかもしれません。しかしそうなら、それを素人が確認し直すのもまんざら無意義ではないと勝手に思うのです。

時代の「明」と「暗」

アメリカン・ルネッサンスの時代は、アメリカが産業革命に入った時代でした。ニュー・イングランドの紡績、ペンシルヴェニアの製鉄など、さまざまな分野で家内産業から工場生産への転換が進み、機械技術もいちじるしく発達、一八四〇年に合衆国の工業生産高はおよそ五億ドルだったのが、十年後には十億ドル、二十年後には十九億ドルへと飛躍します。それに合わせて鉄道が急速に伸び、都市も目覚しく発展しました。

政治的・社会的には、ジャクソニアン・デモクラシーの時代です。西部開拓も進み、農民と労働者を中心とする「大衆」の尊重が説かれ、自由と平等が主張される。「進歩」への信念が育ち、デモクラシーへの自信から「明白な宿命《マニフェスト・デスティニー》」の思想がもてはやされる。まさに「生々発展」のアメリカの観があります。

ところがこうして「明」なるアメリカが際立つにつれて、「暗」の面もまたはっきりしてきます。人間を解放するはずだった機械が、人間を支配する力を発揮しだす。人間の自由と平等が叫ばれれば叫ばれるほど、奴隷制度の悪も注目をあびざるをえない。物質が精神を、文明が自然を圧迫する現実も見えてきます。

文学界に目を向けてみましょう。大衆の尊重は、公教育の普及とあいまって、読者層を大幅に拡大しました。文学は一部の知識人だけでなく、大衆を相手にすることを迫られます。そのくせ真剣な文学者には、国際著作権の未確立ということもあって、出版の機会が限られていました。そのため、ジャーナリズムを利用した「仲間ぼめ」が流行する有様です。批評はまだ確立していなかったのですね。

アメリカン・ルネッサンスの文学者たちは、こういう時代状況に真剣に対応しました。「明」と「暗」とを、「希望」と「疑惑」とを衝突させ、そこから「アメリカ」と「人間」の本質を追究していった。激しい思想の営みです。ただしエマソンもソローもホーソンも、究極的にはいわば孤高を持してその作業を行なった。メルヴィルとホイットマンは若い頃に世俗を生きましたけれども、やはりそれを突き抜けて孤高にたどりついたように思われます。

これに対して、ポーは一見、時代の問題と正面から取り組むことが少なかったように見えます。彼は時代から取り残されたような南部から出てきて、自分の美的世界に閉じこもり、貴族主義や奴隷制度を擁護してデモクラシーを罵倒、まるで初めから「アメリカ」の外にいたように見えるのです。しかし少しでも彼の生きた姿を眺めてみますと、彼こそが世俗の真っ只中で活動した人なのです。時代の現実の問題をめぐって、戦闘をくりひろげてもいた。孤高を持することは、彼には許されていませんでした。彼には彼流の時代との取り組みがあり、そこから彼の文学世界をつくっていっていたように思えてなりません。

都市とジャーナリズム

ここでポーの文学活動の拠点となった土地をたどってみたいと思います。彼はリッチモンドで育ち、ボストンに出奔し、軍隊生活の後、文学者として立とうとしますが、その活動の場となったのはニューヨーク、ボルティモア、リッチモンド、ニューヨーク、フィラデルフィア、ニューヨークと移り、ボルティモアで客死します。これらはどんな土地であったのか、というのがまず最初の問題です。

ポーの文学活動が盛時を迎えた（最初の短篇小説集『グロテスクとアラベスクの物語集』を出版した）一八四〇年で申しますと、ニューヨークは人口三十一万、アメリカ最大の都市であることはいうまでもありません。フィラデルフィアは二十二万で、第二の都市です。しかしボルティモアが十万余で、当時、第三の大都市であったことには、驚かれる人がいるかもしれません。賑やかな港町で、アメリカ最初の鉄道もここを起点とし（一八三〇年）、まさに「生々発展」の最中でした。つまりポーは、アメリカを代表する三つの大都市で生きたのです。もう一つのリッチモンドは、人口約二万でぐっと小さくなりますが、ヴァージニア州の首都で、南部文化の中心地でした。

ところで、ポーはこれらの都市の間を転々として生きたのですが、その移動は多く船で行なったらしい。陸路も用いましたが、遠距離間はまだ船が主要な交通機関でした。とすると、この「さすらい人《ウォンダラー》」（「ヘレンに」参照）はアメリカの偉大な「自然」を知り、これと交わる機会をあまりもたなかったのではないでしょうか。そして彼の行き着く先の「ふるさとの岸《ネイティヴ・ショア》」は、コンコードでもセイレムでもピッツフィールドでもなかった。「文明」の栄える大都市だったのです。

しかもポーの生活の基盤となったのは、「文明」の先端を行くジャーナリズムでした。ひょっとしたら、詩人らしく「自然」を生きたかったかもしれませんが、文筆で生きていくにはジャーナリズムに頼らざるをえなかった。折から、アメリカは大衆ジャーナリズムの時代に入りつつありました。新聞でいえば、一八三三年の『ニューヨーク・サン』の創刊が画期的な出来事です。一般読者を対象として興味本位の記事を盛り、安価で売るペニー新聞が登場したのです。ただし新聞は地方単位のものですから、全国的な視点に立つと雑誌の方がもっと重要です。それがポーの活躍の舞台となったのでした。

文学に焦点をすえていえば、長い間、ボストンの『ノース・アメリカン・レヴュー』が権威の座を占めていたのですが、そこに新しい勢力が参入するのです。一八四一年、フィラデルフィアの『グレアムズ・マガジン』が全国から著名な執筆者を集め、挿絵を用いるなどして文芸誌の面目を一新、読者を一挙に拡大します。ニューヨークから出ていた『ニッカーボッカー・マガジン』なども、これに対抗すべく紙面を刷新しました。リッチモンドでは、『南部文芸通信《サザン・リテラリー・メッセンジャー》』がやはり全国を視野において、新機軸を出していました。こうして、アメリカは「雑誌の黄金時代」を迎えたのです。

すさまじい編集活動

注目すべきは、ポーがこれらの雑誌に深くかかずらったことです。私はつい、ポーが生活の資としたジャーナリズムは、「主流」からはずれた二流のものだと思っていたのですが、とんでもないことのようです。ポーは「一流」のジャーナリズムで積極的に活動したのです。

一八三五年にポーが編集者になった『南部文芸通信』は、前年に発足したばかりですが、創刊号にはワシントン・アーヴィングやフェニモア・クーパーが激励のメッセージを寄せています。ポーは就任するとすぐ、ニューヨークのジャーナリズムにひろまっていた「仲間ぼめ」の風潮に攻撃を開始し、率直な言葉による本当の批評を求めて、『ニッカーボッカー・マガジン』などと論争を巻き起こしました。もちろん自分の作品もぞくぞくと発表します。彼は自分の力で『南部文芸通信』の発行部数を五百部から三千五百部に増やしたといっています。これにはたぶん自己宣伝も混じっているでしょうが、彼がこの活躍で、反撃の対象にもなったけれども、それ以上に広範な注目の的になったことは確かです。

それからポーは、一八三九年、フィラデルフィアの『ジェントルマンズ・マガジン』に職を得ました。これは一八三七年に俳優出身のW・E・バートンが創刊した雑誌で、ポーはその共同編集者に採用されたのでした。しかし世俗的な成功を求めるバートンとの仲はうまくいかず、ポーは「完全に独立した批評」を行なう自分の雑誌を企画しますが、実現しません。ところが一八四一年、前から雑誌を経営していたG・R・グレアムが『ジェントルマンズ・マガジン』を買収併合し、『グレアムズ・マガジン』を創刊、ポーをその文芸部長《リテラリー・エディター》にしてくれるのですね。雑誌史に一時期を画したあの雑誌です。

ここでもポーは『ニッカーボッカー・マガジン』などと激しくやり合いますが、さらに注目したいのは、詩壇の大御所ロングフェローに戦いを挑んだことです。その作品の教訓癖や統一的効果の欠如を批判したのはもちろんですが、「剽窃」「模倣」の故での攻撃もするのです。当然、ニュー・イングランド勢力、たとえば『ノース・アメリカン・レヴュー』などからの猛反撃をくいます。しかし彼は一年余りの在職中に、この雑誌の発行部数を五千部から三万七千部に増やしたという。この数字はほとんど世界最大の雑誌を意味し、ちょっと信じ難いのですが、ポーが『グレアムズ・マガジン』によって近代的なアメリカ雑誌への道を開く貢献をしたことは否定できないでしょう。

そしてポーはとうとうニューヨークに出て、一八四四年、『イヴニング・ミラー』という新聞の文芸部長になりました。出版人は誰あろうN・P・ウィリス。後に妹のセアラ・P・ウィリス(ペンネーム、ファニー・ファーン)が、ベストセラー小説『ルース・ホール』(一八五五年)でその俗悪ぶりを攻撃したことは有名ですし、ポーもじつは前から同様の点で彼を批判していたのですが、一八三一年から全米随一といえそうな週間文芸誌『ニューヨーク・ミラー』を編集して、ニューヨーク文壇や社交界の寵児だった人です。彼はこの雑誌を日刊紙に改編し、論敵のポーに文芸部門をゆだねたのでした。ポーはこの新聞にほんの数カ月いただけですが、相変わらず論戦をくりひろげます。そして四十五年一月、同紙に長詩「大鴉」を発表して、ようやく詩人としての名声を博したのでした。

そして最後に、一八四五年、彼はみずから『ブロードウェイ・ジャーナル』を出すわけです。ポーは最初、この週間文芸誌の寄稿者だったのですが、『イヴニング・ミラー』をやめてから次第に編集に深入りし、同年十月、ついに借金をしてこれを買い取り、待望の自分の雑誌をもったのでした。わずか数カ月後の一八四六年一月には、心身ともに崩壊して、廃刊の事態を招いてしまいます。しかしこの間にも、彼は仲間の反対を押し切ってロングフェローやトランセンデンタリストへの攻撃を展開、一歩もひるんでいません。すさまじさをも感じさせます。

時代を取り込む

こうしてポーは、彼の時代の有力かつ意欲的な雑誌や新聞と深く関係していました。そしてそのすべてに活気をもたらしたのです。私は彼の論争を中心にして語りましたが、彼はその間、自分編集の新聞雑誌に精力的に詩や小説を発表して、自分の主張の裏づけもしていました。孤高ではまったくないが孤軍奮闘し、文学上の「改革者」として活躍したといえるように思います。しかも、じつは共鳴者を生んでもいました。南部の文学者は多くが彼を応援していましたし、北部でも、ポーを除けばこの時代の最もすぐれた文芸批評家だったと私の思うJ・R・ロウエルは、終始、彼の理解者でした。

こうして時代の真っ只中に生きたことが、ポーの創作にも反映するのは当然です。加えて、雑誌によって生きた彼は、雑誌小説に求められるものがよく分かってもいました。彼は世間の耳目を引く材料を次々と小説に取り込む、といったようなことをします。

思いつく例をいくつかあげてみましょう。実際の殺人事件を小説に仕立てる（「マリー・ロジェの謎」一八四二年)。新聞のスクープの形で気球旅行の話をでっち上げる(「軽気球夢譚」一八四四年)。流行の催眠術を利用して臨死体験を描く(「催眠術の啓示」一八四四年)。と、こんなのはいまでもよく使われる手のようですが、南海の冒険記から世界の果てまでの航海の長篇小説をつくる(『ナンタケット島出身アーサー・ゴードン・ピムの物語』一八三七―三八年)段になると、作者の空想力に畏怖の念を覚えてきます。

ジャーナリズムではセンセーショナリズムが求められます。ポーはそれを入念に構成して芸術に転化もします。そこから恐怖小説や推理小説が生まれる。偉い将軍が人造人間であったというホークス(人かつぎ話)は、センセーショナリズムを利用して科学をからかった例といえましょう(「使い果たした男」一八三九年)。ただし、パロディやバーレスクの小説もポーには多いのですが、それらはもとになっている事件や作品が私には分からなくて、当惑することがあります。

ともあれポーはこのようにして、まさに大衆化の時代の先端に生き、その時代を作品の中に取り込んでいったのでした。しかも、このように読者サービスをしながら、彼は真の文学表現を求め、そのための創作上の努力をしていた。だからこそ、作品がしばしば難解に陥ったともいえましょう。思うような評価も、なかなか得られなかった。

ポーはジャーナリストとして思いのほか有名人であったわけですが、文学者としては食っていけず、職を離れるとたちまち極貧の生活に追い込まれる――ということをくり返していました。

ニューヨークおよびニュー・イングランドが支配する文壇の状況をくつがえすことはできず、大衆にサービスしながら大衆本位の「文明」の浅ましさを痛感せざるをえません。彼は現代の文明を批判し、「進歩」とか「デモクラシー」とかを痛罵することになります。時代との関係におけるポーのこのディレンマこそが、ポーの文学や思想の跳躍台になったように私には思えます。

美的世界の構築

文学者としてのポーの姿勢の詩的宣言ともいえる「イズラフェル」(一八三一年)という詩は、天上に生きて至高の音楽をかなでる天使イズラフェルをうたいます。ハーヴェイ・アレンのポー評伝の古典『イズラフェル』(一九三四年)は、ポーをこの天使になぞらえて書名としています。しかしこの詩の結びで作者(ポー)は、もし自分とイズラフェルがその居場所を取り替えたならば、彼(イズラフェル)もあれほど巧みにはうたえないかもしれないし、自分(ポー)は今よりも大胆な調べを奏でることができるかも知れぬ、と締めくくっています。つまりポーは自分が地上の詩人であることをよく自覚し、天上にいるイズラフェルとの境遇の違いを強調しているのです。問題は、この結びを地上の詩人の嘆きと取るか、それとも天上のイズラフェルへの挑戦と取るかです。もちろんこの二つの態度は混じり合っているのですが、私には嘆きよりも挑戦の調子が強く響いて聞こえます。

ポーは彼の時代の「生々発展」の相に入ろうとしたけれども果たせず、自分はこの「アメリカ」に適応せぬという思いから、これと対決しようとした。その対決の仕方が問題なのですね。アメリカン・ルネッサンスの「主流」となったトランセンデンタリストたちは、アメリカの「明」と「暗」が混じる現実を「乗り越える《トランセンド》」姿勢をとった。「文明」と逆の「自然」を通して霊的な自我を把握し、人間の根源的な「生」を飛躍発展させようとした。それがデモクラシーの精神の根源とつながり、「アメリカ」性を美化することにもなりました。だがポーには、そんな「自然」も「生」も「デモクラシー」も虚妄のものとしか受け止められず、現実の「アメリカ」の外に「美」の世界を構築しようとしました。自分の文学を通して「天上の美」the Beauty above を実現しようとしたのですね。

ポーが目指したのは、まさに「人工美」の世界です。ポーにとって文学の創作とは、文字通り創作《クリエイション》であり、構築《コンポジション》であった。ポーの批評の原理とは、その営みを明確にすることでもあったと私には思えます。

ではそれをポーはどのようにしてなしたか。その様相を具体的に解き明かすことができれば私のポー論が仕上がるかもしれませんが、ここではあくまで彼の時代との関係で、ほんの上っ面の、誰でもすぐに気づくことの一、二を申し上げるに留めざるをえません。

まず身近なところから申しますと、現実を「美」の方に移してしまう操作があります。早い話が人名を美化する。あこがれの人ジェーン・スタナード Jane Stanard をヘレン Helen に、妻のヴァージニア Virginia をアナベル・リー Annabel Lee にする（ポーは1《エル》音に特別の美を感じていたようですね）などは、その例です。場所についても同様で、ニューヨークの殺人事件をパリに移してしまう。ポーの作品に現実のアメリカを描いたものは極めて少なく、多くはヨーロッパや、架空の場所を舞台にしています。

そして豪華さを演出します。とくに建築関係の描写に、それは際立っています。自分の貧しい住居の対極に惹かれたのでしょうか。「約束ごと」（一八三五年）におけるヴェニスの屋敷、「ライジーア」（一八三八年）におけるヒロインの新婚の部屋など、実例はいくらでもあります。

そしてポーは、崩壊や死といった「暗」の世界でも、「暗」を徹底させることによって「美」に転化させます。アッシャーの館も、アッシャーがうたう「幽霊宮」（独立の詩としては一八三九年）の歌も、暗澹たる美をたたえています。豪奢な建物も、崩壊することによって美を完成させる場合が多い。人間もそうであるみたいで、自我を信頼したトランセンデンタリストと違って、ポーにおいてはしばしば自分の内なる力が恐怖の源になり、崩壊を招きます。アッシャーもそうでしたが、「告げ口心臓」（一八四三年）も「黒猫」（一八四三年）もその有様を描いています。ポーはそこに人間の真実を認め、恐怖の美学とでもいったものを打ち出しているようです。

そして行きつくところ、死の美学を展開する。「美しい女の死」こそ究極の美だと彼はいいましたが、現実の秩序感覚を逆転させ、「メランコリーの美」を構築することによって、彼は現実と対抗していたといえそうです。

「アメリカ」的なポー

アメリカン・ルネッサンスの文学者たちは、多くが「自然」によって「文明」の乗り越えを図ったと私はいいましたが、彼らも現実を生きる人間で、孤高を持しながらも社会に惹かれる気持ちがあり、その魂は「自然」と「文明」の間を往き来していました。ソローやホイットマンはその際立った例です。

ポーは「アメリカ」の外に「人工美」の世界を築きましたが、彼は本来もっとも現実の中に生きた人ですから、その魂もまた二つの世界の間を揺れました。人工美の世界に安住することはできず、その世界を崩壊によって完成させる有様でした。ポー自身の生き方にもその傾きがあります。彼は本来いかつい偉丈夫で、ジャーナリストとしての姿にも見られるように非常な活動家でしたが、しだいに酒や阿片におぼれる傾きが強まったのも事実のようです。そして晩年は北部の論敵から病的性癖を強調されることを許し、道徳的な非難までも加えられ、そのイメージは長く定着することになります。しかしまた、そういう中で、彼は現実に帰り、人工美の世界に「アメリカ」性を加えることもしました。

私はポーの人工美の世界を多く建築的な観点から眺めてみましたが、晩年の彼は自分が実際に住む上での理想的な建築に思いをめぐらすこともいたします。「庭園」(一八四二年)は、ふとしたことから巨万の富をうけついだ青年が、その富を「新奇な美の創造」に使いつくそうとし、理想の庭園の実現を目指す話です。彼は単に自然のままの美を再現することにも、単に人工の美をつくることにも満足できず、両者を織り合わせた「人間と神の中間」をいく美の創造を夢見ます。この続編の「アルンハイムの地所」(一八四七年)では、青年が実現した庭園の「この世のものならぬ均整、胸ときめく統一、不可思議な調和」の有様を描いています。

それでもこれはやっぱり作り物くさいですが、さらにその続編でポーの最後の作品となった「ランダーの別荘《コテジ》」(一八四九年)では、様子が一変します。場所ははっきり「ニューヨーク州川沿い」に設定され、当時ポーが住んだニューヨーク市郊外のフォーダムあたりの風景が描かれます。そしてそこの理想の建物は、「これほど簡素な――これほど完全につつましい小屋は、またとありえないだろう」と語られる。これは明らかにポーが極貧の中で住んだフォーダム小屋《コテジ》を反映しています。そしてそこに住む女性は、「人工的ではまったくない、完璧な自然の優美さ」が強調されています。

どうやらポーもまた、「自然」と「文明」の間を揺れながら、「アメリカ」的な簡素の美に行きついたようです。私はこの点を、彼の他の作品によって少しでも検証してみたいのですが、もうその余裕がなくなりました。

アメリカ文学の「主流」をなした人たちは、ポーの文学を思想性の乏しい、軽佻なものと見ました。エマソンがポーを jingle man と呼んだことは有名です。恐怖とか死のテーマ、進歩への懐疑などでポーはホーソンに近く、事実、彼はホーソンを高く評価しましたが、ホーソンの方はその批評に冷淡でした。ホイットマンだけは現実の中に生きた人間らしい反応を示しました。彼は無名の頃、『ブロードウェイ・ジャーナル』にエッセイをのせてもらい、ポーに直接会って励ましをうけてもいるのです。そんなこともあってか、一八七五年、ポーの遺骸の再埋葬と記念碑の献呈式があった時、名のある文学者の中では彼だけが出席しています。

こうしてポーには、長い間、「主流」からはずれた観がつきまとい、日本のしがない文学研究者は、彼をアメリカ文学のどこに位置づけたらよいのか、迷ってきたのでした。しかし、「生々発展」という「アメリカ」の観念が揺らぎ、アメリカ文学における「明」と「暗」の入り組んだ成り立ちに認識が深まってくると、じつはその「アメリカ」の真っ只中に生きたポーの奮闘とその成果を、あらためて検討し直したくなります。それでなくとも、アメリカン・ルネッサンス時代で、ポーはほとんど唯一、意識して美的世界の構築に文学的努力を捧げた芸術家でした。ポーを組み入れることによって、アメリカン・ルネッサンスの文学・文化はいっそう生きたダイナミズムをもって把握できるのではないかと思います。

第9章——大胆な「アメリカ化」の足跡　児童文学者ホーソンを読む

しんねりむっつりの作家

今年（二〇〇四年）は、ナサニエル・ホーソン（一八〇四—六四）の生誕二百年に当たります。彼の文学をあらためて評価し直そうという試みは、アメリカはもとより世界の国々で盛んに行われているようです。私は今日、この日本ナサニエル・ホーソン協会で講演するようにというご依頼をうけた時、そういう試みの端っこにつながるにはどうすればよいか、考えました。で、自分がホーソンをどう評価してきたかをふり返っておこうと思い、拙著『アメリカ文学史講義』（第一巻、一九九七年）を読み返してみました。すると、「アメリカン・ルネッサンス」を論じる箇所で、『森の生活』（一八五四年）の作者ヘンリー・ソロー（一八一七―六二）への共感をあらわした後、「ソローのことを話していると、こちらも心が解放される気になって、つい調子よくなるけど、ホーソンについて話していると、何だかしんねりむっつりになってくるなあ」なぞとしゃべっています。いやはや、とんでもない文学史です。

しかしこれは、正直な言い草でもあったように思います。私のようなシンプルな人間は、いつも文学作品に、何か心を「解放」してくれるものを求めているらしい。とくにアメリカ文学には、自分が知らぬ間に束縛されている「日本的」な文学の枠を破ってくれる「解放」の力を求めているようです。だからこそ、アメリカ文学を愛読してきたといえるようにも思います。なかでも「アメリカン・ルネッサンス」の中核をなしたエマソン、ソロー、ホイットマンらは、南北戦争前のアメリカの社会や文化の現実に不満や批判を抱きながらも、乾坤一擲、否定的な現実から絶対的肯定へと飛躍しようとする精神をもっていた。そういう精神をおおらかに表現もした。そういう姿勢を私は勝手に「アメリカ的」と見て、憧憬の思いを寄せてきたのですね。

ところがポーやホーソンは、一見そうでないように見えます。ポーについては、最近、どうもそうではないぞ、という思いを述べる講演をしました（本書第八章「アメリカの真っ只中で　ポーとその時代」参照）。だがホーソンは、ポーよりももっと深く人間の否定的な現実にかかわり続けたように見えるのです。彼は短篇作家として出発したのですが、その代表作とされるものを思い起こすだけでも、このことは確認できると思います。新婚早々の若者が森の中に行ってサタンの集会を見た（あるいは見たと思った）ために、暗い死に方をする話（「若きグッドマン・ブラウン」一八三五年）、世間に尊敬される牧師がふいに黒いヴェールをつけて説教壇に現われ、以後死ぬまでそのヴェールをとらない話（「牧師の黒いヴェール」一八三六年）、ひとり荒野に出て洞窟の中に居つき、世間と隔絶してミイラになってしまう男の話（「鉄石の人」一八三七年）、などなど。どれもこれも、読んでいて「しんねりむっつり」の気分に誘われるテーマです。

これらの作品は、しかし、どれも入念な構成と奥行きのある文章で、作者の見事なストーリー・テラーぶりも発揮しており、人間の真実の秘密の部分をのぞいたような気分に読者を引きずり込みます。ホーソンの姿勢をうけついだといえるハーマン・メルヴィルにならって、ホーソンの文学に「偉大な暗黒の力」を認めることに私も躊躇いたしません。問題は、アメリカがさまざまな矛盾をかかえながらもデモクラシーを奉じて生々発展していた「アメリカン・ルネッサンス」の時代に、ホーソンはただこの「暗黒」に沈潜し、ほかの「アメリカ的」な文学者たちのように、そこを突き抜けて「光明」へと飛躍する精神を分かち持たなかったのだろうか、ということです。

「自己の殻を脱け出す」思い

そういう飛躍の精神の動きも、じつはあるような気がいたします。私のような素人読者でも、ホーソンの文名を確立した『緋文字』（一八五〇年）まで来ますと、その動きに気がつきます。この長篇小説は、人間の罪やその償いの問題を追求し、いぜんとして「しんねりむっつり」にさせる小説です。しかしこの作品の完成間近に書いたと思われる序文の「税関」の章には、いささか違う調子の文章がはさまっているのです。

ホーソンはこの序文で、クエーカー教徒を迫害したり、魔女裁判で汚点を残したりした先祖たちの代わりに、自分が「彼らの恥を一身に引き受ける」姿勢を示しています。いわば「暗黒」につながる自己認識です。ところがまた、彼は「自分と異質の人と交わる習慣をもつことは、人間の精神的および知的な健康に大いに役立つ」といって、「自己の殻を脱け出す」ことの意義を説きます。そしてエマソンからソローにいたる友人たちの名をあげ、自分がこういうまったく異質の人たちと「こだわりなく交わる」ことができたのは、「私が生まれつきバランスのとれた性格で、完璧な人間の組織に不可欠な部分はきっちりそなえていることの証拠である」などともいっています。

この記述が意図的誇張を含み、ユーモアを狙っていることは明らかです。「税関」は、全体としては生真面目な文章で書かれていますが、入念なユーモアを織りまぜ、時にはトール・テール調にもなって、あちこちで明るさをただよわせています。こうしてホーソンは、この時期、「暗黒」から「光明」へと脱け出る姿勢を示すようになったといえるように思うのです。

ホーソンというと、従来、孤独な内向癖が強調されてきました。私もそういう常識に従ってホーソンに接した結果、つい「しんねりむっつり」になって彼の文学を読んできたのですが、どうもそうばっかりではないようなのです。いったんそのことに注意を向けた時、不意に私に思い浮かんできたのは、児童文学者としてのホーソンの活躍です。それは伝記的にも、ホーソン文学研究の上でも、いままでほとんど無視ないし軽視されてきた側面です。

私は長い間、ホーソンと距離をおいてきた人間ですが、じつは昔、一度だけ彼を論じたことがあります。児童文学者としてのホーソンを論じたのです。そのホーソンは、早い時期から読者を「しんねりむっつり」させるどころか、明るく楽しませる人でした。「アメリカ的」でもあり、「アメリカン・ルネッサンス」にふさわしい人でもあったような気がいたします。その思いを、私はすっかりどこかに置き去りにしていました。それでこの講演をチャンスに、もう一度ホーソンのその面を読み返してみたい。ひょっとすると、彼を理解し直すことになるかもしれない、と思ったのであります。

アメリカの児童文学

一九六七年、私は大学に勤めだして間がなかった頃ですが、比較文学の仲間たちと児童文学の研究会をつくっていました。児童文学を単に児童文学としてではなく、広く文学一般の中に入れて検討したいというのが趣旨で、この年、私も編者の一人となって『世界の児童文学』という本を出しました。A5版四百五十四ページというかなり大部の本で、私は「アメリカの児童文学」の章を受け持ちました。

私はそのエッセイで、皆様ご存知の『ニュー・イングランド初等読本』（一六八三年?）あたりから『ハックルベリー・フィンの冒険』（一八八五年）までのアメリカ児童文学の歴史をたどったのですが、ホーソンはそこに、輝かしい革新者として登場するのです。

ピューリタン時代から、アメリカの児童文学が宗教や道徳中心の教訓主義に支配されていたことは、ここで申し上げるまでもないでしょう。イギリス本国の児童文学にもその傾向はあったのですが、アメリカではそれが際立っていたのです。十九世紀に入りますと、ジェイコブ・アボット（一八〇三―七九）という牧師だった人が、ロロという男の子を主人公とした「ロロ・シリーズ」で物語性を打ち出し、新風を吹き込むのですが、ロロは勇気と忍耐をもって正しく賢く成長していくばかりで、全体的にやはりお説教臭が濃厚です。

それよりもっと重要なのは、サムエル・グッドリッチ（一七九三―一八六〇）、別名ピーター・

パーレーでしょう。彼は家が貧しくて、ほとんど独学で出版人になった人で、一世紀前のベンジャミン・フランクリンに似ています。そしてフランクリンのように、感傷的な道徳でなく、実際的な知識の伝達に力をつくします。児童文学としては、一八二九年に出した『ピーター・パーレーのアメリカ物語』に始まる「ピーター・パーレー物」が有名です。最初は加味していたストーリー性は次第になくしていきますが、子供の理解力をよくつかみ、興味をひきつける叙述につとめるのです。

ホーソンの登場

そしてここに登場してくるのが、ホーソンなのです。ホーソンは二十四歳の時に『ファンショー』(一八二八年)という長篇小説を自費出版しましたが、未熟な内容のためにすぐ回収焼却してしまいました。しかしそれがグッドリッチの目にとまり、おかげで彼の短篇小説がグッドリッチの出版する年刊ギフトブック『トークン』に掲載されるようになり、またグッドリッチの推薦で『面白くて役に立つ知識のアメリカン・マガジン』という月刊雑誌の編集者になり、ついにはグッドリッチ自身の『ピーター・パーレーの万国史』(一八三七年初版)のゴーストライターにまでなるのです(この本が日本でも『巴来万国史』その他となって文明開化時代に大いにもてはやされたことは、比較文学史上の有名なエピソードですが、私の講演とは直接関係がありませんので省略いたします）。

こんなことがあって、ホーソンはいよいよ自分の児童文学を創作する仕事に乗り出したのでした。ホーソンは先に紹介しましたような初期の傑作短篇（その多くは『トークン』に発表されています）をいくつかまとめて、一八三七年に最初の作品集『トワイス・トールド・テールズ』を出版しましたが、いくらも収入にならなかった。それでお金ほしさに手がけたのが児童文学の仕事だったと、一般にいわれています。こういう考え方に根拠がないわけではありません。彼は『トワイス・トールド・テールズ』に好意的な書評をしてくれた旧友の詩人ロングフェローに手紙を送り、いわば身を屈して児童文学の共同執筆を提案するのですが、その中で子供向けの著述を「卑しい仕事《ドラッジャリ》」と呼びながら、それでも「利益を得る可能性」がたっぷりある、などと述べているのです。

しかしホーソンは、この仕事にじつは真剣な文学的野心も寄せていました。やはりロングフェローへの手紙の一つで、自分（たち）の仕事が「児童文学の全体系に根本的な革命をもたらす」夢をあらわしてもいるのです。後から分かることですが、彼としては、子供のために書くことを、「暗黒」に集中している自分の創作活動を「光明」へ向かわせるチャンスにしようとしていたようにも思われます。ロングフェローの協力は得られませんでした。しかし結局、彼は一人で執筆して、一八四一年に *Grandfather's Chair*（『おじいさんの椅子』）、*Old Famous People*（『昔の有名な人たち』)、*Liberty Tree*(『自由の木』)という三冊の歴史物語を出版します。(これは内容が連続しているので、後に *The Whole History of Grandfather's Chair* という題の一冊本にまとめられます。以下、私が『おじいさんの椅子』という時、この *The Whole History* を指すことをおことわりしておきます)。

『おじいさんの椅子』

私は先のエッセイで、この『おじいさんの椅子』シリーズをたいへん冷淡に扱っていました。「これはピーター・パーレー物の伝統をひくもので、特にいうべきことはない」と片づけているのです。私なりの理由の一端はすぐ後から述べますが、つい批評家たちに倣《なら》って「文学」をせまく受け止めてしまっていたことも大きな原因でしょう。こんど読み直して大いに恥じました。子供向けの歴史物語も立派に「文学」でありうるのです。

ピーター・パーレー物は、物知りで知恵深いピーター・パーレーという老人が、いろんな主題について少年少女に語る形になっています。『おじいさんの椅子』では、同様な賢人であるおじいさんが、自分の使用するたいそう古い椅子にこれまですわった、歴史上のいろんな人たちのことを次々と話していく形になっています。なんだ、真似ではないか、と私は思ってしまったんですね。しかしこの作品では、四人の個性をもった子供たちが、おじいさんの話にさまざまな反応を示す。それが人間理解についてのさまざまなコメントになっており、「暗黒」だけでなく「光明」をもちゃんと見ている作者の姿勢を浮き彫りにしてもいるのです。

おじいさんの椅子そのものは、作品全体の舞台まわしになっています。その陳腐な仕組みをも私は軽蔑したのですが、読み返してみると、ずいぶん大胆なことをやってのけたものだとも思えてきます。この椅子は、一六三〇年、ピューリタンたちのマサチューセッツ湾植民地建設に夫とともに参加したリンカーン伯の娘レディ・アーベラが、イギリス本国から持ってきたことになっています（一行の指導者ジョン・ウィンスロップの乗船がアーベラ号と呼ばれるのは、彼女の名にちなむわけです）。そしてこの椅子が、ロード・アイランド植民地を建設することになるロジャー・ウィリアムズ、女性宗教活動家のアン・ハッチンソン、イギリスのピューリタン革命で活躍して王政復古後に死刑に処せられたヘンリー・ヴェーンへと順繰りに譲られ、さらにハーヴァード大学初代学長ヘンリー・ダンスター、植民地議会初代議長ウィリアム・ホーソン（おじいさんや聞き手の孫たちの先祖）、数代にわたる植民地総督、それから「インディアンへの使徒」として知られるジョン・エリオット、植民地最大の宗教的指導者コットン・マザーの所有になった――というふうに続いていきます。もちろん、話はそういう歴史上の人々のエピソードを語るのが主眼ですが、この椅子にすわったということによって、彼らが眼前に引き寄せられ、現実的な存在になるわけです。

史実と「想像上の権威」

ホーソンはこういう話をくり広げる上で、さまざまな参考文献を用いました。個々の人物の伝記だとか、ニュー・イングランドの歴史書などで、その書名のいくつかは話の中で言及されていますが、言及がなくても推測のつく本もいくつかあります。問題は、そういう文献に語られるいわゆる史実と、おじいさんの話との関係です。ホーソンは最初の巻の序文で、どの話もフィクションと呼ぶことはできない、細部においては「想像上の権威《イマジナティヴ・オーソリティ》」に頼らざるをえないけれども、事実に「いつわりの色づけ」はしていないといっています。だがそれで子供の読物ができるのか。この難しい問題にふれながら、彼は序文をこう結んでいます。

> ピューリタンとその子孫たちの陰気でいかめしく堅苦しい性格にうかがわれるような、ごつごつした材料を用いて、子供たちのために生き生きとして面白い物語をつくることは、ニュー・イングランドの基盤となっている花崗岩から精巧なおもちゃをつくるのと同様に困難な企てである。

それにもかかわらず、ホーソンはこの企てに挑戦したのでした。では、どこまで成功したか。大急ぎで全体を眺めてみましょう。

おじいさんの話は、まずレディ・アーベラのことから始まります。アーベラはピューリタンの一行とともにセイラムに上陸しましたが、貴族育ちのひ弱なたちで、一行が居住地を建設するためにチャールズタウン（ボストン）に移っても、そのままセイラムに留まります。そして一カ月後にはもうそこで死んでしまうのです。

ただこれだけの話で、私ははじめてこれを読んだとき、中身のなさに失望しました。いまはむしろ、ホーソンの着眼点に讃嘆を寄せます。つまりニュー・イングランドの歴史を語るのに、「メイフラワー号の誓約」とか、ジョン・ウィンスロップによる「キリスト教的愛の手本」の説教とかといった格好よい建設神話ではなく、その陰で朽ちてしまった人間の話から始めている。しかもおじいさんは、天国へ行く道はこのアメリカの「荒野」からだけでなく、イギリス本国からでもありえたのではないか、という。つまり作者は、ニュー・イングランドの建設を一方的に讃美するのではなく、アメリカとイギリスを相対化して、いわば平等に見ているのです。

しかも話は、次に、セイラムを建設したジョン・エンディコットが、本国イギリスの国旗に昔からついている赤い十字の模様を、カトリック崇拝の遺物として切り取ってしまったというエピソードに移ります。ホーソンはこのテーマを独立の短篇小説「エンディコットと赤い十字」（一八三八年）でも扱っていますが、そちらではエンディコットの行動の評価を曖昧にしているのに対して、こちらではエンディコットの思いがやがては植民地の「独立」の精神につながるものであったことを、かなりストレートに認めている。そしてレディ・アーベラとの対照において、エンディコットの強さを際立たせてもいます。

おじいさんの話は、こうして重層的に進むことになるのです。子供向けの話としては、ピューリタンの宗教的情熱から始まって、アメリカ独立にいたるまでの歴史を肯定讃美する、一種のナショナリズム的発想が基調にならざるをえません（ピーター・パーレーはまさにそうでした）。それはおじいさんも十分わきまえて語るのですが、歴史を「人間」レベルに引き寄せて見るとそこにさまざまな陰影が生じるわけで、彼はそれも語り続けるのです。

おじいさんの話は、いろんなエピソードをもとに、人間味豊かに、歴史の「明」と「暗」を織っていくのですね。苦労して聖書のインディアン語訳を完成したジョン・エリオットのことを、ほとんど英雄讃美の調子で語っているかと思うと、「それを読むインディアンがいなくなってしまった」現実を、涙を流しながら語りもする、という具合です。おじいさんの話が、子供向けの話としてはメランコリーの調子をおびがちなのは事実です。しかしそれを追い払おうとするかのように、愉快なエピソードもたっぷり挿入します。

「明」と「暗」の間

「明」と「暗」の間の振幅は、時代が進むにつれて大きくなるようです。クエーカー教徒の迫害、魔女裁判といった、ホーソンの先祖がかかわった話も出てきます。「古き良きピューリタン時代の単純さ」が失せ、フランスとの植民地戦争の時代になると、たとえばアカディア人追放の話が、「私たちの歴史の最も屈辱的部分」としてたっぷり語られたりします。独立戦争へと時代が進むと、「ボストンの虐殺」「ボストン茶会事件」などの有名な事件が語られるのはもちろんですが、おじいさんは、英国側の強圧的な態度を批判しながらも、植民地人の「暴徒」ぶりもきちんと話します。しかも、聞き手の中の思慮深い少年が「革命（独立戦争）は、ぼくが思ってたような沈着で堂々とした行動ではなかったんだね」と述べると、おじいさんは「それでもやっぱり、世界がこの革命よりも偉大な行動を目の当たりにしたことはないんだよ。……私たちは、彼らの行動の間違ったところを許して、彼らの心の内をのぞき込み、彼らを駆り立てた高貴な動機を理解してやらなきゃならないんだよ」と語ります。

歴史を多面的、あるいは相対的に見ようとする姿勢は、いろんなエピソードの語り方を生き生きとさせています。私がとりわけすごいと思う例の一つは、いよいよ英軍が敗れ、国王派住民が植民地から英本国にすごすごと引き揚げるところを描く章です。おじいさんは、マサチューセッツ植民地の首席裁判官で国王派だったピーター・オリヴァーが、生まれ育ったボストンに別れを告げる日の行動と心の動きを通してそれを語ります。彼が英軍総司令官だったウィリアム・ハウ将軍に声をかけ、ともにこの事態を嘆こうとしても、将軍は、「ぐちを聞いているひまはない」

といって相手にしてくれません。群衆からは嘲笑をあびせられ、オリヴァーは「自由の木」を呪いながら去っていく。すばらしい「人間」劇になっています。

こうして『おじいさんの椅子』シリーズは、一つの椅子を舞台まわしにした子供だましの構成で、アメリカ史というよりも、ニュー・イングランド地方史のエピソード集であり、しかもその歴史について格別新しい解釈をしているわけではありません。いわば歴史上の「語り古された話《トワイス・トールド・テールズ》」を語っているにすぎないのです。それでも、『トワイス・トールド・テールズ』その他のホーソン初期の短篇小説と比べると、特定の人物や群衆の行動がまさに歴史物語のスケールで語られ、しかも作者ないし語り手の内を深く見る視線と外にひろがる視線とが交錯し、観察される人間や史的事実についての「暗黒」と「光明」とが織り合わさって、動きと広がりをもった歴史模様をつくっています。これが子供たちにとって「生き生きとして面白い物語」になりえていたかどうか、結局、判定は難しい。三冊の本は、ホーソンが期待していたほどには売れなかったようです。しかし彼が、この作品を書いたことによって、自分の創作活動に一つの新しい方向を見出した気持ちになったことは、まず間違いありません。ホーソンはすぐに、この続編ともいえる作品を書くのです。

『伝記物語』

あくる一八四二年、*Biographical Stories for Children*（『子供のための伝記物語』）が出版されました。これは同じ年に先の *The Whole History* と合体し、*Hawthorne's Historical Tales for Youth* という二巻の本になりもします。

これにも短い序文がついていて、「作者は子供を神聖なものと考え、したがって若い心の泉に、その水を苦くしたり汚染したりするようなものは絶対に投げ込むまいと思う」と述べているのは、当時の児童文学観の常識の反映といえましょう。しかしまた、「作者は、もし幼い読者を喜ばせることに成功したら、その子らが老人になるまで記憶に留めてくれることを期待できる。——大人の読者の判定によって不滅になることを目指す人が達成するよりも、一般的にいってははるかに長い文学的存在を実現しうるのだ」とおどけてみせてもいます。児童文学へのホーソンの志の反映ともいえそうです。

この本は、ベンジャミン・ウェスト、アイザック・ニュートン、サムエル・ジョンソン、オリヴァー・クロムウェル、ベンジャミン・フランクリン、およびスウェーデンのクリスティーナ女王をとりあげています。いわば世界的な偉人物語集ですから、ホーソンの単行本では日本でこれが最初に翻訳されたといってよいくらいです（明治二十八年出版の篠田昌武訳『英米五傑伝記物語』がそれですが、クリスティーナ女王はいささか異色なので省いたのでしょう）。私は先のエッセイの中で、『おじいさんの椅子』よりはこの方に注目し、いささかの紙数をさいていました。しかしこんど読み返して、意外や意外、これはホーソンの児童文学の中では最もつまらない気がいたしました。序文にあったおどけ口調は本文では影をひそめ、「当時の児童文学観の常識」が作品を支配してしまっているのです。

本の内容は、眼をわずらってほとんど盲目になった息子のエドワードに、父親のテンプル氏が偉人たちの子供の時や若い頃の話をして、慰め励ましてやるという構成になっています。私はその六人の登場人物が、いずれもニュー・イングランドの外の人で（フランクリンもニュー・イングランドから出ていった人ですね）、いわば外向きに生きた人であることに注目したいと思います。これはホーソンのそれまでの文学世界の枠を破る事柄です。しかしこのことを除くと、いったいこの六人をどういう基準で選んだのか、見当がつかない。まるで行き当たりばったりに選んだ感じもします。そして感傷性と教訓性が強いのです。

たとえば、ペンシルヴェニアの貧しい農家に生まれながら著名な画家になったベンジャミン・ウェストについて語った後で、テンプル氏は「わたしたちもめいめい、ベンジャミン・ウェストのように、もって生まれた才能を最大限に生かしたいものだ。そうすれば、神さまのおかげによって立派な結果を手に入れることができるんだよ」といいます。お前も、目は見えなくても、「もって生まれた才能」を生かせというわけですね。エドワードは、そんな説教に納得できるはずがありません。「誰かがそばで話していてくれないと、僕だけがひとり暗い世界にとり残されたような気持ちになる」と彼は嘆きます。するとこんどは母親がこういうんです——「お前、信仰をもたなければね。信仰は魂の視力なのよ。それさえあれば、世界はけっして暗くもなければ孤独なものでもないのですよ。」

こういう調子で、偉人たちの生涯に合わせて教訓が積み重ねられていき、最後に母親が「お前、心の目でもってものを見るように努めなくちゃぁね」と説くところで作品は終ります。なんともいやはや、盲目の子供に対して本当は残酷な内容ではないでしょうか。せっかく作品の世界は拡大したようでありながら、「心の目」の強調は、その世界を抽象化し、結局は「暗黒」の中に閉じ込めてしまう効果をともなうような気もいたします。

『ワンダー・ブック』と『タングルウッド物語』

この頃、一八四一年の春から、ホーソンは「光明」を求める理想主義的な共同生活農園「ブルック・ファーム」に参加しましたが、半年で出てきてしまっています。それからまた、『旧牧師館の苔』(一八四六年)に結集するような「暗黒」を見つめる短篇小説を書き続けました。そうしてついに、『緋文字』(一八五〇年)によってアメリカを代表する作家の地位を確立したのでした。しかしその後も、彼は児童文学に力を注ぎます。*A Wonder-Book for Girls and Boys*(『少年少女のためのワンダー・ブック』一八五二年）と *Tanglewood Tales*（『タングルウッド物語』一八五三年）がその成果ですが、私はこの二冊こそ、ホーソンの児童文学の頂点をなすものではないかと思います。

ホーソンは『緋文字』を、この作品の仕上がりよりももっと幸せな状態で終らせようと思っていた――その思いは「税関」にもあらわれていました――けれどもうまく思いを実現させえず、次の長篇はもっと明るい作品にしようと決意したそうですね。『七つの破風の家』（一八五一年）はその試みの成果でしょうか。しかしこの小説のハッピー・エンドぶりは、いささかとってつけたようなところがあり、不自然です。そしてこれら二大長篇以後、彼には長篇にしろ短篇にしろすぐれた小説がほとんどないですね。となると、まさに明るい作品への努力を全体的にあらわした『ワンダー・ブック』と『タングルウッド物語』は、単に児童文学としてだけでなく、ホーソンの文学世界全体の中でも、極めて重要ということになります。これを児童文学だからといって軽視ないし無視するのは、まことに残念なことです。私は残された時間で、この二冊の文学的な面白さの一端にでもふれさせていただくように努めたいと思います。

この二冊は、ギリシャ神話をもとにした物語を、それぞれ六篇ずつ収めています。語り手はユースタス・ブライトといって――Bright（明るい）とはまさに象徴的な名前ですね――まだ大学生です。頭脳も行動も少し軽率に感じられるほど活発で、合理的だが想像力豊かな青年です。彼はプリングル夫妻に招かれて、タングルウッドと名づけられた夫妻の屋敷——当時ホーソンが住んでいたマサチューセッツ州西部バークシャーの丘陵地帯にあることは明らかです——に滞在中、近所の子供たちにいろいろな話をしてやる、という構成です。語り手がすっかり若くなったことを除けば、これまでのホーソンの児童文学と似たような構成ですね。ただし、ここでは、これまでと違って語り手のほかに「作者」が出てくるのです。そしてユースタスの若さをからかいながら、暖かく見守っている。つまり作者ホーソンは、ここでちょっと身を引き、自分の分身——内向的というよりは外向的な分身——である語り手に自由に語らせながら、余裕をもって彼を観察し、批判したり支援したりしているといえそうです。

ギリシャ神話に「日光」を射し込ませる

作品の内容は、またもや「語り古された話」です。しかし強調しておきたいのは、この作品がたぶんアメリカの児童文学で最初の、ギリシャ神話の再話の試みだったことです。アメリカでは、ピューリタリニズムの影響で、異教的な物語は避けるのが普通でした。芝居が禁止され、小説が遠ざけられていたのもそのゆえです。ましてや子供向けの異教物語など、厳しく斥けられていました。ホーソンはそういう禁じられた領域に乗り込んでいったわけで、ここまで来て、まさに「児童文学の全体系に根本的な革命をもたらす」仕事を始めたといえます。それだけに苦心もしなければなりませんでした。

作者は『ワンダー・ブック』の序文で、子供に読ませるからといって、必ずしも「程度を下げて書く」ことが必要だとは思わない、「子供は、空想とか感情とかが深かったり高かったりするものに対しては、それが素朴《シンプル》に語られる限り、無限の感受性をもっている。彼らを困惑させるのは、人工的で複雑《コンプレックス》なものだけだ」と述べていました。だが再話物の経験をつんだ後の『タングルウッド物語』の序文では、こうもいっているのです。

これらの古い伝説は、われわれキリスト教徒の道徳観にとってこの上なく嫌らしい事柄であふれている——ぞっとするものもある——憂鬱で悲惨なものもある……。それをいかにして洗い清めるか、その中にいかにして祝福の日光を射し込ませるか？

この問題をどのように解決するかということが、作品の評価につながることはいうまでもありません。そのための方法の一つは、『ワンダー・ブック』では、ユースタスがそれぞれの話をしたときの状況——とくに、バークシャー地方の美しい自然の有様——を述べたり、彼の話を聞く子供たちやプリングル氏の意見を紹介したりすることによってなされています。「暗黒」と「光明」を織りまぜたさまざまな人間理解のコメントをなすこのやり方は、『おじいさんの椅子』シリーズにおけるよりも、もっと入念になされています。また『タングルウッド物語』では、これに代えて、作者の長い序文が内容に含みをもたせています。

だがもちろん、もっと重要なのは内容そのものの展開でしょう。二冊、全十二編のうち、圧倒的に多いのは、生家や故郷を出て果敢な冒険をくりひろげる若いヒーローの物語です。国王の命令で髪の毛が蛇からなる怪物メドゥサの首を取りに行くペルセウスの話（「ゴルゴンの首」）、三つの黄金のリンゴを採るためにさまざまな冒険を重ねるヘラクレスの話（「三つの黄金のリンゴ」）、天馬ペガサスに乗って、火炎を噴く怪物キマイラを退治するベレロポンの話（「キマイラ」）、行方不明になった妹エウロペを探して苦しい旅をするカドモスの話（「龍の歯」）、人間をけだものにしてしまう魔女キルケと闘うユリシーズ（オデュセウス）の話（「キルケの宮殿」）、そしてやはり国王の命令で黄金の羊毛を手に入れるために「アルゴー」船の仲間とともに冒険をするイヤソンの話（「黄金の羊毛」）、等々です。

同じような冒険譚のくり返しで辟易《へきえき》する面もありますが、どれも実現不可能と思われる使命や目的を立派に果たす活力にみちた若者の姿を描いています。最初に述べた、ホーソンの傑作とされる内向的精神の「しんねりむっつり」話とは正反対です。

いわゆる「ホーソン的」な文学世界と違うこういう内容に加えて、語り口もまた普通のホーソン調とは大いに異なります。ホーソンの文体というと、寓意性や象徴性に富む重厚さがつとに指摘されるところですけれども、すでに紹介した彼の児童文学の文体は直接的で平易でした。それがここではさらにのびやかになり、トール・テール（大げさな表現）やら、ユーモアやら、西洋講談とでも呼びたい口調がたっぷり出てきます。そしてこれが、内容の「アメリカ化」ともつながっているのです。

内容の「アメリカ化」

たとえばミダス王――自分の手に触れる物はすべて金《きん》になってほしいという願いがかなえられ、かえって困った羽目に陥る王――の話（「金の触手」）では、王の食べようとするご馳走も金になってしまうんですが、ユースタスはそのご馳走について、「ぼくの信じる限りでいえば、この朝の食事はホットケーキ、おいしい川鱒、ロースト・ポテト、新鮮なゆで卵、それにコーヒー……」といった調子で語るのです。もちろん、これはアメリカの朝食ですね。

あるいは冥府の王プルートー（ハデス）が、地上からさらってきたプロセルピナ――やがて彼の妻になる娘――にこう語るシーンもあります（「ざくろの種子」）――「わしはダイヤモンドとかそのほかあらゆる貴金属の王なんだ。地下にある金や銀の原子はすべてわしのもの。銅とか鉄とか、わしにたっぷり燃料を供給している炭鉱についてはいうまでもない。」ちょっと百科事典を調べましたら、石炭の採掘が行なわれだしたのは十三世紀以降らしい。そしてアメリカでは、石炭はまさにこの物語がなされた時代に木材に代わる燃料として脚光をあびていたようなんです。

もう一つだけ面白い例をあげますと、いくつかの物語で、ヒーローが苦境に陥ったような時に助けに来てくれる人物に、Quicksilverという名がついています。これは英語の普通名詞では水銀を意味します。ところが水銀は、mercuryともいいますね。そのmercuryは、固有名詞ではローマ神話のメルクリウス、ギリシャ神話のヘルメスを指します。つまりゼウスの使者で、翼のある兜、翼のある靴を身につけ、蛇のまきついた杖をもって、まさに水銀のように自由自在に行動する人物です。ユースタスはこのヘルメスをアメリカ化してクイックシルヴァーと呼んだわけで、彼のしゃべり方も、ほとんどヤンキー言葉のように軽快で直截的にしています。

なおかつ「ホーソン的」内面探求

こういうふうにして、『ワンダー・ブック』と『タングルウッド物語』では、ギリシャ神話をもとにしながら「アメリカ的」な明るさと行動性をもった物語が展開するのですが、しばしば、いかにも「ホーソン的」に、登場人物たちの心の内面の動きを精密に読み取って語るシーンも出てきます。

たとえば有名な「パンドラの函」の話がそれです（「子供たちの楽園」）。函の中を見てはいけないといわれたためにかえって見たくて仕様がなく、ついにその蓋をあけて災いを招いてしまうパンドラの愚かな好奇心の追跡は、「若きグッドマン・ブラウン」の主人公が森の奥のサタンの集会に参加するまでの心の追跡に、ほとんど遅れをとりません。

もう一例だけあげれば、テーセウスが退治する怪物ミノタウロスの描き方があります（「ミノタウロス」）。この怪物の頭は角をつけた牡牛ですが、全身が牡牛のようにも見え、よたよたしています。しかしまた別の角度から見れば、体は全体的に人間です。これについてユースタスは、「可哀そうに、こいつあこういうふうで、つき合いはなく、仲間はいなく、連れ合いもなく、ただ悪さをするためだけに生き、愛情とは何であるか知りようもないんだ！」と語ります。つまり、人間を生きながら食おうとして退治される怪物を、その心の中の有様には同情を寄せながら語っているのです。

さて、ユースタスはこのようにしてギリシャ神話の物語を「洗い清め」たかどうかは別としても、そこに明るい「日光」を射し込ませたことは確かなようです。そしてその仕事は、神話物語を大幅に「アメリカ化」することになっていました。

「気まぐれで大胆な想像力」

ホーソンは、彼の性格からして、これらの物語を書くのにもやはりさまざまな参考文献を読んだに違いありません。それについての考証も本来はやりたいところですが、ここでは触れないことにしておきましょう。いま、もっと注目しておきたいのは、ユースタスがその種の「権威」を、「気まぐれで大胆な想像力」でもって無視したとみずから語っていることです。プリングル氏が彼の話を子供たちといっしょに聞きたいといっていることをその娘から告げられると、ユースタスはこう叫びもします――

「ちえっ、ちえっ！　ぼくは大人の前で話をするなんてことできないよ。おまけに君のお父さんは古典に通じているんだろ。別にお父さんの学問を恐れてるわけじゃないよ。そんなの、もう古い鞘《さや》つきナイフみたいに錆びちゃってるに違いないんだから。けれどもお父さんは、ぼくが自分で思いついて話の中に入れる素晴らしいナンセンスに対して、けちをつけるにきまってるんだ。それがあるからこそ、君みたいな子供たちに途方もなく面白い話ができるんだけどね。」

じっさいその通りで、プリングル氏はユースタスの話を聞いた後、彼にこういいます――

「お願いだから、もうこれ以上、古典神話に手を出さないようにと忠告させてくれたまえ。

君の想像力は野蛮《ゴシック》だよ。そして君の手にかかると、何もかもが野蛮《ゴシック》趣味になってしまうみたいだ。……ギリシャ神話ってのはね、途方もない事柄でも、全体をおおう上品さによって、一定の限度の中に収めることを旨《むね》としているんだよ。」

これに対してユースタスは、ギリシャ神話はあらゆる時代、あらゆる世界に普遍する遺産であって、古代のギリシャ人と同様、現代のヤンキーもそれを好きなように「再構築《リ・モデル》」していいんですよ、と答えます。

作者ホーソンは、ユースタスのこういう若い議論を、ほほ笑ましく聞いているようです。彼には、読者を「しんねりむっつり」させる種類の文学への情熱は、やはりあったでしょう。しかしまた「現代のヤンキー」の語りにも心は動き、ユースタスを通してそれを実行したといえそうです。そして、これまでの児童文学執筆の時もそうでしたが、この二冊も非常な勢いで、非常な喜びをもって書いたと、息子のジュリアン・ホーソンが証言しています。

「アメリカ的文学者

時間がなくなりました。大急ぎで一応のまとめをしたいと思います。

児童文学者ホーソンを積極的に視野の中に入れますと、ホーソンの生も、その文学世界も、幅をひろげ、動的になり、明るい生気をぐっと増すような気が私にはいたします。そのダイナミズムは、彼を「アメリカン・ルネッサンス」時代の、私が先に述べた「アメリカ的」文学者たちの対極ではなく、彼らに共通する「解放」の力をもった作家として理解させる大きな要素ではないか、と私は思います。

いや、本当のところ、私は「アメリカ的」と自分がいったことの意味合いを、修正しなければならないとも思います。エマソン、ソロー、ホイットマンの系譜に加えて、ポー、もっと屈折を重ね、「明」と「暗」を重層的に積み重ね、なおも果敢に文学的実験を行なったホーソン、そして今日はお話できませんでしたけれどもその努力を受けついだメルヴィルなどの文学も合わせた、広範な創造力の上に、「アメリカ的」な文学は成り立っていると思うのであります。

第10章　存在の自由を求めて

アメリカ文学におけるハックルベリー・フィンの伝統

アメリカ人の原型

沖縄外国文学会にお招きいただいて、たいへん光栄に存じます。ただし、いろんな外国、いろんな国々の文学の専門家の前でお話することは、私のような狭い視野のアメリカ文学研究者には難しい。思い切って、「アメリカ性」を強調するお話をさせていただくのがよいのではないか、と考えました。そこで、しばしばアメリカ人の原型《プロトタイプ》などといわれるハックルベリー・フィンを取り上げてみることにしました。マーク・トウェインのつくり出したこの少年が、一つのタイプとして、アメリカ文学の中でどのように生きてきたかというお話です。

ヘミングウェイに、有名な言葉があります。「アメリカの近代文学はすべてマーク・トウェインの『ハックルベリー・フィン』という一冊の本から出発している。……それ以前には何もなかった。それ以後にもこれに匹敵するものは何もない」（『アフリカの緑の丘』一九三五年）というのです。私も、これはたぶんに真実を含んだ言葉だと思います。しかし、やっぱり文学者の表現であって、誇張を含んだ言葉のような気もします。

ハックルベリー・フィンというと、誰しもが自然のままに自由に生きる少年を思い浮かべますね。そういう生き方は多くのアメリカ人の理想でもありますから、彼はアメリカ人の原型とされもした。しかしマーク・トウェインの原作をよく読むと、ハック・フィンは自然の中に一人とり残されたような時、おっかなびっくりで、ちょっとしたことにも恐怖でとび上がります。彼は自然を恐れ、安心して生きられる社会を求めてもいるのです。いわば、自由な自然と秩序だった文明との両方にあこがれて、何だかよく分からぬ「驚異」wonder に満ちたアメリカの世界をさまようのです。そして、結論じみたことを早めにいっておきますと、私にはこういう矛盾した生き方こそがアメリカ人の本質であったと思われる。ハック・フィンをアメリカ人の原型というのも、その意味にとった方がよいのではないか、と私は思うのです。

「暗いサスペンス」

かりにこのように理解しますと、ハックルベリー・フィン的なアメリカ人の活動は、当然、マーク・トウェインの作品よりも「以前」にさかのぼります。いや、それは、アメリカのそもそもの出発点から見られた顕著な現象であったといってよいように思います。

普通、私たちは自分の土地とか自国の文化とかを、遠い昔から馴れ親しんできている場合、ことさら wonder に満ちているとは思いません。ありのままに受け入れてしまいます。しかしアメリカ人の場合、先住民のインディアンを別にすれば、みんな外から行った人たちですから、この新しい土地に積極的な wonder の気持ちを抱きました。そしてその正体を見きわめたいと思いました。

十七世紀の初期、アメリカ大陸に渡ったピューリタンたちは、原始的な大自然に直面して、たじろいだというべきでしょう。気候はヨーロッパで想像もしなかったほど厳しく、恐ろしい動物もいれば、怪奇な風俗のインディアンもいます。彼らはこの土地を「荒野」wilderness と呼びました。ただし、これは単に荒々しい自然という意味ではない。旧約聖書で、エジプトを脱出した後のイスラエル人が四十年間もさまよったアラビアの砂漠が、wilderness と呼ばれています。その苦難を経て、イスラエル人は「乳と蜜の流れる約束の地」にたどりついたことになっています。ピューリタンたちも、そういう希望にしがみついて、自分たちの土地を wilderness と呼んだのです。そして、どうやら生活の目安が立つようになりますと、この土地を「新しい楽園」New Eden と呼ぶようになりました。つまり、この未開の自然状況をこそ堕落した文明に汚されたヨーロッパと違うアメリカの価値だとして、積極的に受け入れたのです。神のつくったままのエデンの園に生きる自分たちは、「アメリカのアダム」American Adam と呼ぶようになります。

このようにしてアメリカ人は、原始的な自然性をこそ、アメリカのよい意味での wonder-ful さのもとをなすものだととらえました。しかし同時に、くり返しますが、自然の残酷さや無秩序さは恐ろしい。それに、そもそもピューリタンたちは、彼らの指導者ジョン・ウィンスロップの言葉を借りれば、「丘の上の町」a city on a hill を実現することを目指して植民地の建設をはじめたのです。「丘の上の町」とは「世の光」を意味します。つまりピューリタンたちは、ここに理想的な文明を建設しようとした。それでなくても、荒野に生きていれば、文明へのあこがれは熾烈になって当然です。アメリカ人は、自然を征服し、開拓を推進し、ここに自分たちの文明を実現することを使命とした。そしてその可能性のあることが、アメリカのもう一つの wonder-full さの根拠となったといえるように思います。

正体のよく分からぬアメリカに対して、アメリカ人はこのように自然志向と文明志向という互いに矛盾した思いを働かせ、wonderful な世界の実現という夢をくりひろげました。しかし、夢が夢であるうちはよいのですが、いざ具体的な問題となると、この矛盾の相剋は深刻です。二つの志向に折り合いがつかず、にっちもさっちもいかなくなる事態が生じて当然です。アメリカ人は、この二つの志向、あるいは二つの価値観の間で、大きな振幅をもって揺れ続けてきた。現在もまだ揺れ続けているといえるのではないでしょうか。

この有様を最も見事に語ったと私の思う人に、D・H・ロレンスがいます。本国人よりも外国人のほうが、こういうことはよく見えるのかもしれませんね。彼は『アメリカ古典文学研究』（一九二三年）という本で、こう説くのです。アメリカ人は「ヨーロッパの古い権威」から逃れてきた。たぶん「自由」を求めてやってきた。しかしこの土地に生きるインディアンを退けてしまい、あらゆる土地に宿る偉大な「場の精神」をつかみそこねた。そのため、存在の自由どころか、「自分が真に積極的にそうありたいと思うもの」が把握できないでいる。それで彼らの心は常に「暗いサスペンス」の状態にある、というのです。

しかし、そういう矛盾、あるいはサスペンス状態にあるからこそ、真剣に生きようとするアメリカ人は、自己のあるべき存在、真に自由な生を、探求した。そしてそういう営みの中から、ダイナミックな、あるいは本当にwonderfulな、文学・文化をつくってきた、といっていいように私は思うのです。

ナッティ・バンポーの神話

この「暗いサスペンス」をいかにして突き抜けるか、そしていかに真の自由な生を実現するかということは、アメリカの真剣な文学者にとっても、最も重要な問題の一つでした。アメリカの最初の大作家と私の思うフェニモア・クーパー（一七八九―一八五一）は、まさにその問題と真正面から取り組むことによって、アメリカ文学の存在を世に示しました。彼の代表作「レザーストッキング物語」（一八二三―四一）を、私は「大アメリカ小説」と呼んでいます。単にアメリカの偉大な小説といった意味ではありません。「アメリカ」そのものをテーマとした大小説という意味です。

この長篇五部作の第一作『開拓者たち』（一八二三年）は、クーパーが育ったニューヨーク州のフロンティアの、クーパーズタウンという部落を舞台にしています――作品中ではテンプルトンというんですけど。時代は、アメリカが独立を達成してからちょうど十年後の一八九三年に設定してます。フロンティアというのは、ヨーロッパでは国境を意味しますけれども、アメリカでは自然と文明との接点、つまりアメリカの社会の原点をさします。クーパーは独立十年後のそういう場所を取り上げて、アメリカがこれからの発展のためにかかえる根本的な問題を総点検してみせるのです。

最初、この作品は、テンプルトンの領主として乗り込んできたマーマデューク・テンプルを主人公としています。モデルはクーパー自身の父親です。彼は高貴な文明人といってよい。円満な常識を備え、正義と秩序を重んじるジェントルマンの理想像に描かれています。ところがここに、すでに三十年も前から、この地でただ一人のインディアンを友として猟師生活をしていたナッティ・バンポーが登場します。ナッティは、後からやってきたマーマデュークが領主と称し、勝手に規則を作り、自分の行動を束縛することに不満を抱き、ことごとに彼と衝突します。しかし、作品が進むにしたがって、ナッティは高貴な自然人の相貌をあらわしてくる。まさにアメリカン・アダムそのものの特色をおびるのです。マーマデュークが市民の法、文明の法を推し出すのに対して、ナッティは神の法、自然の法を主張します。

物語は、後の西部劇映画の大源流となったクーパーの小説らしく、波瀾万丈の展開をしますが、中心は文明志向と自然志向の対決だといってよい。もちろん、両者の妥協、調和が実現すれば一番よいわけですが、クーパーは安易にそういう解決をもたらすほどのセンチメンタリストではなかった。では、どちらに軍配を上げるのか。クーパーは、現実において、父のあとを継ぎ、クーパーズタウンの経営に苦労していた人でした。当然、彼はマーマデュークの側に立つ。ナッティは、「わしは荒野向きにできている」といって、ひとり西部へ去っていくことになります。ところが、クーパーはこの作品を書きながら、自由な生を求めるナッティにどうもひきつけられていったようです。最初は文明への不満を述べ、反抗的な態度をとって、逆にマーマデュークの偉さを証明し、彼の引き立て役を演じていたのが、しだいに自然人の魅力を発揮して、作品の最後では主人公の地位を奪ってしまっているのです。そして彼がひとり荒野に向かって去っていく姿は、まるで神話のヒーローのように崇高に表現されています。そう、ナッティは現実の社会では自由を確保できない。けれどもいわば現実を越えた神話的世界で、自由を探求するアメリカン・ヒーローのイメージを獲得したといえそうです。

この作品の後に続く「レザーストッキング物語」四編は、いつもレザーストッキング（革脚絆）を身につけて大自然に生きるナッティ・バンポーの、根源的な無垢《イノセンス》さにリアリティを与えるための物語だといってよいでしょう。クーパーはしだいに年代をさかのぼり、ナッティの若い頃を描いていきます。神がつくったままのアメリカン・アダムの原点に、主人公を近づけるのですね。最後の作品『鹿殺し』（一八四一年）では、ナッティは二十代初期の無垢な若者となって、はじめての厳しい人生経験をします。理想的なアメリカ人のプロトタイプの感情と思考と行動が、そこにはくりひろげられます。そして、作品全体をアメリカ神話と呼びたい雰囲気が支配するのです。

ナッティ・バンポーの後継者たち

自然と文明の間で大きく揺れ動きながら、自由な生を探求する文学的努力は、ヘンリー・デイヴィッド・ソロー（一八一七―六二）のような思想家、ウォルト・ホイットマン（一八一九―九二）のような詩人、あるいはハーマン・メルヴィル（一八一九―九一）のような小説家の作品にも、鮮やかな足跡を見ることができると私は思います。しかし話を今日の主題に戻すため、一挙に十九世紀後半の代表的作家マーク・トウェイン（一八三五―一九一〇）にとぶことにしましょう。実際のところ、ハックルベリー・フィンこそ、ナッティ・バンポーの後を直接的に受け継ぐ少年だった。トウェインはロマンチックな心情の持ち主でしたが、同時にリアリストでしたから、クーパーのロマンスの荒唐無稽さを痛烈に批判しています。しかしハック・フィンは、たぶん十五歳くらいでしょう、『鹿殺し』のナッティよりもさらに若返り、さらにアダム的な少年となって、まわりの世界にwonderを感じ、そこに存在の自由を探求するのです。

しかも、あらかじめいっておきますと、いま私はマーク・トウェインを一面でリアリストだったと申しましたが、トウェインはこの少年を神話的な雰囲気の中に生かすのではなく、最も現実的な厳しい状況の中で「冒険」させます。しかもこの少年自身に、最も生き生きした日常的な言葉で自分の感情や思考や行動を語らせるのです。ヘミングウェイが『ハックルベリー・フィン』を「近代」文学の出発点としたのは、たぶんこの辺に重きをおいた上でのことであって、けっして根拠のないことではありませんでした。

マーク・トウェイン自身が自然と文明の間を大きく揺れ続けた人であったことは、彼の作品を追跡すれば明瞭になります。私は『マーク・トウェインの世界』（一九九五年）という拙著でその追跡を試みましたので、ここでは省略させていただこうと思います。とにかく彼は、二つの矛盾する価値観の間で揺れ続け、自家撞着に陥り、混乱をきたしてしまった。それからの脱出の試みが、彼の作家としての名声を確立した『トム・ソーヤの冒険』（一八七六年）でした。ハックルベリー・フィンも、はじめてこの作品で登場します。

社会に帰還するトム・ソーヤ

トム・ソーヤとハック・フィンは親友で、しばしば行動をともにしますから、よく同じタイプの少年ととらえられています。しかし違うのです。『トム・ソーヤの冒険』の舞台は十九世紀中頃のミシシッピー河畔の田舎町、トウェイン自身の故郷をモデルにしたセント・ピーターズバーグで、あのテンプルトンよりはもう少し社会ができ上がっております。トム・ソーヤはそういう社会の秩序の窮屈さに反発し、いつも「脱走《ランアウェイ》」を夢見、また実行もします。しかし彼の脱走は、必ず「帰還《リターーン》」することを前提としている。たとえば脱走して海賊になろうとしますが、それは、そうやって帰還したら村人たちは自分をヒーローとしてもてはやしてくれるだろうな、という思いがあってのことです。また彼は常に権威を重んじている。自分の読んだ冒険小説などを権威とし、その筋立てに従って行動しようとするのです。つまり彼は、本質的には社会の中の子なのですね。結局のところ、自然にあこがれはするが、文明に属する子なのです。だから、大人も安心して是認できる少年でした。

ハック・フィンは、この小説のストーリーがかなり進んだ後で登場してきます。最初は、明らかにトム・ソーヤの引き立て役でした。彼は浮浪者の子で、社会の外の子です。文明の秩序とは無関係だ。トム・ソーヤは、社会の子でありながら、こういう自然児にも理解を示し、憧れすらいだく。そのようにして、トム・ソーヤの心の大きさが浮き出されるわけです。しかし、あの『開拓者たち』でクーパーがしだいにナッティ・バンポーの自然人性にひかれていったように、マーク・トウェインも書き進むにしたがって、ハック・フィンの根源的なイノセントぶりに魅力を覚えていったらしい。作品中でだんだんハックの存在が大きくなり、ついには彼が精神的に主人公の座を奪ってしまうのです。

作品の最後で、いつも自由に生きようと思っているハックが、ふとしたことから命を助けてやった村の上流階級のダグラス未亡人の養子にされ、「文明化」civilizeされることになります。具体的には服装を整え、教会や学校に行かされる。要するに文明人らしく生活させられるわけなんで、ハックはそれに耐えられずに脱走してしまいます。この脱走は、トムの脱走と違って、帰還を前提としない、本物の脱走です。が、トムはハックを探し出し、ダグラス未亡人のもとへ帰るように説得する。トムはハックに、ぼくたちは「高尚」な強盗隊を組織しようとしているんだけど、「お前が respectable にしていなきゃあ仲間に入れてやれないんだよ」というんです。このrespectable、あるいはそれを名詞にした respectability という言葉は、「上品な伝統」が確立した十九世紀後半のアメリカ社会の核心をなす言葉なんです。「尊敬に値する」という本来の意味からはずれてしまって、服装や言動などの外観の上品さの意味で用いられた。つまり、文明人らしく振る舞うことなんですね。ハックは強盗隊に入れてもらって活躍したいばっかりに、トムのこういう説得を受け入れてダグラス夫人のもとに帰るところで作品は終ります。

よろしいでしょうか。つまり、トムは文明の秩序に反抗したように見えたけれども、本当は respectable な文明の子なんです。ハックを鏡にして、そのことが鮮明に浮き出た。逆にいえばトムのそういう本質が鏡になって、ハックのもっと徹底した自由への憧れがあざやかに浮き出てきた。真の自由の可能性は、ハック・フィンの生を追求することによってこそ見出されるんじゃないか。マーク・トウェイン自身がそのことをはっきり自覚したようです。

ハック・フィンの自由を求める旅

『トム・ソーヤの冒険』を仕上げた後、マーク・トウェインがすぐにハックルベリー・フィンを主人公にした作品を書きはじめたのは、しごく当然のことでした。しかし、作者のトウェイン自身が自然と文明との間に揺れ続けていましたから、執筆は何度か挫折します。『ハックルベリー・フィンの冒険』が完成したのは九年後、一八八五年のことでした。

この作品はハック自身の言葉で、彼がダグラス未亡人のもとに帰り、「文明化」されて閉口している様を語るところからはじまります。だがそこへ、長いこと行方不明だった彼の父親が舞い戻ってくる。父親は社会生活に憎悪すらいだく、根っからの自然人で、ハックを連れ出して、ミシシッピ川のほとりの掘っ立て小屋で生活をしはじめます。ハックは最初、あの文明生活の窮屈さを免れて、むしろ喜んでいるんですが、自然の人間は獣に近いわけで、父親はしだいに残酷な無法ぶりを発揮しだす。ハックはついに酔っ払った父親に殺されそうになり、脱走して、カヌーに乗ってひとりミシシッピー川を下ります。つまりハック・フィンは、文明の束縛と自然の無秩序との両方から脱走するわけなんです。文明と自然の否定的な現実ばかり彼は体験してきたんですね。

間もなく、ミシシッピー川の中州であるジャクソン島で、ハックは逃亡奴隷のジムと出会います。当時の南部の常識では、逃亡奴隷を助けることは地獄におちる行為とされており、ハックもジムを助ける気はまったくないんですけれども、前から親しくしている人物ですから、何となくいっしょに生活しはじめます。ところがある晩、村へ様子を見にいくと、ちょうどジムの追跡隊がジャクソン島に派遣されるところだと分かり、ハックはあわてて島に帰って、寝ているジムをたたき起こし、叫ぶんです。――「おらたちに追っ手がかかってるぞ！」They are after us! 追跡隊が追っているのはジムだけなんです。それで本来ならThey are after you! と叫ぶべきところなんですね。ところがハックは、知らぬ間に、ジムと運命共同体のような気持ちになってしまっていたんです。こうして二人は、ともに筏に乗って逃げていくことになります。

それまでのハック・フィンは、ただやみくもに脱走しているだけでした。しかしいまジムと会ったおかげで、二人の脱走には目的が生じた。自由を求める旅になったのですね。ただし、ジムが求めるのは制度的な自由であったのに対して、ハックが求めるのは——うまい表現が見つからないんですが——存在の自由というか、自由な生というか、そういうものだった。ともあれそういう自由を求めて、二人はミシシッピー川を下っていくのです。

不自由の真っ只中で

その後の二人の「冒険」をここでいちいち語ることは、今日の私の目的ではありません。ただ一つだけ、皆さんに関心を向けていただきたいことがあります。ハックとジムの計画は、ミシシッピー川にオハイオ川が合流するケイロという所で、オハイオ川の方に入り、その川をさかのぼって、オハイオ州に上陸することでした。この州には逃亡奴隷を助ける地下組織《アンダーグラウンド》が発達していましたから、その助けを借りてカナダに逃げよう、というわけです。ところが、二人の筏がケイロに近づいた時、濃霧が立ち込めて、二人はオハイオ川に入ることができず、そのままミシシッピー川を下り続けることになるのです。だがそこから南は両岸とも奴隷州のいわゆる深南部《ディープ・サウス》で、行けば行くほど自由から遠ざかるわけで、お先真っ暗、ストーリーも展開しにくい。事実、ここのところで作者の筆は長いこと中断してしまうのです。問題は、そんなことは分かりきっているはずなのに、なぜマーク・トウェインは二人をひたすら南に下らせたのか、ということです。

一つの答えは明瞭です。マーク・トウェインはかつてミシシッピー川の蒸気船のパイロットをしており、川とその両岸のことはよく知っていました。作家が自分のよく知る所を作品の舞台にしたいと思うのは、しごく当たり前のことでしょう。

しかし私は、もう一つ大事な理由があると思います。深南部は、一面では貴族主義的な社会で、大地主たちはまるでヨーロッパの中世の貴族のように、古めかしくいかめしい習慣や規範にしがみついて、権力をふるっていました。つまり文明が病的な症状を呈している——と少なくともトウェインは見ていたのです。しかもここには、その反面でプア・ホワイトと呼ばれる貧しい農民たちが、教育も社会的な規範もなく、本能をむき出しにした生活を営んでいる。つまり、秩序はなく、自然の獣性が展開してもいるのです。トウェインは、そういう自然と文明の否定的な面の真っ只中に、ハック・フィンを生かしてみたかった。しかも、逃亡奴隷という重荷を背負ってです。そういう、自由の対極の中で、存在の自由はどのように見出されるか——それこそがマーク・トウェインの最も関心をかき立てられた問題だったに違いない、と私は思うのです。

『ハックルベリー・フィンの冒険』という小説は、次々と新しい事件が起こって、さながらミシシッピー川のように曲がりくねって進展します。まとまりに欠けるわけです。しかし、教育も教養も金も力もない素裸の少年が、最も難しい状況で、両岸の世界と対決しながら自由を探求していくところに、素晴らしい緊張感が生まれています。では、自由は獲得できたのか。制度上の自由が実現しないことはいうまでもありません。存在の自由はどうかといえば、ハックとジムの筏の上で実現するだけです。二人が筏の上で夜空を眺めながら、牧歌的に自由と平和な境地を実感するところの、見事な描写もあります。しかし、この筏も、王様と公爵と称する二人のペテン師に占領されてしまう。つまり、存在の自由も頼りなく、たちまち失せてしまうのです。

「地獄へ行く」決意

こんなふうですから、緊張感をはらんだハックの冒険も望ましい成果を得ないのですが、この作品にはもう一つの魅力がある。それは、ハックの成長ということです。ハック・フィンは二重の意味で脱走者ですし、彼が背負いこんだジムは逃亡者ですから、ハックはいつも人目に触れないように、いわば消極的な生き方をしていました。ところが、その生き方が転換を迫られることになる。王様と公爵にジムを奪われ、売り払われてしまうのですね。ハックは、こうなったらむしろジムの本来の主人にことの次第を報告すべきではないかというふうに、人間――南部の人間ですけどね――としての良心に責めさいなまれる。ここのところが、衆目の認める、この作品のヤマ場です。が、結局、彼はそんな良心よりも、人間の根源的な感情に従うのです。「よし、そんなら、おらは地獄へ行く」All right, then, I'll go to hell. といって、ジムの救出に赴く。大人の常識的な良心よりも純粋で無垢な感情の方に積極的に躍り出るこの行為が、「地獄へ行く」ことであるという認識は、アメリカ社会に対するたいへんなアイロニーであるわけですが、とにかくこのようにして、ハック・フィンは人間として成長するわけです。

では、その結果はどうなったか。ナンセンスに終ってしまいました。悲壮な覚悟で救出に行ったら、ジムがつかまっている先方の家はトム・ソーヤの親戚であって、おまけにそこへちょうどトム・ソーヤ本人が訪ねてくる、なんてことになる。しかもトムは、例によって彼の読んだロマンスを権威として、いろいろばかげた手続きを経ながら、ジムの救出を助けてくれようとする。ハックには、respectable な少年のトムがどうして「地獄へ行く」行為を助けてくれるのか、不思議でならなかったのですが、その理由も最後に分かる。ジムの本来の主人はもう死んでしまい、遺言状でジムを解放していた、というのです。つまり、一篇の書類がジムを自由にしていたのです。こうでもしなければ作者は物語に結末がつけられなかったのでしょうけれども、ハックの悲壮な決意も努力も何の意味ももたなかった、ということになります。

探求こそが自由の証明

では、ハック自身の自由はどうなったのか。彼はジムがとらえられていた家でふたたび養子にされ、「文明化」されそうになり、「おらは……インディアン地区へ逃げ出さなくちゃなるめぇ」と考えるところで作品は終ります。つまり、自由な生は見つからなかったわけで、ハックは元の木阿弥、ふり出しに戻ってしまったのです。

すべては虚《むな》しかった、ということになります。しかし、ここまで我慢して私の話を聞いてくださった方は、腹の中で、ちょっとおかしいよ、と思っていらっしゃるんじゃないかしら。『ハックルベリー・フィンの冒険』は、そんな重苦しい調子の本じゃないよ、とお考えでしょう。まさにその通りです。ハック・フィンの自由の探求は、目的を成就しなかった。それはそうなんですが、彼はすでに述べたような両岸の世界との対決をくり返すうちに、消極的な生を積極的な生に転じ、自分本来の無垢な感情に殉じようという選択をすることによって、人間的な成長をしました。つまり、果敢な探求を続けること、それ自体によって、自己の存在の自由を証明したともいえるんじゃないか。しかも、その探求の有様を、ハック・フィンはアメリカの土着的な言葉――形式に束縛されない自由な言葉――で、おおらかにのびのびと表現しています。そこには、ものすごい躍動感があります。その力によって、じつはきわめて現実的なハック・フィンが神話のヒーローの相貌をおびさえします。ですから、作品には、テーマの展開の点では暗いムードが支配しますけれども、人間性の表現という点では鮮烈な明るさがある。まわりが暗ければ暗いほど、その明るさはかえって読者の心を輝かす、ということもいえましょう。

マーク・トウェインは、当然、この作品の後もハックルベリー・フィンに自由の探求を続けさせました。彼は『ハックルベリー・フィンの冒険』を仕上げるとすぐに、その結末を受けつぐ形で、「インディアンのなかのハック・フィンとトム・ソーヤ」という作品を書きはじめました。インディアンこそ無垢なる自然人であり、その中でなら自由は実現する、というハック・フィンの思いがあったわけですね。しかし——マーク・トウェインにはどうもインディアンへの差別感があったようで——ハックはインディアンの中で自然人の残忍さに出会い、深い絶望にとらわれてしまい、作品は挫折します。それから、トウェインは主人公を別の少年に換えて、自由の探求を続けさせます。その努力は、彼の未完の遺稿を整理した形で出版された『不思議なよその人』（一九一六年出版）まで続きます。しかし遺稿をそのままの形で出した『四十四号——不思議なよその人』（一九六九年出版）を見ると、結局、自由の探求は成就しようがなくて作品は挫折したと思わざるをえない、最晩年の作家トウェインが、人間の自由について深い疑惑にとらわれていったことは否定するのが難しいようです。

これには、十九世紀末葉のアメリカの状況も大きく関係していたでしょう。一八九〇年に、合衆国政府はフロンティア・ラインの消滅を報告しました。厳密にいうといろいろ難しい事柄なんですが、一口でいえばあのナッティ・バンポーが『開拓者たち』の最後で目指して行ったような西部の「荒野」、あるいはハック・フィンが脱走して行こうとした「インディアン地区」が意味したような「新しい楽園」が、存在を失ってきたということです。「文明」が「自然」を圧倒し、機械が獣性を発揮するようにもなってきました。こういう状況で、人間の自由を確認し、自由な生の姿を実現することは、ますます困難になってきたわけです。

しかし、そうなればなるほど、困難な状況での人間の自由の可能性を探求し、表現することが、文学者の使命となります。ハック・フィン、あるいはマーク・トウェインのあとを受け継いで、二十世紀のすぐれた作家たちはその試みに挑戦した。というより、むしろその努力こそが、アメリカの「近代文学」の大きな伝統となった。そしてその探求の努力そのものによって、アメリカ文学は「自由」を証明してきた。この意味では、先に引用しましたヘミングウェイの言葉は大いに的を射たものであったというべきでしょう。

二十世紀文学のハック・フィンたち

私は今日、じつはこれから先、二十世紀のアメリカ文学におけるハック・フィン的精神の継承者たちのお話をすることを、目指していました。しかしもう時間がなくなってしまいました。一気に突っ走ることをお許しください。

最初に注目したいのは、シャーウッド・アンダソン（一八七六—一九四一）です。彼はアメリカ文学に、まさに「近代」の精神と表現を導入した、二十世紀文学の先駆者です。そしてその「近代」は、ハック・フィンの精神と表現を受け継いで成り立った部分が大きいように私は思うのです。アンダソンの出世作『オハイオ州ワインズバーグ』（一九一九年）は、小さな田舎町にも形式張った文明が浸透し、自然の生命が失われて、現実的にも精神的にも挫折した人々の群像を描いています。それに続く『貧乏白人』（一九二〇年）は、そういう状況を間違った方向に突き破ろうとした若者の物語だといえそうです。主人公の少年時代は、明らかにハック・フィンを思わせる、伸びやかな自然児ぶりに描かれています。が、そういう生き方は「プア・ホワイトの屑」のすることだと教えられ、彼は勤勉力行、長じて発明家となり、機械文明に染まっていく町の繁栄に貢献する。が、気がついてみると、町の人々はみんな不幸に陥っているんですね。それで彼は、またあらたな脱出をはからざるをえないのです。

アンダソンのいちばんの問題作は、『黒い笑い』（一九二五年）でしょうか。作者自身を思わせる主人公は、シカゴでジャーナリストをしていたんですが、気取った妻や惰性的な仕事——つまり文明生活ですね——に嫌気がさし、ふいと職を去る。いわば脱走ですね。そして船でイリノイ川とミシシッピー川を下るんですよ——ハック・フィンのことを思い出しながらね。彼はそうやって自由な生き方を求めて放浪するんですが、なかなかそれは見つからない。生命力を失った白人たちを、黒人の「黒い笑い」が嘲笑っているかのように聞こえます。

二十世紀のアメリカ文学を代表するヘミングウェイもフォークナーも、このアンダソンの影響下に作家としての出発をしました。そしてヘミングウェイの、若きニック・アダムズを主人公とした初期の短篇小説群は、おもに北ミシガンの田舎地方を舞台にして、ハック・フィン的な無垢さをかかえた若者に現代の人生経験をさせている趣があります。フォークナーの、たとえば「熊」(一九四二年)と題する中篇小説になりますと、テーマそのものが自然と文明との対決を含んでおり、主人公の少年はその間を揺れながら無垢の生の行方を探るといえそうです(本書第12章「歴史に〝耐える〟力 荒野のフォークナー」参照)。

こんなふうにすっとび駕篭で走っていきますと、お前の話はむやみに何もかもハック・フィンに結びつけがちだと批判されるかもしれません。それで結構。いまはもう証明するのでなく、示唆することでご免こうむりたいと思います。私は二十世紀のアメリカ作家たちのもとにあった、根源的な衝動の方向、少なくともその大事な一つを示してみたいと思っているだけなのです。

J・D・サリンジャーの『ライ麦畑でつかまえて』(一九五一年)は、若者たちを熱狂させた作品ですが、ここでも、大学進学のための高校をはみ出してしまった十六歳の少年の主人公は、ハック・フィンの現代版の趣を濃厚に備えています。彼はミシシッピー川ならぬニューヨークを放浪します。彼もこの作品を当時の若者の俗語で語るのですが、物質文明のために真実の失われた世界を「まやかし《フォーニー》」とののしりながら、自然のままの自由と愛を求めていくのです。

同じ年に出たトルーマン・カポーティの『草の竪琴』は、アラバマ州の田舎町を舞台にし、権威づくの町の人々から逃れて、大きな木の上の小屋で自由に生きようとする五人の男女を、十六歳の少年が語る形で、牧歌的に描いています。文明に対抗する自然の擁護の意図は明らかで、絶妙な芸術派作家のカポーティにもこういう側面があったのかと、驚かされるくらいです。木の上の生活は、どう見てもハック・フィンの筏が連想されており、「木の葉の海に浮かぶ筏」などとも表現されています。

最後に、ノーベル賞作家のソール・ベローに一言触れて、この話を終ることにしましょう。彼の名を不動にした『オーギー・マーチの冒険』（一九五三年）は、題からして『ハックルベリー・フィンの冒険』を思わせますよね。おもな舞台はシカゴで、作者自身をモデルにしているらしい語り手で主人公の少年は、スラム街の現実にもみくちゃにされながら、自由に生きるための冒険を重ねます。ある商店主に「養子」にされかかりながら、その生活の不自由さを思って脱走したりもします。成長後、メキシコまで行って、自然の中に生き、文明の毒を払拭しようともします

——見事に失敗するんですけどね。

それに続く『雨の王ヘンダーソン』（一九五九年）では、オーギー・マーチの後身ともいえそうな五十五歳の主人公が、とうとうアフリカまで行って、文明の悪を克服し、自然の力を回復する

ことをはかります。ヘンダーソンは「雨の王」となり、「ライオンを自分自身の中に吸収して生きる」ことを学びもします。しかし、自然人たちの無知と獣性にも出会い、文明の世界に帰って来ざるをえません。

“I want.”の精神

これら、あるいはその他のいろんな作品においても、自由の探求が成就するわけではありません。どんなに文明を呪い、自然の方に走っても、自然は消滅していたり、拒絶反応を示したりして、文明を逃れるのは難しいのです。しかし、こういう矛盾対立する価値観の中で、右往左往しながらも自己のあるべき生をつかみ出そうとする探求の激しさは、アメリカ文化の力の根源であり、またその努力の果敢な表現が、アメリカ文学の魅力の大きな部分になっているのではないでしょうか。ヘンダーソンは、いつも“I want. I want.”と思い続けています。本当のところ、何をwantしているのか、彼自身にもよく分からぬ。アメリカは、現在も正体不明のwonderに満ちているのですね。しかしこの“I want.”の精神こそが、アメリカ文学の伝統をつくっているのではないでしょうか。私はそういう“I want.”の気持ちに惹かれてアメリカ文学を読み続けているようだと申し上げて、この拙いお話を終らせていただきたいと思います。

第11章　新しい「驚異《ワンダー》」の物語

アメリカ文学と妖精

妖精の育たぬアメリカ

この席は、イギリス・ロマン派の文学を専門とする方々の集まりです。私はといえば、アメリカ文学の勉強に従事してきたものです。かつて私は、イギリス・ロマン派の詩を「豪華な花園」にたとえ、アメリカのそれを「荒野に点々と咲く花」と呼んだことがあります（『アメリカ・ロマン派詩選』一九八二年）。何となく情けない。が、そういう荒野の花も面白みがないわけではありません。そんなふうに気張ってみて、イギリス文学の花園に独特の美しさを加える妖精が、アメリカ文学の荒野ではどうなるか、その有様を語ってみたいと思います。

しかし、こうは申してみても、アメリカの妖精の実態はやはり情けないのです。イギリス文学で妖精が大きな役割を演じてきたことは、アーサー王伝説からチョーサー、シェイクスピアを経、ロマン派文学までをちょっとのぞけばすぐ分かります。児童文学の世界ではますますそうです。だがアメリカ文学では、少なくとも十九世紀の末まで、妖精はまことにこそこそと登場するだけでした。というより、むしろ積極的に排除される傾きがありました。

その原因は明瞭です。第一は、精神風土のためでしょう。妖精は異教的なものであり、ピューリタニズムは異教を厳しく斥けました。妖精を生む力となったのは人間のファンタジーでしょうが、ピューリタンにはそれも、神の秩序を乱すものとして、警戒の対象でした。要するに、ピューリタン的伝統の強いアメリカでは、妖精の入り込む余地は少なかったのです。

第二に、自然風土も関係すると思われます。妖精が生まれ、育ち、生きるには、森や川がある種の「うるおい」をもってひろがっている環境が必要でしょう。それがあって、妖精へのファンタジーも強まるような気がするのです。ところがアメリカの自然は広漠として殺伐。十八世紀中頃の数少ないアメリカの詩人の一人マザー・バイルズ（一七〇七―八八）は、自分の師とするイギリスの詩人アレグザンダー・ポープに、アメリカには『ウィンザーの森』（一七一三年）に描かれたような美しい自然がないことを嘆き、自分にすぐれた詩の書けないことの弁解としたものでした。

それからもう一つ、生活風土も影響するのでしょうね。歴史家のヘンリー・スティール・コメジャーは、児童文学に言及しながら、「アメリカの経験は途方もなく豊かだったので、フェアリー・テール（妖精物語、お伽話）に逃げ道を求める必要がなかった」（『アメリカの精神』一九五〇年）と述べています。「必要がなかった」のではなく、「余裕がなかった」のだと私は思います。いずれにしろ、広い意味での開拓事業に取り組んできたこの国では、実生活と密着した文学が主流となってきたといわなければなりません。

このほかにも、たぶんいろんな原因があったでしょう。が、要するに、アメリカ文学では妖精はうさん臭い邪魔者だった。私はかつて、植民地時代からマーク・トウェイン時代までのアメリカの児童文学の歴史を調べたことがあります（亀井俊介・私市保彦編『世界の児童文学』一九六七年所収「アメリカの児童文学——よい子といたずらっ子の系譜」）。その歴史にあふれているのは、ピーター・パーレーことサムエル・グッドリッチ（一七九三—一八六〇）の自伝の言葉を借りれば、「仙女や巨人や単なる空想の産物たる怪物など」に対する烈しい敵意でありました。

それでも妖精はいた……が

それでも、妖精がまったくいなかったわけではありません。まさにロマン派精神がそれをもたらしたのです。私は前記の文章を書いた後、その妖精発見の思いを「アメリカにも妖精がいた」

(拙著『バスのアメリカ』一九七九年)という戯文にあらわしました。一九七三年、私はニューヨーク市からハドソン川沿いに七十マイル余りさかのぼったポーキープシーという町で勉強していたのですが、この川のまるで夢見心地の美しさに驚嘆、絵画ではその美を荘厳に描いて気を吐いたハドソン・リヴァー・スクールと呼ばれる一派がいたところから、文学にもそれに呼応する作家たちがいるはずだと思い、あちこち探して読みました。そしてすぐジョーゼフ・ロドマン・ドレイク(一七九五―一八二〇)の『罪ある妖精』(一八三五年)という作品に行き当たったのです。

ドレイクはニューヨーク市に生まれ、医学を学んで薬屋になり、かたわら詩を書いた人ですが、一八二〇年、二十五歳の若さで結核のために死んだ――それだけのためにアメリカではキーツに比べられるんですから、この荒野の国はすさまじいですね。しかし詩魂も詩才もあった。一八一六年、やがてアメリカ小説界の大御所となるフェニモア・クーパーや詩人で親友だったフィッツ=グリーン・ハレック(一七九〇―一八六七)らとの集まりで、アメリカの自然にはスコットランドのようなロマンチックな美が欠けているといった議論を聞かされ、大いに反発、三日間で書き上げたのがこの詩だそうです。ただ当時のアメリカでは発表の手段がなく、ようやく死後に出版されたのでした。

全三十六節、六百三十九行の物語詩。弱強四歩格を基調とし、対句《カプレット》で韻を踏んで、キチンとした形ですが、内容はなかなか幻想的です。夏の夜のハドソン川の美しい情景から始まって、真夜中、妖精の活動する時間になるのですが、その一人が人間の娘を恋するという罪を犯してしまい、妖精の王から償いの旅を命じられます。海面にはねるチョーザメからしたたる水滴と、流れ星から発する光の末端をとってくるという旅です。罪を負った妖精がその使命を果たし終わり、夜明けが来るとともに、妖精たちは姿を消します。

これは、それまでのアメリカ文学になかった華麗さをたたえた作品といってよいでしょう。人間の娘に妖精がまといつく個所は、ほんの数行ですが、かすかにエロティックでもあります。そしてそれまでアメリカ詩に氾濫していた宗教性や道徳性は見事に脱しています。これは、ウィリアム・カレン・ブライアント（一七九四―一八七八）の「死の想い《サナトプシス》」（一八一七年）などと並んで、アメリカ・ロマンティック詩の曙光をつげる一篇だと、私は評価したいように思います。妖精をアメリカの風土に生かすことを思いついたことによって、これだけの詩業がなしえたわけですね。

しかしながら、この詩には、妖精そのものの美しさはまったく表現されていないのです。妖精の心の動き、身のこなしの wonderful さといったものも、まったくない。ただ表面的にファンタジーがくりひろげられるだけです。妖精自体は内面的に生きていない。内容全体にも、人間の生に連動する深みがないといわなければならないような気がします。

空虚なアメリカの妖精たち

そしてドレイク以後、妖精をアメリカに生かし、育てようとするたぐいの真剣な文学的努力は、どうやら続かなかったようです。もちろん、たとえばエドガー・アラン・ポー（一八〇九―四九）には「妖精の島《フェアリーランド》」（一八二九年）という詩があります。しかしこれは、月光の幽玄な美を表現するために、その光の降り注ぐ地上を妖精の島にたとえただけで、妖精そのものはまったくうたっていません。ロマン派の詩人たちは、しばしば妖精を比喩的表現に用いました。ヘンリー・ソロー（一八一七―六二）は「本なんか捨てちゃいたい」（一八四二年）という愛すべき詩で、本なんか抛ってしまい、驟雨にずぶぬれになって喜ぶ自分の姿を、「ビーズ玉の上衣を着て浮かれ歩く妖精」にたとえています。しかし、妖精文学と呼べるようなものの展開は見られない。

妖精を積極的に導入したのは、やはり児童文学の世界でしょうね。ピューリタニズムの圧力が衰え、世俗化した社会で日常と異なるものへの関心が高まってきた十九世紀中頃、特に南北戦争後、その兆候が現われてきます。ルイザ・メイ・オルコット（一八三二―八八）の『花の寓話集』（一八五四年）はその先駆となりました。これは彼女が一八四八年、十六歳の時、コンコードの近所の子供たちに語った妖精物語十六篇を集めたものです。しかしそれぞれの妖精が道徳の化身となって活動する教訓話が中心で、やはり、未熟な少女の手になるお伽話といわなければならない。オルコットは生涯、妖精物語を書き続けましたが、彼女の本領は『若草物語』（一八六八―

六九年）以下の、もっと人生に密着した内容の作品でしょう。

フランク・R・ストックトン（一八三四―一九〇二）の『テインガリング物語』（一八七〇年）は、表題の名の妖精を主人公とした短篇集ですが、退屈さは同じです。作者は妖精を「現実の世界」に生きる者のように行動させようとしたと述べています。その点では「アメリカ的」というべきなんでしょうが、その結果、「妖精的」な夢が貧困になってしまっているのです。パーマー・コックス（一八四〇―一九二四）は『ブラウニー族――彼らの本』（一八八七年）以下、九冊のブラウニー物を出しました。ブラウニーはスコットランドなどでよく知られた妖精の種族です。しかしコックスは、やはりその活躍話に教訓をつけたりして、妖精を妖精らしく生かすことができませんでした。

こういう児童文学の妖精物語に共通しているのは、妖精がアメリカの風土に生きていないということです。どこか空虚な世界に生かされている。そのため彼らの風姿にも行動にも妖精なりの現実感がなく、安易さが作品を支配しているように思えるのです。

アメリカ人の wonder の産物

イギリス文学で妖精が大きな役割を演じたのは、イギリス人が自分たちの世界に何らかの wonder（驚異）を感じたからでしょう。ではアメリカ人は、そういう wonder の感覚がなかったのか、というとそうではない。先住民のインディアンを別にすれば、アメリカ人はみなよそ者ですから、未知の大陸にたいへんな wonder の気持ちを抱いたといえるのではないか。実際、彼らは現実を越える人間ないし生き物の存在に空想をくりひろげてきました——ただ、コメジャーのいう「アメリカの経験」をもとにして、そうしただけなのです。

だから、イギリス風の妖精は発達しなかったけれども、それに代わって、アメリカの風土に合った「妖精的なるもの」がこの国に育つことになった、と私は思います。その一つの例が、ジョエル・チャンドラー・ハリス（一八四八—一九〇八）が『アンクル・リーマス——その歌と話』（一八八一年）以下の「アンクル・リーマス物」で語った動物物語の主人公たちでしょう。これは黒人の民話をもとにしているそうですが、体の小さく力の弱いウサギどんが、大きくて強いキツネどんを徹底的にやっつける話が次々と展開しますね。もちろん、ウサギどんには黒人のおかれた現実が反映しており、その活躍に彼らの夢が託されているわけです。アメリカ的な土壌における、人間の生の営みへの洞察もみなぎっています。

人間そのものの活躍が、wonder の感覚をもって、さらにファンタスティックに語られることもあります。アメリカの民話のヒーローたちの物語がそれです。ダニエル・ブーン（一七三四—一八二〇）、マイク・フィンク（一七七〇?—一八二三?）、デイヴィ・クロケット（一七八六—一八三六）らは、もともと開拓の歴史と結びついた実在の人物ですが、とんでもない誇張話《トール・テール》によって、この世の驚異と化しました。たとえばクロケットは、連邦議員となってワシントンに赴く時、こんなふうにわめいたことになるんです――「おれは奥地から出てきたばかりの、あの有名なデイヴィ・クロケット。半身は馬、半身はワニ、スッポンの血もちょっぴりまじってるぜ。ミシシッピー川を踏みわたり、オハイオ川をひとまたぎ、稲光りにとび乗ったり、サイカチの木をすり傷ひとつ負わずすべっておりることもできるんだ。」ジョン・ヘンリーやポール・バニヤンとなると、もともと架空の人物ですから、さらに自由奔放に空想がくりひろげられ、アメリカ大陸せましと活躍することになります。

これらの民衆ヒーローは、小柄で、人目に触れにくく、夜明けとともに姿を消してしまう妖精と違って、巨大で（ポール・バニヤンなどは文字通り雲つく大男です）、むしろ積極的に自分の存在を主張したがり、人間的な欲望を生々しくくりひろげます。私は彼らの姿をかつて細かく検討したことがあります（拙著『アメリカン・ヒーローの系譜』一九九三年）ので、ここではこれ以上の紹介を省きますけれども、要するにアメリカ人好みの wonderful な存在であったといっていいように思います。民話や民謡だけでなく、彼らを登場させる文学作品も無数に作られました。イギリスの妖精とは基本的な性格が正反対ですが、こういうのがアメリカの「妖精的なるもの」だったんじゃないかしら。

『オズの魔法使い』の世界

こんな話をし始めますと、あいつ、自分の好きな分野にわれわれを引きずり込みおって、というご不満を抱かれる方が大勢おられましょう。話を妖精物語に戻します。アメリカ文学でフェアリー・テールとして広く世界に認められたのは、十九世紀の最後の年に現れたL・フランク・ボーム（一八五六―一九一九）の『オズのふしぎな魔法使い』（一九〇〇年）を嚆矢とします。で、あとは時間の許す限りこの作品のことを話しましょう。あらかじめいっておきますと、これもじつはイギリス風の妖精とはたいそう異なる妖精の物語です。

ボームは明らかに「アメリカ的な」フェアリー・テールを目指しました。「序文」でこう述べるのです。「健康な子供」は、「ファンタスティックで、信じがたく、どう考えても現実のものでない物語に対して、健全で本能的な愛」をもつものだ。しかしいまや「型にはまった魔神 genie や小人 dwarf や妖精 fairy は、恐ろしい教訓を押しつけるために作者がでっち上げる血も凍るような恐怖の出来事とともに抹殺され」、「新しい〃ふしぎな物語〃 wonder tale が作られるべき時期に来ている」というのです。ではその「新しい」とはどういう意味か。ボームはこの作品の翌年に、『アメリカ的フェアリー・テール集』（一九〇一年）という短篇集も出しています。その両者を考え合わせますと、「新しい」と「アメリカ的」とは同義語ということになります。ではその「アメリカ的」とはどういうことか。

主人公のドロシーは、サイクロンに吹き上げられて不思議の国に舞い下り、さまざまな冒険をします。誰しも感じるのは、ルイス・キャロルの『ふしぎの国のアリス』（一八六五年）との類似でしょう。実際、ボームは『オズ』を書く前に『アリス』を読んでいました。『オズ』を出す少し前に、『新しいふしぎの国』（一九〇〇年）という短篇集を出してもいます。だから自然に、発想やストーリーにおいて『アリス』との類似も生じたのでしょうが、むしろ両者の相違を検討することによって、『オズ』の特質がはっきりしてくると思います。まず、不思議の国の体験をするヒロインのアリスとドロシーを比べてみましょう。

アリス（七歳）は姉さんと「土手」にいて眠ってしまい、夢の中で兎の穴にすべり込みます。家族のことや生活の状況はまったく語られません。ドロシー（五歳くらい）は「広大なカンザス草原の真中」に、農民である叔父、叔母と住んでいました。その小さな家の有様もきっちり語られます。不思議の国での冒険中、アリスは地上や家に帰りたいと思うことがほとんどありません。ドロシーは、オズの国を「魔法使い《ウィザード》」が支配していることを知ると、ここは「文明国」ではないと覚り、「カンザスに帰りたい」と口ぐせのようにいいます。ドロシーは、つまり、アリスと違って現実の世界の子で、土着性が強いようですね。

アリスは兎の穴に落ちていく間、何の恐怖も感じません。のんびりとあたりを見まわし、いろんなことを考えますが、積極的な行動は何もしない。ドロシーはサイクロンによって家ごと運ばれる時、はじめは恐怖に襲われますが、家から落ちそうな子犬を助けたりし、大丈夫だと見きわめてからは、落ち着いて結果を待ちます。アリスは腹がすくこともないようです。物を食ったり飲んだりして、体が大きくなったり小さくなったりしますが、空腹を癒すためにそうしたのではありません。ドロシーは腹をすかせ、自分で食事を作ります。カンザスに帰るためにはオズの魔法使いに会わなければならないといわれると、弁当を作ってそのための旅に出かけます。現実的なヤンキー・ガールです。

その他の登場人物はどうか。アリスが出会うのは、最初の兎から、水タバコをくゆらす青虫、笑いだけをあとに残して消えるチェシャー猫、あるいは「首をちょん切れ！」と叫び続けているハートの女王まで、どれも常識を解体させ、ノンセンスに従っている者たちです。これに対して、ドロシーの仲間になるのは、「ファンタスティックで、信じ難く、どう考えても現実のものでない」けれども、いわば人間的なセンスの世界にいる者たちです。案山子《スケアクロウ》は頭脳がほしいとい い、ブリキの木こり《ティン・ウッドマン》は心がほしいといい、臆病《カワードリ》なライオンは勇気がほしいという。つまり知情意を求める者たちなのです。

目指す相手の魔法使いは、「ただの普通の人」で、「ペテン師」であることが分かります。彼はオマハに生まれ、腹話術師になり、気球に乗ってここまで来たのでした。このほかに、いろんな魔法使い《ウィザード》や超現実的な生き物も登場します。だから、たしかにこれはフェアリーランドの物語ではあるのですが、中心になる人物たちには人間的な合理性が与えられ、それに基づく感情や行動がストーリーを作っています。

そして『オズ』では、解決もまた極めて人間的なのです。ドロシーの三人の仲間は、それぞれほしいと思っていたものが、じつは自分にすでに備わっていたことを覚ります。自己をよく知ることによって、彼らは成長するわけです。ドロシー自身もまた、魔法使いが気球で去って行ってしまったものですから、自分でカンザスに帰る努力をします。その時、自分の履いていた銀の靴でそれができることを覚る。つまり、自己の力を発見することで解決を得るのです。

「生」に真剣なアメリカの妖精たち

『アリス』も『オズ』も、フェアリーランドにおける子供の冒険を語るファンタジー小説です。ただし『アリス』には、センスを壊してノンセンスを構築し、日常的な意味に揺さぶりをかける面白みがあります。子供の読者がそれをどこまで理解するか、私にはよく分かりませんが、学者・知識人は、言葉の遊びや、価値観の逆転や、深層（心理）の分析に無限の楽しみを見出すようです。『オズ』は、そういう操作や分析に耐えられぬ作品です。単純なストーリーで、価値観は日常的。表現は時にトール・テールを入れ、ノンセンスな面白みに迫ってもいますが、全体的には平板です。一言でいえば「まじめ」な児童文学であって、まさに荒野に咲く花のような素朴な物語です。しかし、ドロシーやその仲間（「アメリカ的」な妖精たち）の「生」に対する真剣さは、確かに「新しい」wonder taleをつくっているといえるでしょう。

こういう「生」に対する真剣さは、この作品にいくつかの社会的な意味づけをする「解釈」をもたらしました。たとえばヘンリー・M・リトルフィールドという人は、『オズ』の出版当時盛んになっていたポピュリズム（人民党の運動）と結びつけて、こんな主張をしています（"The Wizard of Oz: Parable on Populism," *American Quarterly*, 1964）。案山子は農民、ブリキの木こりは産業労働者、臆病なライオンは人民党の大統領候補であったウィリアム・ジェニングズ・ブライアンをあらわし、ドロシーの銀の靴は人民党の政策であった銀本位制度を象徴する、というのです。私は、これは強引な「解釈」が文学の味わいを損ねてしまう典型的な例だと思います。しかし、この作品でカンザスの農民の貧しさが何度も言及されていることには、十分な注意を払うべきでしょう。

くり返しますが、ボームはこの作品をフェアリー・テールと考えていました。そして、イギリス文学から見ればずいぶん異質なフェアリーというべきですが、アメリカの妖精はこの作品によってようやく市民権を確立したようです。二十世紀に入りますと、今ふと名前を思い出すだけでも、詩人ではカール・サンドバーグ（一八七八―一九六七）、小説家ではウィリアム・フォークナー（一八九七―一九六二）など、第一級の文学者が妖精物語を試みることになります。児童文学の世界ではいうまでもありません。そしてそこに登場する妖精には、一見してイギリス風の妖精も少なくない。しかしやはり、荒野に点々として咲く花のような、懸命に大地に根を下ろして自己を示そうとする、「生」に真剣な妖精が多いような気がします。私は豪華な花園を愛する気持ちでは人後に落ちないつもりですが、こういう荒野の花も愛したい気持ちを述べて、このお話を終えたいと思います。

第12章 歴史に「耐える」力 荒野のフォークナー

シンプル人間のフォークナー

私はウィリアム・フォークナーについて、専門的なことは何も知らない人間です。少しは作品を読み、偉大な作家だと理解はしているつもりですが、フォークナー文学に深入りしようとはあまり思わないできました。私はシンプルな人間で、小説なら血わき肉おどる作品が好きなんですが、フォークナーの小説は内容も表現も複雑で、なかなか血も肉もおどらない――頭も含めて、全身がしずまり返るんですね。

が、よんどころない事情によって、フォークナー専門家の集まりである日本ウィリアム・フォークナー協会で、フォークナーについてお話しなければならなくなったのです。私は運命に「耐える」よりほかありません。ただし、いまさらフォークナー流、あるいはフォークナー学者流の、屈折した思考や表現の真似などできるはずがありません。私はシンプルな素人に徹することにいたします。で、そのシンプルな観察ないし考察をするために、私はフォークナーをシンプルな人間にふさわしい場所、荒野の中に引き寄せて、お話してみたいと思います。皆さんにはもう分かりきったことばかりしゃべることになるに違いありませんけれども。

荒野とアメリカ文学

フォークナーは若い頃から、フランス作家オノレ・ド・バルザック（一七九九—一八五〇）を愛読していたそうですね。フォークナーの作品群「ヨクナパトーファ年代記《サーガ》」は、しばしばバルザックの「人間喜劇」と比べられるようです。そういわれてみると、たしかに両者は、普通の「人間」の生活、風俗、感情を委細をつくして描きながら、その集団たる社会の「生きた」歴史を展開してみせる点で共通しています。

しかし、もちろん、両者の違いも大きい。バルザックが扱うのは、大革命直後から二月革命直前にいたる、およそ半世紀のフランスです。登場人物は二千人に及ぶといいます。フォークナーが扱うのは、地理的にはずっと狭い。アメリカ南部の一つの州の一つの郡にすぎません。登場人物もすっと少ないでしょう。ただし、扱った時代は長い。かりにトマス・サトペンがヨクナパトーファ郡に現われた時を一つの区切りとすると、一八三三年がその始まりですが、この地の有力者になるコンプソン家の祖のジェイソン・ライカーガス・コンプソンが、チカソー・インディアンの首長イケモトゥべから一マイル四方の土地を手に入れた時を区切りとすれば、一八一一年頃ということになります。そして下限のほうは、いくつかの作品の内容が第二次世界大戦後に及んでいます。したがって、「サーガ」はおよそ一世紀半に及ぶ物語といえるでしょう。

この事実から、バルザックとフォークナーとの間の、もう一つの重要な違いが浮かび上がってきます。それは、バルザックの「人間喜劇」が基本的に近代市民社会の物語であるのに対して、アメリカの南部を舞台とし、その歴史を長い期間にわたって見通そうとするフォークナーの「サーガ」は、その中に「荒野」の要素をかかえ込んでいるということです。

ところで、フォークナーがバルザックを愛読していたと同様に、バルザックもあるアメリカ作家を愛読していました。ジェイムズ・フェニモア・クーパー（一七八九―一八五一）です。バルザックがウォルター・スコット（一七七一―一八三二）から多くのものを学び取ったことは有名ですが、アメリカのスコットといえるクーパーをも彼は歴史小説のモデルとしていたらしい。しかしまた、ここで、両者の文学の違いの大きさにも注目せざるを得ません。クーパーの小説（とくに「レザーストッキング物語」）には大きくひろがっていた「荒野」の要素が、バルザックの小説では欠落していると思われるのです。

バルザックと比較することにより、フォークナーはクーパーと「荒野」性によって結ばれることになります。フォークナー自身、やはり若い頃から、クーパーのインディアン小説を愛読していたようですね。その詳細は、専門家の皆さんのほうがお詳しいでしょう。

ところで私としては、素人の観察で、この二人の間にもう一人、マーク・トウェイン（一八三五―一九一〇）をおいてみたくなります。マーク・トウェインがクーパーのロマンスを滅多切りに批判したことはよく知られていますが、そうしたくなるほど彼はクーパー文学に親しんでいたというのが私のひそかな推測です。そのマーク・トウェインを、フォークナーはやはりよく読んでいた。いや、たとえばシャーウッド・アンダーソン（一八七六―一九四一）などを仲介として、マーク・トウェイン文学はフォークナー文学の培養土の一部にすらなっていたのではないかと私は思いたいくらいです。

ただし、こうしてアメリカの代表的な三人の作家が「荒野」ということで結びつくとしても、それぞれの作家の荒野との関係はさまざまです。クーパーが『開拓者たち』（一八二三年）の舞台とした一七九三年のクーパーズタウン（作品中ではテンプルトン）は、ニューヨーク州の辺境で、まさに荒野の真っ只中にある原初的な集落でした。マーク・トウェインが『トム・ソーヤの冒険』（一八七六年）や『ハックルベリー・フィンの冒険』（一八八五年）で描く一八四〇年代のハンニバル（セント・ピーターズバーグ）は、もはやフロンティアの集落ではない。人口たぶん千人を越す、なかば文明化した村です。トウェイン自身はというと、この村を出て西部の果てのネヴァダの文字通りの荒野の中で作家になり、しかもやがてニューヨークやハートフォードという東部の都会に移って文明生活をエンジョイしながら、トムとハックの物語を書いた。彼の意識は、距離的にかけ離れた荒野と文明の間を忙しく行ったり来たりしていたように思われます。ところがフォークナーのヨクナパトーファは、一つの郡であり、原初的な集落も、文明化しかけた村も、小なりとはいえ都会も含んでおり、それが長い時間によってつながっていて、作者はその総体を歴史的に生きようとしていた。こういうことは、当然、彼らの文学に濃厚に反映せざるを得ません。

偉大なアメリカ小説の伝統の一つは、その中に「荒野」が生きていることだと私は思いますが、その生き方は時代や地域によってさまざまなのであります。

三人三様の荒野との関係

フェニモア・クーパーがつくり出した『開拓者たち』のナッティ・バンポーは、ひとり自然人として生きていたのに、テンプルトンを文明化しようとする動きに巻き込まれ、最後に「わしは荒野むきにできている」といって、またひとり西部へ去っていきます。彼は現実に文明化していくアメリカでは生きられなかったけれども、高貴な自然人としての彼のイメージは、現実を越えた神話的なロマンスの世界で生き続けることになる。無限にひろがる荒野が、そういうロマンスを可能にしたともいえます。

マーク・トウェインがつくり出したハックルベリー・フィンは、ナッティ・バンポーの自然人性を受け継ぎながらも、もっと文明化したセント・ピーターズバーグ育ちであり、現実の社会の中に自分の荒野人的な存在の自由を見出そうとします。しかし「ごっつう自由で、のんきで、気楽な」境地は、筏の上にしか見つかりません。彼はマーク・トウェイン自身と同様、いわば荒野と文明の間を行ったり来たりしながら、自分の存在の場を探し続けます。その果敢な右往左往ぶりが、マーク・トウェイン文学のダイナミズムであり、魅力の源だと私は思います。ハックにそういう探求を可能にさせた要因の一つは、一方で発達してきた文明社会と、他方でまだひろがりを残している荒野との、現実的な存在感でありましょう。

さて、フォークナーの文学は、「荒野」を内にかかえていたとはいえ、それをどのように生かしているか――これが私の関心事であります。地方の名家に長男として生まれ、五歳の時から地方の中心地のオックスフォードに住み、子供の時から内外の小説に親しみ、大学にも通ったフォークナーは、どちらかといえばクーパーの生い立ちに近いようですが、二十世紀の彼の生活環境はもう原初の大自然からへだたっていて、クーパーのように荒野の神話的ロマンスを大規模に展開する状況にはありませんでした。ではマーク・トウェインのように、ちっぽけな故郷の村を出て荒野と文明の間を駆けめぐり、ハック・フィン的なイノセントな人物にダイナミックな冒険をさせることができたかというと、彼の置かれた状況は閉ざされすぎていました。活動的な文明の世界は遠く、荒野の世界はすでにひろがりを失っていました。そして南北戦争後の南部の物質的、精神的な荒廃は、彼に重くのしかかっていました。

では彼は、「荒野」に背を向けていたかというと、どうもそうではなかった。ずいぶんせばまってしまったとはいえ、まだ荒野と呼ぶべき原生林が彼の故郷の近くに残り、フォークナーは後年までそこでの猟を愛していたといいます。彼の歴史意識の中には、こういう荒野がもっとひろがりをもって展開していたように私には思えます。それを彼は現在の状況と結びつけて、作品の中で、精神的に、また芸術的に生かしたのではないか。その有様を、私は見てみたいのであります。

ヨクナパトーファ郡の荒野

私は「ヨクナパトーファ・サーガ」をきちんと調査したわけではありませんので、まことに頼りないことしかいえないのですが、時々、不思議な思いにとらわれることがあります。郡庁所在地のジェファソンは、『響きと怒り』（一九二九年）の時代には、小さいながら都会のはずです。

しかしベンジーはここでよく「木の匂い」をかぎます。しかも、ジェファソンのモデルとなった実在の町オックスフォードにはミシシッピー大学が隣接しているそうなんですが、小説では、この大学がジェファソンから時には四十マイルも離れた所、ひょっとしたら郡の外にあることになっています。大学が引き離されたことに呼応するんでしょうか、ジェファソンの町にはどうも本当の意味での知識人が見つけ難いような気もいたします。町全体がどうもプリミティヴです。実際のオックスフォードを知らない人間がいうのはおこがましいことなんですが、小説中のジェファソンには荒野の中の町の雰囲気が実際よりも濃くされているような気がしてなりません。ジェファソンの外になりますと、荒野の雰囲気はさらに強調されることがあるのではないでしょうか。ジェファソンの南東二十マイルで、郡の南端に位置するフレンチマンズ・ベンドは、『死の床に横たわりて』（一九三〇年）の頃には一つの集落だったんでしょうが、バンドレン一家の周辺には社会的な営みを感じさせるものはまことに乏しい。この一家が豪雨で増水した所を渡るヨクナパトーファ川は、自然の力のすさまじさを感じさせます。そしてフレンチマンズ・ベンドからジェファソンまでの途方もない遠さ――これはもうこの作品のテーマにもつながる問題ですね。

郡の北の端を流れるタラハチ川、そこに近いサトペンズ・ハンドレッドについても、私は同じような印象をもちます。サトペンズ・ハンドレッドはジェファソンからわずか十二マイルとされていますが、とてもそんな感じがいたしません。『アブサロム、アブサロム!』(一九三六年)に描かれた時代では、まるで独立した無法の世界のように見えます。

ヨクナパトーファ郡のモデルとなったラファイエット郡は、実際には六百七十九平方マイルの広さだそうですが、フォークナーは自作のヨクナパトーファ郡地図で、これを三・五倍の二千四百平方マイルにしています。私にはこの拡大が、ジェファソンのまわりの土地の荒野性を高めることにつながっているような気がいたします。これはまあ素人の推測であって、皆さんには簡単に否定されてしまうかもしれません。しかしヨクナパトーファ郡に全体として荒野の雰囲気が濃厚にさせられているということは、否定し難いのではないでしょうか。

もしそうだとすれば、フォークナーはなぜそうしたのか。理由はいろいろあるでしょう。ひとつには、そのほうが人間の原初的な欲望をくりひろげさせるのに容易だからだと思います。またひとつには、そのほうがそこに出現してきた文明世界の歪みを強烈に描き出すことができるからかもしれません。荒野とは、つまりまだ秩序の確立していない世界。その雰囲気のもとでは、文明らしいものが出現してきても、『サンクチュアリ』(一九三一年)のポパイのような歪んだ人間が横行しやすいのです。

ところで、しかし、いままで述べてきたのは荒野の雰囲気にすぎません。文字通りの荒野というか、原初的な自然そのものは、しだいに文明に追いつめられて、タラハチ川の西側、ミシシッピ川との間のデルタ地帯に最後のひろがりを見せているだけでした。その一部を舞台にしたのが中篇小説「熊」（一九四二年）であって、これこそがフォークナーの「荒野」小説といえるものでしょう。私はこの作品における荒野の意味を検討したいのですが、この土地はもとトマス・サトペンの所有地だったことになっていますので、まずサトペン一家の物語『アブサロム、アブサロム！』を、いささかでものぞいておきたいと思います。

『アブサロム、アブサロム！』における荒野

フォークナーは「ヨクナパトーファ・サーガ」を書き出した時、いったいどこまで全体的な構想をもっていたのでしょうか。私はいっこうに無知なのですが、田中久男先生のいわれる「自己増殖のダイナミックス」（『ウィリアム・フォークナーの世界』一九九七年）をもって創作が発展していった面は、大いにあるような気がいたします。そして『アブサロム、アブサロム！』までて、彼が南部の化身ともいえそうなトマス・サトペンの年譜を書き、ヨクナパトーファ郡の地図まで添えたことの意味は、けっして小さくないでしょう。この地図が戯れの作であるとしても、フォークナーはこのあたりまで「サーガ」を発展させてきて、ヨクナパトーファ郡の歴史と地理を確認し直そうとしたのではありますまいか。そしてその時、彼の意識の中で、「荒野」の存在と意味がはっきりしてきた。それまでは荒野は無秩序とつながり、どちらかといえば否定的な局

面が浮き出た世界でした。しかし『アブサロム、アブサロム！』では、荒野のもっと積極的な役割が描き出されてくるように思えるのです。

フォークナーは『響きと怒り』から『八月の光』（一九三二年）にいたる初期の「ヨクナパトーファ・サーガ」で、南部の人間が背負う過去の罪業、それにともなう南部の社会や精神の衰退、そして混沌の現状といったものを、掘り下げて追及してきました。人間の再生といった未来への希望は、『響きと怒り』の黒人女中ディルジーとか、『八月の光』の「すべてを受け入れる」女リーナ・グローヴとかに、ほのかに感じ取ることはできますけれども、それはまだまことにほのかなものであります。知識人は力がありません。コンプソン家を受け継ぐべきクエンティンは過去にしがみついて自殺し、牧師のハイタワーは「高い塔」のように孤立してしまっています。

『アブサロム、アブサロム！』もまた、一見して、サトペンのすさまじい興亡の生涯や、彼が固執した彼の白人の血の断絶の運命を通して、こういう闇の世界を、もっと広い視野、いってみれば南部の歴史を見渡す視野で、構築しています。しかしながら、私なんぞ単純な読者には、読み進みながら待てよ、ちょっと違うぞと思える節がある。トマス・サトペンははじめのうち、嫌らしさの極致――傍若無人の我利我利亡者で、冷酷かつ狡猾な打算家で、ただ自分の目的を達成するために社会の秩序を滅茶苦茶にし、周囲の人物を男も女もひっくるめて次々と不幸に陥れていく人間――に見えたのですが、いつしか、同情に値する人物、どこかヒロイックなところのある人物にも思えてきているんです。なぜかしら、そしていったいどこからこうなってきたのかしらと、私はいぶかります。

考えてみますと、サトペンの「悪党」のイメージは、まずローザ・コールドフィールドによって語られます（第一章）。彼女はサトペンから屈辱を受けた思いを抱き、自分の秩序感覚にしがみついてサトペンへの反感を育てている女性です。それから、クエンティンの父のミスター・コンプソンが語るサトペン像が展開するのですが（第二、三、四章）、彼はコンプソン家の崩壊に手をこまねいているだけの、生命力のない紳士です。ローザよりも冷静そうに、観念的にサトペンの行動を分析しますが、サトペンを内から理解しようとする姿勢は弱いといわなければなりません。

こういうふうにして、いわば秩序破壊者としてのサトペンのイメージが提示された後で、クエンティンとその友人のシュリーヴ・マッキャノンが、ハーヴァード大学の寮の一室で、いろんな材料からサトペンの全体像を構築しようと試みる有様が描かれることになります（第六章以降）。カナダ人のシュリーヴは、はじめのうち、単純に「悪魔」という言葉をサトペンの代名詞のように使っています。しかしクエンティンは、しだいにサトペンに南部の心情の化身のようなものを感じ取り、南部について無知なシュリーヴに語りかけることによって、その内面の真実の理解にいたろうと努めているようです。クエンティンにそういう努力を促がした要因としてあるのが、サトペン自身がクエンティンの祖父に語った自分の生い立ちの話です（第七章）。

プア・ホワイト出身のトマス・サトペンは、自分をさげすむ周囲の社会に全力で対抗し、傲慢無礼にもふるまって、ふだんは「沈黙した人」だったけれども、クエンティンの祖父にだけはかすかな理解者を見出し、ある時、ある場所で、憑かれたように自分のことを語る。その話をクエンティンは父から伝えられ、シュリーヴに伝えるのですが、“Sutpen's trouble was innocence”というすばらしい言葉で話し始めます。サトペンの問題は彼が無垢ないし無知だったことにある、という認識にまで彼（クエンティン）は到達していたのですね。

サトペンは少年時代に、黒人にすらも屈辱を与えられる経験をし、自分より優越する者と戦うには「土地と黒んぼと立派な屋敷」をもたなければならないと覚って、すさまじいやり方でその「計画《デザイン》」を実現していきます。そのためにはサトペンは一片の「良心《コンシャンス》」ももたなかった、とクエンティンの祖父は批判します。だがそれに対してクエンティンは、「彼（サトペン）は、見方によっては自分の行為に不正《インジャスティス》があることを認めはしたが、できる限りあけすけにふるまうことによって不正を抑えようとしたようだ」といいます。そしてその実例もいろいろ語るのです。

こまかく説明すべきことを縮めて申しますと、つまりこういうことではないでしょうか。サトペンは innocence の人間で、文明人のような experience をもたない。それで文明社会に対してどう行動したらよいのか分からない。そのため原初的な人間性を荒っぽく破壊的に発揮した。彼はまさに「荒野」の人で、猪突猛進、「文明」に激突したのです。（この意味で、彼の悲劇は普遍的な文明世界の秩序に激突した南部の悲劇と重なりますが、このことはまた別のテーマとして残しておきたいと思います。）

「荒野」の人トマス・サトペン

ここでもうひとつ興味深いことは、サトペンがこういう自分の人間性を吐露するのが、この地方にかろうじて残っている「荒野」の中においてであったということです。文明化した社会では「沈黙した人」である彼が、「荒野」の中では熱烈にしゃべるのです。

サトペンはプア・ホワイトからのし上がってヨクナパトーファに姿を現し、あのイケモトゥべからタラハチ川畔の「低地」bottom land を奪うように買い取りました。サトペンズ・ハンドレッドがそれですね。荒涼たる土地だったに違いありません。それから彼はそこにフランス人の建築家を使って屋敷を立てるのですが、まだなかば仕上がっただけの夏、建築家が「川沿いの低地」へと逃げ出してしまいます。そこはもう文字通りの荒野です。サトペンはすぐさま、犬と二十人の「荒っぽい黒人たち」を動員して追いかけます。サトペンの悪人イメージに取りつかれている読者は、つい彼が建築家を捕まえてリンチでもしようとしているような想像をするかもしれませんが、彼はじつは建築家を安全に連れ戻す（そして屋敷を完成させる）ために全力を挙げるだけなのです。そして荒野の真っ只中での二日間の追跡の間に、同行していたクエンティンの祖父に自分の「荒野」の人間としての生い立ちを語るのです。

「荒野」が、文明社会の中にのし上がってきていたサトペンを「荒野」の人間に引き戻した——イノセンスの人間に引き戻したといえるかもしれません。そしてそのことによって、サトペンが単なる「悪魔」ではなく、原初的な「人間」としての自己実現をはかる、ある種の英雄性をおびた人物として浮かび上がってくるように思えるのです。少なくとも、ここでサトペンが語る話は、「血わき肉おどる」要素をたっぷりもっています。ただしイノセンスは、「土地と黒んぼと立派な屋敷」の所有を人間の価値基準とする南部の閉ざされた状況に歪められ、いわば自己崩壊した悪魔的な人間の相貌をおびることになっていったのでした。

こうしてサトペンの「人間」は、南部の現実に押しひしがれ、ナッティ・バンポーのように「高貴な自然人」性を発揮し続ける神話的なヒーローとはなりえず、またハック・フィンのように、「荒野」と「文明」の間を自由に行き来することによって、イノセンスにリアリティを加えていくダイナミズムも発揮し得ない、悲劇の人間となるわけです。

しかし、「荒野」におけるイノセンスの可能性を、さらに積極的に、美的に、あるいは文学的に追求しようとした時、次の作品「熊」が生まれたといえるのではないでしょうか。

「熊」の世界

私はフォークナーの伝記もあまりよく知らないのですが、「熊」の原型になる作品は、すでに『アブサロム、アブサロム！』の執筆中に書き始められていたようですね。そして「熊」の舞台は、まさに『アブサロム、アブサロム！』の第七章の舞台と同じです。サトペンの所有地は一八六九年の彼の死後、ド＝スペイン少佐の所有となり、少佐は毎年十一月、ここの荒野で狩を催します。その有様が内容となっている「熊」は、どう見ても『アブサロム、アブサロム！』の延長線上にある作品でしょう。

さてその内容は、皆さんがもう十分にご存知のこと間違いありませんので、詳しく語る必要はないと思います。時代は一八七〇年代後半から一八八〇年代前半にかけてのようです。アイク・マッキャスリン少年がはじめて狩につれていってもらった十歳の時から、この太古の大森林の化身のような大熊オールド・ベンの存在を知り、畏敬の念を育て、十六歳の時、ついにそれを倒す最後の追跡を体験するまでの話が中心になっています（第一—三章）。私の読んだせまい範囲内では、フォークナーの小説中でこれこそ最も「血わき肉おどる」部分です。

描写が、神韻縹渺としています。森林も、大熊も、インディアン（あのイケモトゥベ）の血を引く黒人でアイクの猟の師となるサム・ファーザーズも、サムが育てた獰猛な猟犬のライオンも、みな原初の自然のもつ崇高な野性を強調されています。とくに大熊の偉大さには神秘性が加わり、たとえばアイクがその姿を一瞬見た時、"It faded, sank back into the wilderness without motion"（「ぼんやりとした影となり、何の動きもなしに荒野の中へ沈むように帰っていった」）というたぐいの文章で表現されています。大熊は荒野と一体であるようです。

それから、一種の後日譚として、十八歳になったアイクがこの荒野を再訪する話がありますと（第五章）。森林の伐採権が製材会社に売られ、材木工場が深く入り込み、かつては鹿がとび出した場所に鉄道が敷かれ、大熊を倒した時に死んだサムとライオンの墓も消え失せてしまっています。しかしアイクは、これらの仲間の生命は万物に還元されただけであって、「死なるものはなく」、彼らは「大地の中で、いや大地の中というよりも大地そのものと化して、自由になっている」と感じます。

この作品には、いろんな解釈がありうるでしょうね。私はそれをぜんぜん知りません。ただ、『アブサロム、アブサロム！』の後を引き継ぎながら、この作品では「荒野」がもっとはっきりと、強烈に、本来あるべきイノセンス、つまり汚れのない生命の源の場として打ち出されている、ということはいえるのではないでしょうか。そして私のようなシンプルな読者は、しばらく——そう、しばらく——フォークナーがとうとう南部の罪と混濁の歴史から抜け出て、こういう生命の再生の道にたどりついたという思いにとらわれ、喜びます。

ところが、しかし、よく読むと、フォークナーはそれほど単純に「荒野」と「文明」を対峙させ、「荒野」の讃歌をうたい上げているのではないような気もしてきます。フォークナーの一筋縄でいかない屈折が見えてくるのですね。

「アーカンソーの大熊」

この小説を読んだ人は、アメリカ文学には似たようなテーマの作品が多いことに気づくと思います。オールド・ベンにモービィ・ディックを連想する人もいるでしょう。ヘンリー・ソローの遺稿である『メイン・ウッズ』（死後出版、一八六四年）には、やはり原初の森林で大鹿を撃つ話が出てきます。自然の力によって「死なるものはない」思いを把握するのは、ウォルト・ホイットマンの詩のテーマでもあります。熊撃ちに限定しても、ダニエル・ブーンからデイヴィ・クロケットにいたる民衆ヒーローの伝説には、トール・テールによる超人的勇ましさの話がたくさん出てきます。

しかし、フォークナーの「熊」と直接比較したくなるのは、アメリカ南西部文学の傑作とされる短篇、T・B・ソープ（一八一五―七八）の「アーカンソーの大熊」（一八四一年）でしょう。あまりによく似た内容で、ひょっとしたらフォークナーはこれを読んでいて「熊」を書いたのではないかと思いたくなるほどです。

語り手は中年の紳士らしい人物で、ニュー・オーリンズからミシシッピ川をさかのぼる蒸気船に乗ります。途中、船内のバーで何人かの客と集まっているところへ、「アーカンソーの大熊、万歳！」とわめきながら、粗野なたくましい男が入ってきます。そしてたちまちアーカンソーの自慢話を始める。アーカンソーでは川も木も獣も、蚊すらも途方もなく大きいといったトール・テールをしゃべるのです。蚊が巨大では困るわけですが、北部のヤンキーしかひどくは刺さないようです。男の住んでいるミシシッピー河畔の低地——ここも bottom land と呼ばれています——では、何もかもがすごい勢いで成長するといった話もくりひろげられます。

それから、男が追った熊の話になるのです。それは人間の理解を越えた、途方もない大きさと能力をもつ熊であることが強調されます。"I was hunting the devil himself" といったような表現も出てきます。本当はフォークナーのオールド・ベンの描写と逐一《ちくいち》比べていくと面白いんでしょうが、いまはその余裕がありません。そしていよいよ、男は熊と最後の対決の決心をするんですけれども、その時、熊が「黒い霧」のようになって自分に迫ってくるのが見えるんですね。それで入念に狙いを定めて撃つと、相手は一声あげ、くるっと向きを変えて去っていく。そして男がその後を追い、ようやく追いつくと、熊はもう死骸になっている。このあっけなさがいいですね。男の結びの言葉はこうです。——"My private opinion is, that that bar was an *unhuntable bar, and died when his time come.*"（「おれひとりの意見だけど、あのクマは狩ることのできねえクマなんで、やつの時間が来た時に死んだだけなのさ」）。

この物語は、教養などない荒くれ男が語る、文明の世界とまったく異なる「荒野」の粗野な生を楽しむ形で綴られています。土着の俗語の面白さ、トール・テールの荒唐無稽さ、しかもそれを語る男の真剣な調子のおかしさなどが横溢しています。聞き手の文明人はただあっけに取られ、抱腹絶倒するだけです。見事なユーモア文学といってよいと私は思います。

「矮小化されていく荒野」

さて、フォークナーの「熊」は、このアーカンソーの大熊の話の舞台とはまさにミシシッピー川をへだてただけの森林を舞台にし、同じような「荒野」の物語になっているのですが、中身は大いに違うのです。フォークナーの「熊」はすでに南北戦争後の物語であって、「荒野」もじつのところ「文明」の圧力が迫ってきています。早い話が、荒くれ男ひとりによる熊との対決ではなくて、狩猟隊による熊の追跡ということ自体が、「文明」をエンジョイする者の行動ではないでしょうか。そして狩猟隊仲間の誰一人として、大熊が"unhuntable"(人間の狩りの力を超えた存在)だとは思っていないのです。

フォークナーの「熊」の語り手は、俗語でわめく自然人でもなければ、その話をおかしがって伝える文明人でもありません。彼は自然と文明の両方の展開を見すえているようです。彼はアイク少年の心を中心に語っていますが、これがじつに微妙なんですね。少年はサムの忠告に従い、銃をもたず時計も磁石もはずした時に、はじめて大熊の姿を見ます。文明を斥け自然に徹するためのそういう儀式を経て、少年は心を澄まし、大熊を見る準備ができたんでしょうが、少年はじつは大熊を見たのではなく、見たと思っただけなのかもしれない。いいかえれば、少年が見たものはじつは現実の熊ではなく、自然の化身のヴィジョンだったかもしれない。話が現実に戻ると、大熊は結局、人間が育てた犬により、また人間のナイフによって殺される。時が来たから死ぬのではないのです。そして小説「熊」の最後は、少年が「荒野」の中で「死なるものはない」ことを、永遠の生命を、感じ取ったかのようになっていますが、最後のそのまた最後で、はっと現実に戻れば、サムとともに自然人の仲間で、大熊にとどめのナイフを刺した猟師のブーンが、気が狂って、ばらばらになった銃を叩いています。自然の力も現実には崩壊していくのです。

つまり「熊」は、「アーカンソーの大熊」の伝統にのっかりながらも、後退し消滅していく自然、矮小化していく荒野という現実をバックにしている。その上での「荒野」における生命の再生へのヴィジョンが語られるわけです。したがって「熊」は、「アーカンソーの大熊」のような余裕のある笑いの文学ではなく、悲劇性を包み込んだ文学になっているのです。

「熊」を含む単行本の『行け、モーセ』(一九四二年)の中には、この作品の後日譚といえる「デルタの秋」(一九四〇年執筆)も収められ、「熊」の出来事から五十年以上後のアイクの姿と心を語っています。彼は自分の無垢な思いから、「古来の悪と恥」に結びついたデルタ地帯の広大な土地の相続を拒否したのですが（「熊」第四章）、その土地はけっきょく浄化されることがありませんでした。「荒野」と呼べる土地は、かつてはジェファソンから三十マイルほどの所にあったのですが、いまでは二百マイルも後退してしまっており、それも機械文明と本当の生命をもたぬ人間たちに侵され続けています。フォークナーはそういう現実もちゃんと見ているわけなのですね。

フォークナーの詩魂

もう時間がなくなりました。とりとめのない話を、大急ぎでしめくくらせていただきたいと思います。『アブサロム、アブサロム！』（第七章）に、あの「悪魔」のように見えたトマス・サトペンが、自分のおかれた状況に対して「生身の人間には耐えられない、あるいは耐えるべきではないと思われるほどに耐える」人間であったことが語られる箇所があります。「熊」（第五章）でも、アイク少年は森林の中で、「ひとりぼっちではないが孤独な思いをかかえ」、じっと耐えているように見えます。作者のフォークナーもまた、「荒野」を意識の中でくりひろげ、そのエッセンスを抱きしめながら、「荒野」の末路を知っており、結局は人間の「耐える」力を試したり、味わったり、表現したりすることに、文学者としての生命を注いでいたように思われます。

私は拙著『アメリカ文学史講義』第二巻でフォークナー文学を概観した時、フォークナーは

『墓地への侵入者』（一九四八年）あたりから「未来への希望」をはっきり打ち出したようだと語りました。一九四二年に発表された「熊」は、そういう姿勢への転換点に立つ作品だと思います。そしてその転換点における「荒野」の役割を私は考えてみたわけです。くり返すようですが、フォークナーの主人公たちには、もはやナッティ・バンポーが赴いたような西部に無限にひろがる荒野も、あるいはハック・フィンが自分のダイナミックな行動の一方の脱出先としたような荒野も、なくなっていました。フォークナーはそのことを十分にわきまえ、アメリカ南部の現実にひたすら「耐え」ながら、「荒野」の生の力のヴィジョンを打ち出して見せた。力のあるヴィジョンは文学者の想像力、あるいは創造力の証しでしょう。逆にいえば、「荒野」には、歴史を一点に集めて執念深く考察するフォークナーに対しても、そういう力を解き放たせる力があったと私は思いたい。

フォークナー文学の底にあるこういう創造的な力こそ、じつは、私にとって本当の意味で血わき肉おどり、頭もしびれるところです。私は「荒野」のフォークナーに「詩魂」を感じます。そして讃仰の思いをたかめるのです。

参考文献について

最近、『ハックルベリー・フィンのアメリカ　「自由」はどこにあるか』（中公新書、二〇〇九年）という拙著の巻末、「参考文献について」という文章で、大見得を切った。私は文学・文化の面白さを一般読者に伝えることを目指しているので、「参考文献」と称しておびただしい書目を並べることに関心はなく、むしろ自分がどういう作品をどう読んだかを語ることが大切なので、私にとっての本当の意味での「参考文献」とは、本文中で言及・紹介し、自分なりの思考展開の材料とした「作品」そのものだ、と述べたのである。（文化について語る時も、テーマとして取り上げる文化事象は私にとって「作品」と同じである。）

さて本書は講演集であって、真剣に語ってはいても、新書版の本以上に読者に気楽に聞いて（あるいは読んで）いただきたい性質の本である。従って、「参考文献」は余計である。というか、ますますもって、取り上げた「作品」そのものが「参考文献」だというべきだろう。それでこの欄では、そういう「作品」のうち、英語の研究書などに「文献」としてのデータを付け加えることを主とし、あとは各章の内容に関係する私自身の著作などをいささか補足説明するにとどめたい。

第1章　アメリカ文化史を求めて　―日本人研究者の軌跡

この章は私自身の研究者としての軌跡を語るので、本文中で言及する拙著を初版の刊行順に並べてみる（著者名は略）――

『アメリカの心　日本の心』日本経済新聞社、一九七五／講談社学術文庫、一九七八

『サーカスが来た！　アメリカ大衆文化覚書』東京大学出版会、一九七六／文春文庫、一九八〇／岩波書店・同時代ライブラリー、一九九二

『摩天楼は荒野にそびえ』日本経済新聞社、一九七八／旺文社文庫、一九八四

『バスのアメリカ』冬樹社、一九七九／旺文社文庫、一九八四

『ピューリタンの末裔たち　アメリカ文化と性』研究社、一九八七

『アメリカン・ヒーローの系譜』研究社、一九九三

『アメリカ文学史講義』（全三巻）、南雲堂、一九九七―二〇〇〇

亀井の著書ではないが、亀井が参加した勉強会の著作――

アメリカ文学の古典を読む会編『亀井俊介と読む古典アメリカ小説12』南雲堂、二〇〇一

アメリカ文学の古典を読む会編『語り明かすアメリカ古典文学12』南雲堂、二〇〇七

なお英語文献については次の章を参照。

第2章　アメリカ文学史をめぐって　「アメリカ」探求の行方

この章では、アメリカ人によるアメリカ文学史が検討対象の「作品」となっている。まずそれを、英語題なども添えて刊行順に並べてみる――

サムエル・ロレンゾ・ナップ『アメリカ文学史講義』Samuel Lorenzo Knapp, *American Cultural History, 1607–1829: A Facsimile Reproduction of Lectures on American Literature*（*1829*）. Gainsville, Florida:Scholars' Facsimiles & Reprints, 1961.

エバート・アンド・ジョージ・ダイキンク『アメリカ文学事典』（全二巻）　Evert and George Duyckinck, *Cyclopaedia of American Literature*, 2vols. Philadelphia: n.p., 1855; revised ed., 1866.

モージズ・コイト・タイラー『アメリカ文学史、一六〇七―一七六五年』（全二巻）Moses Coit Tyler, *A History of American Literature, 1607–1765*, 2vols. New York: Putnum, 1878/Collier Books, complete in one volume, 1962.

モージス・コイト・タイラー『アメリカ独立革命文学史』（全二巻）Moses Coit Tyler, *The Literary History of the American Revolution, 1763–1783*, 2vols. n.p., 1897/New York: Published for the Facsimile Library, by Barnes & Noble, 1941.

バレット・ウェンデル『アメリカ文学史』Barrett Wendell, *A Literary History of America*. New York: Charles Scribner's Sons, 1900.

バレット・ウェンデル『ヨーロッパ文学の伝統』Barrett Wendell, *Traditions of European Literature*. n.p., 1920.

ウイリアム・P・トレント『アメリカ文学史、一六〇七―一八六五年』William P. Trent, *A History of American Literature, 1607–1865*. New York: n.p., 1903.

ジョン・メイシー『アメリカ文学の精神』John Macy, *The Spirit of American Literature*. New York: Boni and Liveright [Modern Library], 1913.

ウイリアム・P・トレント外編『ケンブリッジ・アメリカ文学史』（全三巻）William Peterfield Trent, et al., eds., *The Cambridge History of American Literature*, 3vols. New York: Macmillan, 1917–21.

V・L・パリントン『アメリカ思想主潮史』（全三巻）Vernon Louis Parrington, *Main Currents in American Thought*, 3vols. New York: Harcourt, Brace, 1927–30/Vols. I–II, Harvest Books, 1954; Vol. III, Harbinger Books, 1958.

F・O・マシーセン『アメリカン・ルネッサンス』F. O. Matthiessen, *American Renaissance*. New York: Oxford U.P., 1941.

ロバート・E・スピラー外編『合衆国文学史』Robert E. Spiller, et al., eds., *Literary History of the United States*, 3vols. New York: Macmillan, 1948.

ロバート・E・スピラー『アメリカ文学史のサイクル』Robert E. Spiller, *The Cycle of American Literature*. New York: Macmillan, 1955/Mentor Books, 1957.

エモリ・エリオット編集主幹『コロンビア・合衆国文学史』Emory Eliott, general ed., *Columbia Literary History of the United States*. New York: Columbia U. P., 1988.

アメリカ文学史をめぐるアメリカ人の評論類で、本文中で言及・紹介した文献――

ハワード・マンフォード・ジョーンズ『アメリカ文学の理論』Howard Mumford Jones, *The Theory of American Literature*. Ithaca, N. Y.: Cornell U. P., 1948; revised ed., 1965.

グレゴリー・S・ジェイ『アメリカ文学と文化戦争』Gregory S. Jay, *American Literature & the Cultural War*. Ithaca, N. Y.: Cornell U.P., 1997.「『アメリカ文学』の終焉」"The End of 'American Literature'." の章参照。

日本人による文献――

亀井俊介『アメリカ文学史講義』（全三巻）第1章参照。

亀井俊介『アメリカ文化と日本　「拝米」と「排米」を超えて』岩波書店、二〇〇〇。「文学・文化を比較すること」の章参照。

亀井俊介監修、平石貴樹編『アメリカ　文学史・文化史の展望』松柏社、二〇〇五。大井浩二「アメリカ文化史とアメリカ文学史（パリントンまで）」の章参照。なお同書には、ほかにも村山淳彦「同題（マシーセン以後）」、舌津智之「アメリカ文学史の見直し論争」、平石貴樹「日本におけるアメリカ文学史」など、このテーマに関連する論考が多く収められている。

第3章　知性主義と反知性主義　アメリカ文学創造の活力

リチャード・ホフスタッター『アメリカのライフにおける反知性主義』Richard Hofstadter, *Anti-Intellectualism in American Life*. New York: Alfred A. Knopf, 1963. 邦訳、『アメリカの反知性主義』（田村哲夫訳）みすず書房、二〇〇三。

関連文献――

ヴァン・ウイック・ブルックス『アメリカ成年期に達す』Van Wyck Brooks, *America's Coming-of-Age.* New York: E. P. Dutton, 1915/Doubleday Anchor Books, 1958.

なおこの章は日本アメリカ文学会の全国大会で行われたシンポジウムにおける発言をもとにしているが、そのシンポジウム全体を本にまとめたものに、巽孝之編『反知性の帝国　アメリカ・文学・精神史』（南雲堂、二〇〇八）がある。

第4章　アメリカの「文化」と「文明」　日本人のアメリカ

司馬遼太郎『アメリカ素描』読売新聞社、一九八六／新潮文庫（亀井俊介解説）、一九八九

なおこの章は「文化」と「文明」の区別の是非を論じながら、日本人のアメリカ観を検討しているが、この問題を含めて日米の文化関係を扱った拙論に、講演集『アメリカ文化と日本　「拝米」と「排米」を超えて』（前出）所収、「「拝米」と「排米」の百五十年」および「アメリカ文化と日本」の章がある。

第5章　七面鳥からビーフ・ステーキまで　食肉とアメリカ文化

ダニエル・ブアスティン『アメリカ人――民主的な経験』Daniel J. Boorstin, *The Americans: The Democratic Experience.* New York: Random House, 1973. 邦訳、『アメリカ人　大量消費社会の生活と文化』（上巻・新川健三郎訳／下巻・木原武一訳）河出書房新社、一九七六

第6章 ジャズ、映画、俗語 「アメリカの世紀」とアメリカ文化

アメリカ映画の案内書はもちろん無数に出ているが、文化史的関心に応えるものとしては、ロバート・スクラー『映画がつくったアメリカ アメリカ映画の社会史』Robert Sklar, *Movie-Made America: A Social History of American Movies*. New York: Randam House, 1975/Vintage Books (*A Cultural History*…と改題) 1976. 邦訳:『映画がつくったアメリカ』(鈴木主税訳) 平凡社、一九八〇/講談社学術文庫(『アメリカ映画の文化史』と改題)(全二巻) 一九九五。ともに亀井俊介解説「アメリカ映画とアメリカ文化」を付す。

アメリカ大衆文化のもつ普通性と解放性の代表としてのマリリン・モンローについては、拙著『アメリカでいちばん美しい人 マリリン・モンローの文化史』岩波書店、二〇〇四、および拙編著『「セックス・シンボル」から「女神」へ マリリン・モンローの世界』(昭和堂、二〇一〇) 所収「二十世紀の女神」のセクションを参照。

第7章 マリリン・モンローとその先祖たち 「ヤンキー・ガール」の系譜

マリリン・モンローについては、前記の亀井俊介による二著のほかにもう一冊、亀井俊介『マリリン・モンロー』(岩波新書、一九八七) をあげておきたい。

アメリカ女性史のたぐいの本は、これまた無数に出ている。そんな中で佐藤宏子『アメリカン・ガールの形成』(私家版、二〇〇二) は「アメリカン・ガール」の歴史を手際よく展望してみせるエッセイ。ただしどちらかといえば文学に比重が傾き、もちろんモンローは登場しない。

本章では「ヤンキー・ガール」という言葉を、内からの生の活力をあふれさせて自由に生きる女というふうにかなり限定された意味で用いている。この種の女がアメリカ社会でどう生き、どういう試練に会ったかということを語ろうとした拙著に、『アメリカのイヴたち』（文藝春秋、一九八三）がある。ここにいう「イヴ」は本章でいう「ヤンキー・ガール」に近い。ヴィクトリア・ウッドハル、ケイト・ショパン、イサドラ・ダンカン、ゼルダ・フイッツジェラルド、マリリン・モンローの五人を取り上げている。

第*8*章　アメリカの真っ只中で　ポーとその時代

本文中で私はハーヴェイ・アレン『イズラフェル』Harvey Allen, *Israfel: The Life and Times of Edgar Allan Poe* (New York: Farrar & Rinehart, 1934) に「ポー評伝の古典」としてふれた。著者は学者というよりも長篇小説『アンソニー・アドヴァース』（一九三三）などで知られる作家で、そのためかこの評伝はしばしば批評性が乏しく不正確といった批判を蒙っている。しかし私は不当に扱われてきた詩人への著者の思い入れの強さに、かえってひかれる。

私はポーについての研究書を読むこと少く、この章の参考文献は文字通り彼の作品（評論を含む）そのものといえそうだ。ただペリー・ミラー『大鴉と鯨　ポーとメルヴィルの時代の言論合戦』Perry Miller, *The Raven and the Whale: The War of Words and Wits in the Era of Poe and Melville* (New York: Harcourt, Brace, 1956——Harvest Book) を昔、興味津々で読んだ覚えがあり、部分的に影響うけているかもしれない。

第9章　大胆な「アメリカ化」の足跡　児童文学者ホーソンを読む

ホーソンについても、ポーについてと同様、私の参考文献は彼の作品そのものといわなければならない。昔夢中で読んだ評論といったものも思い出さない。ただ彼の周辺の児童文学作品だけはかなり熱心に読んでいた。亀井俊介・私市保彦編『世界の児童文学』（国土社、一九六七）所収「アメリカの児童文学――よい子といたずらっ子の系譜」の章は、そのささやかな（いまから見るとまことに稚拙な）産物である。それでも、アメリカ児童文学の展開を一般文学史あるいは文化史的な視点から考察しようとした試みは珍らしいと信じて、懸命に書いたように思う。

第10章　存在の自由を求めて　アメリカ文学におけるハックルベリー・フィンの伝統

自然と文明との間を大きく揺れながら存在の自由を求め続けた作家の生の追跡は、拙著『マーク・トウェインの世界』（南雲堂、一九九五）の基本的なテーマとなっている。ハックルベリー・フィンの精神を受け継ぎ、現代の世界に自由な生の可能性を探るアメリカ文学者たちの文学的努力のあとの検討は、本章の講演以後さらに発展し、もう一つの拙著『ハックルベリー・フインのアメリカ　「自由」はどこにあるか』（前出）の基本的なテーマとなった。

第11章　新しい「驚異《ワンダー》」の物語　アメリカ文学と妖精

ヘンリー・スティール・コメジャー『アメリカの精神』 Henry Steele Commager, *The American Mind: An Interpretation of American Thought and Character Since the 1880's* (New Haven: Yale U.P., 1950; Yale Paperbound, 1959)。"The Nineteenth-Century American" の章参照。

アメリカ児童文学の世界の妖精に対する反感については、亀井俊介・私市保彦編『世界の児童文学』所収「アメリカの児童文学――よい子といたずらっ子の系譜」の章（前出）参照。なおこの章は拙著『わがアメリカ文学誌』（岩波書店、二〇〇七）に再録。また同書に収録のエッセイ「アメリカのフェアリー・テール――『オズの魔法使い』を中心に」は、本章の講演を下敷にして、さらにアメリカのフェアリー・テール論を試みた書き下ろしである。

第12章　歴史に「耐える」力　荒野のフォークナー

この章でも、私の参考文献はほとんどフォークナーの作品そのものを出ない。

ただし現実の「ヨクナパトーファ郡の荒野」の理解には、エリザベス・M・ケア『ヨクナパトーファ』Elizabeth M. Kerr, *Yoknapatawpha: Faulkner's "Little Postage Stamp of Native Soil"* (New York: Fordham U.P., 1969) が参考になった。

T・B・ソープ T. B. Thorpe の「アーカンソーの大熊」"The Big Bear of Arkansas" は一八四一年の雑誌『時代精神』*The Spirit of the Times* に発表されて以来、さまざまなアンソロジーに収められ、いまでも容易に参照できる。

講演記録と初出一覧

Ⅰ―歴史

第1章　アメリカ文化史を求めて　一日本人研究者の軌跡

文化史学会全国大会、一九九九年一二月四日

亀井俊介監修、平石貴樹編『アメリカ　文学史・文化史の展望』松柏社、二〇〇五、三、一〇

第2章　アメリカ文学史をめぐって　「アメリカ」探求の行方

関西英語英米文学会、二〇〇六年一二月二五日／中四国アメリカ文学会年次大会、二〇〇七年六月九日

田中久男監修、亀井俊介・平石貴樹編『アメリカ文学研究のニュー・フロンティア　資料・批評・歴史』南雲堂、二〇〇九、一〇、二〇

第3章　知性主義と反知性主義　アメリカ文学創造の活力

日本アメリカ文学会全国大会、二〇〇六年一〇月一五日、シンポジウム「アメリカ文学と反知性主義」

巽孝之編『反知性の帝国　アメリカ・文学・精神史』南雲堂、二〇〇八、四、二八

Ⅱ―文化

第4章　アメリカの「文化」と「文明」　日本人のアメリカ

同志社大学アメリカ研究所公開講演会、二〇〇〇年一〇月二四日
『同志社アメリカ研究』三七号、二〇〇一、三、二〇

第5章　七面鳥からビーフ・ステーキまで　食肉とアメリカ文化

読売新聞社「アメリカン・ミート・セミナー」、一九八七年九月一四日
天理大学アメリカス学会編『アメリカからアメリカスへ』創元社、二〇〇〇、三、二〇

第6章　ジャズ、映画、俗語　「アメリカの世紀」とアメリカ文化

国際ロータリー第二五七〇地区大会、二〇〇一年二月二三日、講演「アメリカ文化と日本」
『立教アメリカン・スタディーズ』二三号、二〇〇一、三

第7章　マリリン・モンローとその先祖たち　「ヤンキー・ガール」の系譜

交詢社常例午餐会、二〇〇五年一〇月二八日
『交詢雑誌』四九〇号、二〇〇五、一二、二〇

Ⅲ―文学

第8章　アメリカの真っ只中で　ポーとその時代

津田塾大学E・A・ポー研究会、二〇〇〇年一月一一日／九州アメリカ文学会年次大会、二〇〇三年五月一〇日
『英語青年』二〇〇五、八

第9章　大胆な「アメリカ化」の足跡　児童文学者ホーソンを読む

日本ナサニエル・ホーソン協会全国大会、二〇〇四年五月二一日
『文学』（岩波書店）二〇〇五、一一、一二

第10章　存在の自由を求めて　アメリカ文学におけるハックルベリー・フィンの伝統

日本アメリカ文学会東京支部総会、一九九五年四月二二日／沖縄外国文学会大会、一九九八年七月一一日

『Southern Review: Studies in Foreign Language and Literature』一三号、一九九八、一二

第11章　新しい「驚異《ワンダー》」の物語　アメリカ文学と妖精

イギリス・ロマン派学会全国大会、一九九八年九月二六日

『英語青年』一九九九、三

第12章　歴史に「耐える」力　荒野のフォークナー

日本ウイリアム・フォークナー協会全国大会、二〇〇三年一〇月一二日

『フォークナー』（松柏社）六号、二〇〇四、四

あとがき

人前でしゃべることを最大の苦手とし、また人前でしゃべることの下手くそさを十二分にわきまえながら、ここにもう一冊、講演集を出すことになろうとは、非常な驚きであり、たいそうな喜びでもある。最初出した講演集は『アメリカ文化と日本』（岩波書店、二〇〇〇）と題し、日米関係をめぐる比較文学・比較文化的なテーマの考察、八篇を収めていた。その中に一篇だけ、日米関係とあまり関係のない、東大講師としての夏目漱石を語る講演がまぎれ込んでいたのは、なんとなく置き去りにしたくなかったからだろう。その後、私はこのテーマに没頭して、『英文学者　夏目漱石』（松柏社、二〇一一）なる本を出すまでになったが、これも実は全五章、すべて講演をもとにして出来ている。それでこんどの本は、三冊目の講演集ということになる。

とつ弁で話し下手なのに、こうして講演に熱心になったのは、ひとつには頼まれて講演のための旅をしたり、新しい聴衆に接したりすることの、緊張感と昂揚感とがある。これによって、さらなる勉学の意欲をかき立てられもする。だがもうひとつには、すでに二冊の講演集の「あとがき」でも述べたことだが、しゃべり言葉にひそむ独得の自由さに気づき、惹かれるようになったことが大きいと思う。いわゆる論文口調の重苦しい言いまわしは昔から嫌いで、学術的な内容の文章などでもなるべく日常的な言葉で書くように努めてはいた。講演のしゃべり言葉だと、それがさらにざっくばらんな調子でできるように思うのだ――失敗すると、内容の乏しさを露呈し、支離滅裂な語りに陥ることにもなるのだが。

こんどの本は『ヤンキー・ガールと荒野の大熊』などと、騒々しい題をつけている。私としては、アメリカの文化的・文学的表象となるものをいきなりジカにぶっつけ合わせて、本書のテーマの多様性とダイナミズムを示唆してみたかった。具体的には、副題でもいうようにアメリカの文化・文学を語る講演、十二篇を集めている。さまざまな機会に語ったもので、内容に統一はない。第I部「歴史」は、アメリカの文化史や文学史に対する私の観察を述べたものだが、私の勉強の基本姿勢のようなものを語ってもいるように思う。第II部「文化」は、アメリカ大衆文化のいろんな局面を取り上げている。聴衆は家庭の主婦たち（「七面鳥からビーフ・ステーキまで」）

や、経済界の人たち（「マリリン・モンローとその先祖たち」）のこともあり、どちらかといえば話題本位の語り口だが、こういう分野の研究の面白さ、重要さを知ってもらおうと努めているような気がする。第Ⅲ部「文学」は、アメリカ文学の代表的な作家・作品を私流の視点から論じようとしており、本書中でいちばん学術論文的な内容に近づいていると思う。

ところでいまこれを書いていて気づいたのだが、第Ⅲ部で扱ったポーもホーソンもフォークナーも、どちらかというと私の不得意とする作家であり、それなのにそういう作家の研究を専門とする学会や協会から講演を依頼され、私ははじめて教室に出た時の漱石の坊っちゃんさながら、「敵地へ乗り込む様な気」で壇上にのぼった、その成果がこれなのである。学術論文なら、もっと鎧かぶとで身を固めたかもしれない。それが講演だとつい勢いに乗ってしまい、中身を単純化し、自分の「発見」と思うことを（いわば素裸になって）しゃべっている。よいにつけ悪いにつけ、これが講演というものの一つのメリットであろう。

こうして本書は雑多なテーマの講演から成るのだが、全体を眺めてみると、文化・文学のさまざまな局面ないし現象を、とにもかくにもじっくり「読む」ことに私は力を入れているような気がする。そしてもし可能なら歴史的な展望を試み、その現代的な意味を探るのだ。抽象的な分析や一刀両断的な判定は得意でないし、どちらかといえば関心の外にある。じっくり「読む」ということは、（賛否いずれにしろ）その対象と心を通わせるということであろう。近頃の学問はしばしばそういう「心」を軽んじ、ただの「知」によって成り立っていることが多く、私には縁遠くなってきた。

こういう、かなり自分本位の姿勢をもとにした講演集なので、学術的な論文であることを強調する「参考文献」表などはない方がよい、というのが私の最初からの思いであった。ただし、本文でふれる西洋の人名や著作物について原綴りを知りたい向きもあろうかと思い、かなりはそのための用をなす「参考文献について」の小エッセイ（と自分では思う）を付け加えることにした。

「初出一覧」も、講演についてのデータと合わせて記載したく、いささか奇態な見出しだが「講演記録と初出一覧」というものにした。この一覧を整理していてあらためて痛感したのは、先に「敵地」などとふざけて述べた学会や協会の方々を筆頭にして、引っ込み思案のつたない話し手にこういう講演をする機会を与え、おだてたり励ましたりして壇上まで導き、その貧しいおしゃべりを文字に起こす労をとり、さらには印刷発表の場まで提供して下さった関係諸方面の方々の雅量である。心から御礼申し上げたい。

最後に、本書をまとめるに当たっては、これまでも長年、私を支え続けてきて下さった南雲堂の原信雄氏に、万般の援助とお世話をたまわった。講演のいくつかは直接聴きに来て下さり、活字化を励まし、原稿の表記から全体の装幀にまで、入念なご配慮をいただいた。有難いことだ。

そして、いまどきこういう自分好みの本を世に出せることの幸せをつくづくと思う。いくら感謝してもしすぎることはない。

二〇一二年一月

亀井俊介

著者について

亀井俊介（かめい　しゅんすけ）

一九三二年、岐阜県生まれ。一九五五年、東京大学文学部英文科卒業。文学博士。東京大学名誉教授、岐阜女子大学教授。専攻はアメリカ文学、比較文学。

著書に『近代文学におけるホイットマンの運命』（研究社、一九七〇年、日本学士院賞受賞）、『サーカスが来た！　アメリカ大衆文化覚書』（東京大学出版会、一九七六年、日本エッセイストクラブ賞、日米友好基金賞受賞）、『荒野のアメリカ』（南雲堂、一九八七年）、『わが古典アメリカ文学』（南雲堂、一九八八年）、『アメリカン・ヒーローの系譜』（研究社、一九九三年、大佛次郎賞受賞）、『マーク・トウェインの世界』（南雲堂、一九九五年）、『アメリカ文学史講義』全三巻（南雲堂、一九九七-二〇〇〇年）、『わがアメリカ文化誌』（岩波書店、二〇〇三年）、『アメリカでいちばん美しい人――マリリン・モンローの文化史』（岩波書店、二〇〇四年）、『わがアメリカ文学誌』（岩波書店、二〇〇七年）、『英文学者夏目漱石』（松柏社、二〇一一年）など。

ヤンキー・ガールと荒野の大熊

二〇一二年五月十五日　第一刷発行

著　者　亀井俊介
発行者　南雲一範
装幀者　岡孝治
発行所　株式会社南雲堂
東京都新宿区山吹町三六一　郵便番号一六二-〇八〇一
電話　東京（〇三）三二六八-二三一一（代）
振替口座　東京〇〇一六〇-〇-四六八六三
ファクシミリ（〇三）三二六〇-五四二五
印刷所　壮光舎
製本所　長山製本

乱丁・落丁本は、小社通販係宛御送付下さい。
送料小社負担にて御取替えいたします。
〈1-504〉〈検印廃止〉

ISBN978-4-523-26504-7　C 0036

亀井俊介の文学史講義　全Ⅲ巻

アメリカ文学史講義Ⅰ

新世界の夢——植民地時代から南北戦争まで

文化と心の動きを再現！　臨場感あふれる教室現場の再現。東大駒場の一年間の講義をそのまま採録。アメリカの心がわかる最高の案内書。

Ａ５判３１４頁　定価　本体２０９５円＋税

アメリカ文学史講義Ⅱ

自然と文明の争い——金めっき時代から一九二〇年代まで

Ⅰ「金めっき時代」―リアリズムの勃興　Ⅱ危機と革新―リアリズムの展開　Ⅲアメリカ、世界へ向けて―モダニズムの文学　社会と文化の動きと合わせながら、アメリカ文学の展開をたどる。

Ａ５判３１８頁　定価　本体２０９５円＋税

アメリカ文学史講義Ⅲ

現代人の運命——一九三〇年代から現代まで

混沌の時代の生を透視する！
Ⅰ一九三〇年代―社会参加の文学　Ⅱ戦後文学の出発　Ⅲ一九五〇年代―自己の探求　Ⅳ一九六〇年代以後―ポストモダニズムの文学　「知」と「情」がみごとに融合した論理を展開し、主要作品を吟味する。

Ａ５判３０６頁　定価　本体２０９５円＋税